慾望道場

朱國珍 著

目錄

推薦序

因為摯愛，更顯殘酷

——《慾望道場》的批判與超越

須文蔚
國立東華大學華文文學系主任

第一次讀朱國珍的長篇小說《三天》，是在民國一百年的初夏，她以魔幻的手法，寫一個男孩參加完跨年晚會後，在街頭遭遇暴力攻擊，顱內出血，彌留之際，靈魂在三天內回家尋找出走的母親，尋覓匱乏的愛，也揭露了母親追尋自我的艱辛歷程，傷痛內斂，以童真的語氣撞擊殘酷的成人世界。

二年後，朱國珍又推出另一個長篇《中央社區》，講述一個害羞的空姐，一個溫暖的公車司機，兩個家族流離的身世，兩顆孤獨心靈經歷漫長的交錯與交會，終究浪漫相會。全書迴響著艾略特（T. S. Eliot）的詩句：「一切探索的終點／終將帶我們回到原點／重新認識這個地方」。在這部備受好評的作品中，文藻典雅，抒情深刻，是孤獨者的詩篇。

捧讀《慾望道場》時，不免駭然，這三本小說主題迴異，語言丕變，朱國珍顯然不滿足於特定的風格，試圖在文字的汪洋大海中，依照不同的體旨，嘗試各種式樣的文體，形式的趣味就成為這本看似接近偵探、商戰與寫實的眾生相小說集，別有趣味之處。尤其同名作的中篇〈慾望道場〉，以立法院長媳婦的女主播凶殺案，貫穿台灣媒體的商品化與政商勾結醜態，重擊了原本聲名狼籍的電視媒體。

朱國珍曾經任職無線電視台，擔任新聞部記者、新聞主播、節目主持人，第一手見證商業電視台的運作邏輯。在她新近的散文〈詩與綠手指〉中就說了一件怪事，放在電視台辦公室的「星點木」盆栽，在三天休假後，竟然發現矮了一截，繁茂的枝葉遭橫刀剪去，主人不免產生聯想：「那時候辦公室裡競爭激烈，有人說植物生長好表示風水旺，也許因為如此，有人蓄意破壞我桌上的盆栽。」植栽猶如此，人命更輕賤？在鉤心鬥角，你爭我奪的螢光幕後，女主播命案會是宮廷鬥爭的現代企業版？朱國珍的〈慾望道場〉企圖心絕不僅止於揭露一場後宮爭寵的殘殺劇情。

〈慾望道場〉以貼近偵探小說的筆法，讓嫌疑犯恣意描述橫流的肉慾，在在都在暗示一場集體的墮落正慢性謀殺大眾傳媒。朱國珍原本想談的媒介政治經濟弊端想必很多，經過多年刪刈旁枝，目前四萬多字篇幅中想討論的，無非早在一九四八年，Larzarsfeld & Merton 就曾經提出「麻醉負功能」（the narcotizing dysfunction）一說，控訴媒體不斷提供重複而膚淺的資訊，告知社會大眾社會中存在的威脅，也同時使市民麻木，而對公共事務不再關切。在商業電視台出現後，法國的社會學大師 Pierre Bourdieu 的《論電視》一書，也直指源於政治、經濟結構在幕後控制與審查言論，電視台更由於強調影像、獨家、戲劇性與收視率，因此愈來愈與闡述公共事務的主題背離，忽略市民行使民主權利所需的確切資訊，大量報導腥羶、暴力的社會新聞。在朱國珍筆下，女檢座辦案，讓電視台描述為一場「美豔高䠷女檢察官，天生麗質超能第六感」的連續劇情節，實則牽涉的不僅僅是女主播間的殊死戰，更包含了見證製造假新聞的友台主管、置入性行銷的大企業、涉及軍購案疑雲的軍官、擅長業配的經理乃至於網紅主播也來攪局，更讓媒體的光怪陸離和命案攪在一起，難分難解。

朱國珍在〈慾望道場〉中讓情節愈發展愈荒謬，殺人疑犯從競爭對手、緋聞對象到政黨高層，一路演變成外星人與大狼狗。小說中，一位資深的新聞工作者引用美國專欄作家李普曼說過的格言：「媒體的最高任務是說出真相，使魔鬼無所遁形。」進而感嘆：「但是當媒體自己成為獵物，還能相信誰會說出真相？」

媒體不僅僅扭曲真相，甚至已經成為戲劇節目，在另一個短篇〈新聞電影〉中，一個失憶肉彈的尋人新聞報導，可以擠進當天全國有線電視節目排行前三名，究竟是真失憶？還是酒家小姐來扮演失蹤人口？觀眾幾乎無從判斷。朱國珍冷冷地自問自答：

新聞電影教會我們什麼？

在真相與謊言之間，缺乏一個臨危不亂的司儀，因此沒有人可以把劇情說個分明！凌亂的場景，荒謬的對白，錯置的環境，虛妄的人性，並非考驗導演的功力，而是挑戰觀眾的智慧，只可惜古今中外始終沒有歌頌「最佳閱聽人」的殊榮嘉勉，民智無法獲得證明，這個世界也只有無奈地任其混沌下去。

當小說家化身為說書人，提醒「閱聽人」罪不在記者或主播，真正影響媒體言論環境的是政府、企業、媒體組織等一系列的權力機制，使媒體內容一片混沌。所以當我們沾沾自喜於窺密、自由、激情的媒體內容，在號稱充分自由與競爭的媒體環境中，其實各電視台新聞的內容卻愈來愈單一化，新聞工作者順從於相同的限制，舉辦類似的民意調查，接受同一批廣告客戶，像鏡子遊戲般，一個事件會在相互反射的同時，出現在每一面鏡子上，媒體互相解讀，也彼此為對方加上鎖鍊，製造出一個巨大的禁區效果，也成為一個各方角力的「慾望道場」。

《慾望道場》展現出新聞人朱國珍深刻的關心，她曾經把最美好的青春時光奉獻給電視台，因為摯愛，更顯殘酷，小說家朱國珍再現螢光幕後的真實時，不吝於傷害最親近的媒體人，將嚴肅的論述轉化成慾望橫流、殘酷殺戮、孤獨無依的一則則故事，開創她寫實文體的突破，餘韻少了些，殘忍多了些，令人戰慄。

首篇

慾望道場

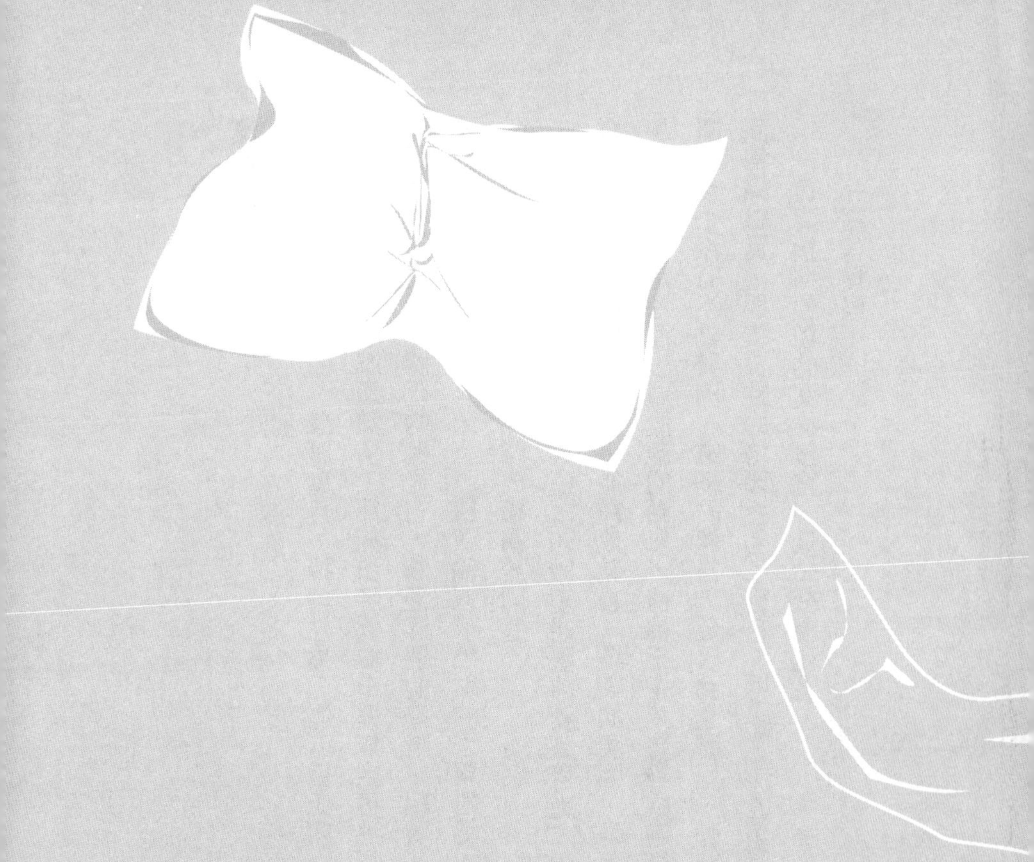

潔白的胴體

昨晚七夕情人節，農曆鬼月，持續好幾天逼近攝氏四十度高溫，深夜驟降一場雷陣雨，活活澆熄被炒作的摩鐵熱情，卻無法降低城市裡無處可逃的躁鬱。天亮之後，熾熱的光曬，穿透窗簾背面過期膠化的遮光布，瀰漫碎裂的縫隙，編織著迷路地圖。情人們紛紛甦醒，在一張張修練情愛的雙人床上，展演輪迴或出離的慾望道場。

清晨，一尊女體，裸背，橫躺於陋巷。

死者臉部朝下，一條天藍雪紡紗短裙墜落於膝蓋處，內褲完整，但是上衣掀開，裸露的背脊膚色如奶白皙，彷彿仍能釋放乳香。纖細的腰圍，是藝術家追求的曲線，大雨沖刷所有灰塵，沖不走意淫，濕漉漉的潮氣，彷彿正在蒸發尋歡過後的體液。女體最迷人的部位是小腿，幾乎沒有半點贅肉，纖細的線條，延展到左腳底，腳趾尖懸空勾住一隻高跟鞋，黑色亮面錦織材質，與皮質鞋底烙印 Made in Italy 的英文字，透露死者生前的華麗。

負責指揮偵辦的女檢察官，低頭凝視死者。

「報告檢座！」

一位年輕的員警，手裡拿著一個行動電話，造型老舊的2G手機正不停地響著童謠〈小蜜蜂〉的音樂。

「好奇怪，命案現場發現這個行動電話，是唯一沒有被大雨淋過的證物，而且還用這個什麼年代的音樂？嗡嗡嗡，嗡嗡嗡，大家一起勤做工……」年輕帥氣的小警察說。

小警察正沾沾自喜於獨特的音樂天賦，檢察官卻在一瞬間，抽走他手上響個不停的行動電話，冷冷看一眼：

「怪不得我找不到我的電話，原來它掉在這裡。」

小警察愣傻在原地，望著眼前這個偏愛穿著連身娃娃裝的女檢察官。

「喂？」女檢察官接過電話之後，微微轉身，她的長髮遮住臉龐，只讓人看到嬌翹的鼻尖，和咀動的唇形。

「找誰？……我就是。……什麼？我沒錢。我已經告訴你們一百遍，我是窮光蛋，掃把星，叫我投資只會把你們公司帶衰倒閉，你還想不想分年終獎金？找我是沒用的。要是你們公司有年紀介於二十五到三十歲之間的小鮮肉，心地善良，樂善好施，正派規矩，身高超過一八〇，我還願意接電話聊聊。要不然，我會養小鬼把你們公司的底細全部抓出來。」

這通推銷電話打斷女檢察官的思緒，也擾亂了第一時間抵達命案現場的靈感。法醫走向女檢察官：「她現在才剛剛出現屍斑，眼角膜尚未發生混濁，屍體也還沒有僵硬，估計死亡時間大約七個小時左右，往前推算，應該是昨天深夜十一點到一點之間。陰道有挫傷，下體出現分泌物，要採回化驗。由於沒有明顯外傷，死亡原因必須解剖或驗血之後才能知道。」

法醫的話還沒說完，幾支電視台的麥克風突然橫矗在他面前，麥克風上的泡棉與塑膠標籤頂住了法醫的下巴，耳邊響起類似昆蟲集體振翅的回音：

「是自殺還是他殺？」

被頂到下巴的法醫根本無法說話，原本臉型就有點厚道的他，在鏡頭上看起來好像用嘴含住麥克風。四周的警察似乎習慣了攝影機的存在，把這一切當作是命案現場的標準作業程序，無人出面阻止這群記者。

「檢座……檢座……。」拾獲女檢察官手機的小警察匆忙跑來，低頭私語：「她的家人來了。」

耳尖的記者立刻舉起麥克風，彷彿殭屍聞到活人氣息，生鮮肉味控制腦波，在第一時間集體備戰，準備啟動屍速列車。

事情顯得愈來愈不單純，原本處於被動的警察，突然主動聯合起來，正以人牆圈住湧進的媒體記者，將他們隔絕在死者十公尺以外的距離。

「長官！為什麼要這樣？讓我們進去看一看嘛？看一看又不會怎樣？」一位資深的報社記者，已經嗅出不尋常的氣氛。

沒有回應的警察，組織人肉盾牌，阻擋任何想要偷窺的人群。

女檢察官回到法醫身邊，死者已經披上白布，殺人或被殺的真相，只有證據能說真話。

一個皮膚白皙的男子，站立在死者的身旁，他的表情哀愁卻自制；也許因為還沒睡醒的關係，穿著帽T和運動褲的他顯得很疲憊，遠勝於失去親人的悲慟。

「死者是任職電視台的新聞主播，叫做林瑩濰，這是她的先生。」偵查隊長說。

「你們住在附近嗎？」女檢察官問。

「不是，我們住青田街。」白臉男子的聲音有一點顫抖，他的頸項特別纖細，柔若綢緞，他微微震動聲帶的說話方式，彷彿讓氣管跳蚌殼舞，一開一合，上氣不接下氣。

「林小姐昨天幾點外出的？」

「她昨天一早出門，說要去上班，就沒有回來過。」

「你們最後一次說話是什麼時候？」

白臉男子沉默一會兒，黯然回答：「上個月。我們一起回爸爸媽媽家吃飯。」

「現在已經是『這個』月底。」女檢察官不解：「你們一個月沒對話？」

白臉男子低頭。

「還住在一起嗎？」

白臉男子點點頭。

「感情方面呢？」

「很好……我們結婚十年多……。」

「我們需要你到警察局做筆錄，本案符合刑事訴訟法第二百一十八條死者為『非病死或可疑為非病死』，任何人都有可能是嫌疑犯，你能理解嗎？」

「檢座，他是以前……那個……立法院長的兒子，剛才院長已經來過電話，我想……。」偵查隊長有點為難。

「所以死者是院長的媳婦？」一向沒有多餘表情的女檢察官，難得皺起眉頭。

她抬頭看天空。命案現場是一處防火巷，斑駁的圍牆，兩旁盡是大樓後陽台和逃生門，視線裡滿布曬衣架冷氣機與排油煙管，高聳的建築物遮住了光，夾縫中看到的仍然是陰霾。

「深夜十一、二點，她為什麼要來到這裡？」女檢察官心想：「這條巷子走出去，是一個正在整修中的大賣場，附近雖然熱鬧，但多數是夜晚下班就變得冷清的辦公大樓。兩百公尺外有幾間簽注站和網咖，或許會湧進一些人潮。她深夜來到這裡，為了什麼目的？」

偵辦刑事案，推理的首要考量就是「動機」，也就是「誰能獲利」？通常不外乎情色錢，這是三種超能力，激勵人們趨向至善或至惡的能力。

「檢座……。」偵查隊長打斷她的思緒，說：「記者愈來愈多了，我們讓林瑩潾的先生先回去休息吧！」

女檢察官點點頭。此時，〈小蜜蜂〉的手機音樂再度響起。

「好！了解。」女檢察官總是果斷回答每通電話，除了Cold Call。

她過去偵辦過行銷人員電話陌生開發（Cold Call）的案件，明白業務員的辛苦，這種工作經常是學校剛畢業的社會新鮮人，或婦女二度就業的機會，如果Cold Call與對方通話時間沒有超過一分鐘，就不會列入績效。女檢察官通常會耐心回應這種電話，當然，用她自己的方式。

剛剛掛斷電話沒多久，警局分局長和兩個男人一同走近命案現場。在封鎖線外，一群原本正在滑手機、吃早餐、補妝、自拍的年輕記者們，紛紛騷動起來。

女檢察官識得分局長，這個轄區過往多出現詐騙案，這還是第一次為死人交手。但是另外兩位男士，非常陌生。

「我們聽到消息的第一時間，就立刻趕過來。」說話的人是新聞部白經理，也是死者的同事。他的聲音沉厚，國字臉滿溢笑容，擠在眼角唇邊的線條，卻過度溫柔到令人忍不住起雞皮疙瘩。

另一位年輕的男士，有張奶油小生臉，齊眉的瀏海，唇色天然紅，乍看之下，真像從韓劇裡走出來的角色。

他遞給女檢察官一封信，說：「今天早上在她辦公桌上發現的。」

這封信已經被拆開，黏合處的雙面膠顯然沾染觸摸的指印，帶點骯髒。檢察官抽出信紙，看著藍色原子筆手寫歪曲的字跡：「我要讓妳吃臘腸，幹妳幹到左鄰右舍都幹譙！如果妳今晚不來，我會跟著妳行走到天涯海角，用妳的血換我的心，吃掉妳的靈魂肉體，真正融合在一起。」

她看完之後，把信紙摺疊好放回信封，檢查郵戳，竟然是民國一〇六年三月十九號，距離今天近半年前。

「檢察官，有什麼新發現嗎？」分局長問。

她瞧著遞信的奶油小生：「請問貴姓大名？」

白經理搶著回答：「他也是我們公司的主播，昨天晚上代班播報夜間新聞，收工的時候已經是深夜兩點，今天早上又來支援晨班……。」

「白經理，感謝你的配合，我只想知道這位男記者的大名。」女檢察官表情冷漠。

「我叫盧耀文，我真的不是故意的！」

「哪一件事情故意？」女檢察官問。

現場立刻陷入異常的安靜。這些做新聞的人何其敏銳，瞧那些政客對著麥克風說出的任何一個字，一句話，都可以被媒體演繹出各種奇情推理，更何況現在是面對一條人命的謀殺案！

「我承認看過這封信，我不是故意的，大家都這麼做。」盧耀文收斂起帶笑的嘴角，問女檢察官：「她真的死了嗎？」

女檢察官點點頭。

「上次見到她還有說有笑……。」

「她是個愛說笑的人嗎？」女檢察官問。

「其實也不是……我的意思是……世事難料，不是嗎？」

「有時候會有一些徵兆的。」女檢察官回答。

「妳說那封信嗎？」盧耀文又提起那封可疑的信件。

「也許吧！」女檢察官不願意透露太多想法，她總是簡短回答任何人的問題：「我需要一份新聞部所有員工的名單，以及昨天最後與林主播工作的同事名錄，還有她固定搭檔的對象，以及最近有來往的採訪對象。」

女檢察官說完話之後，轉頭，剛好與新聞部白經理、盧耀文的眼神相遇，她發現這兩人並不哀傷，彷彿躺在地上的女體是一個充氣娃娃，玩過即丟的塑膠人偶。

當女檢察官穿越封鎖線離開現場時，媒體記者瞬間快步移動，推倒欄杆，PE材質的黃色警戒線被踩在地上，複沓著大小不一的黑色鞋印。這次他們團團圍住的是分局長，他的頭被埋在麥克風泡棉和各式各樣的電視台招牌，只看到分局長微禿的腦頂門，彷若練功練到氣集天靈蓋，從那裡，冒出硬漢般的聲音：「將責成專案小組，限期破案……。」

我要請妳吃臘腸

死者：林瑩潾
年齡：39歲
身高：166公分
體重：47公斤

職業：電視台新聞主播
婚姻狀況：已婚，無子嗣

女檢察官凝視著手上的簡短筆記。

她對林瑩潾沒什麼印象。現在美女主播很多，都像仙女下凡，也像漫畫人物，假睫毛可以頂到眉毛。記憶最深的畫面，是穿著低胸迷你裙套裝，露出肉感渾圓的大腿，踩著高跟鞋的女主播，在電視牆前晃來晃去，當新聞播報農產品消息，背景出現大片水稻田或鳳梨田時，高跟鞋與農村的組合，剎那間有點像是模特兒在鄉間走秀，電視螢幕裡出現的不是新聞，是時尚雜誌封面。

「叩！叩！叩！」敲門聲響起。

林瑩潾的先生在律師陪同下，來到檢調辦公室。

這個男人，現在換上名牌西裝和領帶，安靜有品味，完全看不出來是個剛剛喪偶的鰥夫。經歷大風大浪的政治家族後代，對於死了一個媳婦似乎並不會比失去政權更傷心。

「我的當事人希望在這次約談之後，可以不再受到打擾，因此妳有什麼問題，請一次問清楚。」偕同而來的律師身材圓潤，說話聲音和他的身材一樣厚重。

失去愛妻的白臉男子臉上泛出一股潮紅，只有在這個時候，女檢察官才覺得他是一個活人，否則他的臉色，比屍體還要慘白。

「你們結婚十幾年都沒有小孩嗎？」女檢察官問。

白臉男子搖搖頭。

「為什麼？」

「這跟案情沒有關連吧？這是人家的家務事！」律師搶話。

「結婚十幾年沒有小孩，按照常理推斷，除非你們異常恩愛，或者有共同的信仰，否則變數太多，男女雙方都有可能會去外面發展，就會衍生出複雜的男女關係。」女檢察官不疾不徐地回答。

白臉男微微嘆一口氣，說：「剛開始是我身體不好；後來是她事業心重，不想生！」

「你是獨子吧？長輩沒有給你壓力嗎？」女檢察官繼續追問。

「壓力？……」白臉男幽幽凝視天花板幾秒鐘：「生活的每一天中都有壓力，不是嗎？生不生小孩和這些壓力比起來，似乎並不是最重要的！」

對於前立法院長之子這段頗具哲學意義的談話，也讓在場的人感覺有點悯然，突然間，渲染一股莫名的詩意。

「白先生……」

因為這位權貴公子的膚色實在太白太透明，讓女檢察官盯著他的臉許久之後，忍不住這樣稱呼對方。

「我方當事人並不姓白！請檢察官更正。」胖律師閃動著肥厚下巴，再度取得發言權。

女檢察官並不在意胖律師的忠告，她凝視著可能也是嫌疑犯的白臉男說：「所以婆媳之間也沒有因為生不生小孩而發生爭執嗎？」

白臉男低頭不語，長長的睫毛垂掛著，像是漫畫裡才會出現的眼睛，更像個造型誇飾的絨毛布偶；唯一不同的是，這個布偶有呼吸，而且似乎滿腹委屈。

胖律師瞄了一眼沉默的客戶，說：「人都已經死了，現在探討婆媳問題不會太遲嗎？」

女檢察官並不是提供意見的心理諮商師，她只想找出凶手。

「只要妳能找到凶手，我願意配合所有的調查！」白臉男用他中氣不足的輕柔嗓音娓娓道來：「我跟小瑩剛結婚的時候，也像所有人一樣，對未來充滿美好的期待，但是許多事情漸漸事與願違，她在那個圈子，認識了更多的人……，她有企圖心，想要做當家的……，可是我們在社會上做過事的人都知道，那可是火裡來，浪裡翻的險惡……，我媽媽希望她安分守己，不必那麼辛苦，可是兩人的想法有落差，總是溝通不良……，這也許就是妳所謂的婆媳問題吧！」

聽完上述的談話，女檢察官訝異這年頭還有人說話用文言文，教人摸不清楚主詞副詞形容詞！什麼是「那個圈子」？什麼是「做當家的」？什麼又是「火裡來，浪裡翻的險惡」？白臉男果然大戶人家出身，說話轉彎都氣派。

「所以林主播和她的婆婆，也就是你的媽媽不合，這是事實？」女檢察官試圖簡化死者的家庭關係。

白臉男點點頭。

「你們最後一次說話，是上個月？為什麼？」女檢察官繼續詢問。

「沒有時間。」

「就連昨天，情人節早上你看到她出門，一句招呼也沒有？」

「我們在鬧彆扭！」

「為什麼？」

白臉男看一眼胖律師，等到律師向他點點頭，才說：「我無意間在她的電話裡，發現到可疑的簡訊，她似乎……，有了別人……。我問她，她不肯講，我們就開始冷戰，已經三個多月了……。」

主播林瑩潾的婚外情？

「你們上一次的性關係在什麼時候？」

「……這幾年，她常常喊累……，而我的身體又不好……。」

「你知道對方是誰嗎？」

白臉男無奈的搖搖頭：「我對她那個圈子了解的太少，一點頭緒都沒有；就連對方的來電，也從來不會顯示號碼。」

林主播的通聯紀錄將會是解讀命案的關鍵。

「你昨天晚上在哪裡？」

「昨晚設家宴，為我媽慶生，我喝了點酒，留宿在父母親家。」白臉男沉靜回答。他的五官不太立體，膚色又太蒼白，類似保麗龍，是防撞的聚苯乙烯，兼具緩衝、絕緣、隔熱、隔音等功能。

結束白臉男的偵訊，女檢察官在筆記本上寫下：

鬼怪的男記者

假掰的新聞部經理

保麗龍老公

一封寄了半年的信＋臘腸粉絲

情人節餐敘？

情人節一大早就出門，對先生謊稱要去公司上班的林主播，事實上卻是向辦公室請了一天的特休。當天根本沒人看到她進辦公室，就連她負責的夜間新聞，也請人代班；這一天，也就是林主播死亡前的最後二十四小時，她到底去了哪裡？尤其那天又是氛圍特殊的情人節，她不太可能休假只為享受一個人的獨處。最後與她同進晚餐的人是誰？一整天她又到了哪裡做了哪些事？有沒有任何目擊者？

「鈴……。」適時響起的辦公室電話，傳遞了解剖報告出爐的訊息；距離半裸女屍出現不到八個小時，現在出現更驚爆的內幕，因為驗屍報告中發現，林瑩潾已懷有一個多月的身孕。

第一號嫌疑犯：敗壞社會治安的路人甲

自命案發生後，電視台的SNG轉播車像幽靈隨時出現在警局、地檢署、命案現場、林主播住家、林主播任職的電視台門口。盡責的記者想從任何蛛絲馬跡中尋找破案關鍵，他們甚至天真以為，也許有一天能從路人甲的訪問中找到真凶！

偵查隊長是個身材矮小結實的男人，瘦乾的臉部皺紋寫滿滄桑，一雙炯炯發亮的眼睛似乎說明他性格中的正義感，但是在處理林主播命案的態度上，他卻顯得過度顢頇。

「關於林主播懷孕的事……，這樣的一屍二命……，我想基於人道立場，我們還是暫時為她保留這個祕密吧！」

隊長打開便利商店買來的超涼口香糖，一次吞進八顆，開始咀嚼：「也許這件案子就是這麼單純，好比主播走在回家的路上，突然冒出了一個性變態把她殺害了……這一切，只能怪她命不好……。」

他發表這份令人驚嘆的聲明之後，自己也戲劇性地長嘆一聲。

女檢察官因為三天沒大便，現在正在吃果凍，期待靠著果凍的膠質能軟化肚裡的奧客，完全沒預期會聽到隊長一聲長嘆哀怨「命不好」！讓她差點把那一大口來不及吞下的果凍嗆到鼻孔中，也因為忙著自力救濟吞嚥卡在食道的果凍，讓女檢察官半天說不出話來，而製造一股短暫的寧靜，氣氛沉重彷彿也在為「命不好」的林瑩潾默哀。

終於，女檢察官成功搶救她的聲帶，乾咳兩聲之後，說：「第一，那條路絕對不是林主播正常回家的路。第二，你要如何解釋她體內的精液？特別是那些精液並沒有讓她的陰道變形，可見她不是被強暴殺害，法醫也證實那應該是她死前幾小時的正常性關係所遺留。一個半路出現的性變態？既沒有劫財，也沒有劫色，這個臨時起意的凶手動機在哪裡？」

偵查隊長再度長嘆：「我知道妳是個專業的檢座，但是這件案子，牽涉到前立法院長的顏面，所以當事人希望我們能夠盡量淡化處理，像是節外生枝的那些細節，就不必對外說明了！」

「既然你也認識專業，你就會明白我的專業。」女檢察官第一次這麼有耐性對別人解釋自己的個性。只因為過去曾經與這位短小精悍的偵查隊長聯合辦案，她知道這個隊長並不是輕易替別人關說的人，今天他會任憑自己的專業被「前立法院長的面子」左右，可見得這背後確實有著一股難言的壓力。

「院長的意思是……，有沒有可能，林瑩潾就是很不幸被瘋子在路上給殺了？」

女檢察官冷冷地回答：「你應該捫心自問，你們這些警察為什麼沒有認真去街上抓光這些敗壞社會治安的路人甲？」

「其實……院長的意思是……。」這次隊長的話還沒有說完，女檢察官已經明顯表現出不耐煩，打斷他的話：「找出真正的殺人凶手不是意思意思就會出現。」

女檢察官決定放棄正在進食的草莓果凍，雖然她必須靠這種高纖食物解放她的大便，但是蠕動的統整能力已經被偵查隊長破壞，若勉強再把果凍吞進嘴裡，恐怕比較容易催吐。

她走出辦公大樓。

夏季剽悍乾烈的豔陽，曬枯了街道，也把行走的路人曬成鹹魚，腥味從頸間，腋窩，胯下呼嘯而出，禁錮的城市像一個罐頭，易買易開易食，城市人群生活在味道濃烈的鋁盒子裡，享受著速食的便利，吃乾抹盡之後，毫不留戀地拋棄。

現在是台北時間下午四點半，昨天這個時候，林瑩潾究竟跟誰在一起？

女檢察官持搜索票，來到電視台，門口的訪客紛紛對她側目，透過無所不在的電視台頻道轉播，女檢察官一身粉紅色蕾絲花邊連身小洋裝，已經成為今夏最火的裝扮。各電視台購物台百貨公司甚至淘寶網站的總機，紛紛接到詢問電話，哪裡可以買到女檢察官身上那件娃娃裝？

林瑩潾工作的新聞部，卻顯得冷清，沒有人因為這條獨家新聞而神氣。晚間新聞編輯會議即將開始，有幾個人已經在編輯台邊，開始討論今晚的新聞重點，其中一位正是新聞部白經理，他斜眼瞄到女檢察官出現，立即起身，擠出疑似對肉毒桿菌過敏的僵硬笑容，熱情迎接。

「我們還能提供什麼協助呢？」白經理說。

「林主播的辦公桌雜物，文件，電磁相關紀錄。」女檢察官說：「以及任何提及林瑩潾的往來信件，都有助於偵辦。」

晚間新聞代班主播蔡淑嬌，正在編輯台旁，見到女檢察官來訪，她立刻展現標準露齒微笑的禮貌，努力把嘴角撐到耳垂，超乎人體正常肌肉展現的倒V唇形，露出潔白的貝齒。

「是臘腸那封信嗎？」蔡淑嬌自動說明：「我也曾經收到粉絲的瘋狂來信！許多粉絲都會寫這種恐嚇信給我，從來沒人當真。不過誰知道，那些粉絲會真的採取行動。我應該把那些信全部留下來，萬一有一天……。」蔡淑嬌突然意識到自己的失言，立刻轉移話題：「檢察官這麼辛苦，有什麼需要我們幫忙的地方呢？」

「我想看看粉絲寄給妳的信！」

「信？」蔡主播杏眼一瞪，但見她遲疑半晌，說：「誰會留下那種信呢？又是求愛，又是講肖話，或是約我幾點幾分在哪裡公證結婚。我們怎麼可能把這種信留下來？所有的主播都不會這麼做！」

蔡主播說完之後，張望辦公室，似乎想要引起共鳴，卻沒有人回應。

「你們還有幾個主播？」女檢察官問。

「三節新聞時段，加上閩南語，客家語，英語主播，還有代班主播，共有十個人左右！」白經理回答。

女檢察官心裡一算，照這種比例，目前全國從中央到地方，從無線台到有線電視台，從普通話到各種族群的語言，一天二十四小時的新聞時段，可得要好幾百個主播才能把時段塞滿。

這一行，還真熱門。

「我能跟其他主播談談嗎？」女檢察官問。

「當然可以！」白經理微笑保證：「只不過……他們都很忙，因為在我們電視台，主播可不是播報機器，他們還要外出採訪，製作專題，所以時間上不知道能不能夠配合……。」

白經理的話術非常高明。他總是先慷慨允諾一切，接著留下伏筆。

隨著晚間新聞製播時段愈來愈接近，許多外出的採訪記者紛紛回到辦公室。此時，突然出現和女檢察官造型類似的粉紅娃娃裝身影，卻是個迷你的洋娃娃。只見高跟鞋踢踏聲鏗鏗作響，一個身高約一百五十公分的俏女郎彈跳上場。她雖矮，但身材比例玲瓏凸凹，細肩帶的洋裝撐起圓潤雙峰，個子小依然傲然挺立於人群。她說話時，是一種氣管堵塞的娃娃音：「嗯……白大哥，人家今天好累喔，嗯……你不知道那個翁大戶有多難搞呢，嗯……為了訪問他，我還在太陽底下曬了兩個鐘頭嗯，他才願意接受訪問嗯……。」

「辛苦了……辛苦了……」白經理的回應果然像個大哥。

迷你娃娃裝見到高眺版娃娃裝，眼珠子上下溜轉，此時犀利得像個鬼娃。

白經理介紹：「這是偵辦林主播命案的檢察官，這位是我們的網紅主播，葉可云。」

「是啊！久仰，真是太令人遺憾了……。」葉可云立刻露出憂傷的表情：「我聽說恐嚇信的事了，沒想到粉絲會做出這種舉動……。」

女檢察官並沒有定義「恐嚇信」，也尚未提問。記者們似乎具備自問自答的撰稿能力。

葉可云繼續說：「我也收到過許多恐嚇信，那些人什麼東西都會送給我，像是胸罩，哈蜜瓜，大頭貼，野薑花……。最可怕的是，曾經有人寄一個用過的保險套給我，嚇死人了！那封信出現的時候就很奇怪，整封信都油漬漬的，一打開，發現是用過的保險套已經來不及，還有一股腥味，我在廁所洗手洗了十分鐘才勉強揮別這場噩夢。」

「對對！我也是！」愈來愈多回到辦公室的人，紛紛加入恐嚇信的討論，話題甚至延燒到回憶。很久很久以前還能夠收到粉絲親自手寫的信紙，在信封貼上郵票，蓋印郵戳的信件。流逝的光陰，彷彿泛黃的黑白照片，也像是九〇年代的 BB Call，除了偶爾供人懷舊，現代人寧願花更多時間追求新鮮感。

等等，怎麼離題了呢？女檢察官心想，有這麼多人喜歡恐嚇別人嗎？還是有這麼多人寧願相信，只有被恐嚇才能證明自己是個受到重視的人物？

記者們你一言，我一句的討論恐嚇信，衍生出兩種推理：那就是這個世界上的人有一半是喜愛恐嚇人的瘋子，另一半是喜愛被恐嚇的瘋子。結論是這些人加在一起，全部是瘋子。

女檢察官聽得腦海裡迴旋出嗡嗡嗡的幻覺，真正的嗡嗡嗡電話鈴聲適時響起，那是偵查隊長打來的電話，案情又有新的發展。

目擊者出現

「我會不會上電視？」這是目擊者的第一句話。

「妳叫我小林就好，林宥嘉的林。」說完他順勢撩撥前額瀏海，露出光亮的額頭，嘛了嘛嘴唇，擺出模仿明星接受訪問的姿勢：「我在這間汽車旅館的工作是接待專員。我在大學主修觀光，當初來應徵的職務是『儲備幹部』，畢業後選擇來這間飯店工作，因為它是陽金公路上的高級溫泉會館，我想我是大學畢業生，以我的學歷，應該沒多久就可以在這個小飯店當上總經理。結果公司給我的職務是接待專員，就是在門口向客人收費啦！妳知道我們那個溫泉旅館都是開車進去的，要經過一個小花園才能到湯屋，每棟湯屋的樓下是停車位，直接上樓就可以開房間泡湯。我本來以為溫泉會館都是招待做大生意的企業家，結果上班一個星期就發現，這些客人都只是來飯店打炮，三教九流，什麼樣的人都有，就是沒見過有頭有臉的大人物。」

女檢察官乾咳兩聲，暗示目擊者應該講重點。

「所以，我才會對林主播印象深刻。我後來想，她應該來過很多次，因為能開那種車的人實在不多。但是她自己開車來都會戴口罩，所以我一下子沒想到。哇！她好有錢，開凌志跑車耶！那款至少也要三百萬。她是我在汽車旅館唯一見過的大人物，我本來以為這已經是我的人生最高潮，但是，情人節那天，簡直94狂。林主播下午到晚上，一天之內連續來了兩次，而且還跟不同的男人。第一個男人開黑色賓士車載她進來，第二次是她開自己的白色凌志，載不同的男人進來。我以為我眼睛業障重，但是我想應該不是，因為這兩次她都沒戴口罩，而且她那張臉，太熟悉了。我只要放假都會看她播新聞，因為感覺她奶很大。」

「你認出那兩個男人嗎？」女檢察官問。

「當然，那兩個男人都是名嘴，第一個是經常上節目的美食家，第二個也是新聞主播。」

「哪一位新聞主播？」

「好像叫做禮義廉！我也常常看他播新聞，他雖然個子矮了點，卻是個很有權威的主播。」小林肯定的回答。

混亂的新聞事件，混亂的媒體圈，混亂的男女關係！情人節約會的男主角已經出現，是否意味著離凶手的距離也愈來愈近？

偵查隊長詢問美食家與禮義廉行蹤，他回報的答案是：「禮義廉今天早上出國，新聞部只說他去中東做新聞。至於美食家，電話打不通。」

「我需要這三人與命案現場的地緣關係，是不是在附近租屋或置產。半年內在公司附近的飯店賓館有沒有投宿紀錄，調閱所有的監視錄影帶！另外，我也需要三人的 DNA 作比對。」女檢察官條理分明指派任務。

偵查隊長聽到需要採集禮義廉的 DNA，皺起眉頭。他私底下與禮義廉的交情很好。很久以前禮義廉是個專跑社會新聞的記者，兩人在那時建立了革命情感，這種如同食物鏈的關係是，想要建功的小警察，與想要升官的小記者，互相交換利益，搭檔成功的條件。小記者靠著第一手獨家消息勇奪收視冠軍，小警察藉著在媒體上破案有功的曝光率成為人民英雄，幾年光景，兩人在各自的戰場擁有一片天。

偵查隊長了解禮義廉，他也明白男性當家主播的光鮮外表下那不為人知的黑暗面，女人是緊張瘋狂的新聞工作中唯一的氧氣，哪個行業不是呢？金融界、科技業、甚至學術圈，處處充滿著需要「氧氣」的男人。呼吸太多的新鮮氧氣並不會害死人！尤其又是在你情我願的性關係上，禮義廉絕對不是那種愛喝牛奶會愛到殺了母牛的男人。

關於ＤＮＡ這件事，三組組長私心期望能在禮義廉回國之前，這件命案能有更具說服力的嫌疑犯出現，否則一旦禮義廉涉案的消息曝光，除了成為八卦雜誌興風作浪的焦點，媒體也有可能混淆視聽，錯過真正的凶手。

偵查隊長乾咳兩聲，說：「我想，除了ＤＮＡ之外，還有幾個疑點值得注意；死者平常駕駛的跑車不見了。另外，她的智慧型手機裡，疑似將所有LINE、WeChat或Messenger的通話紀錄都刪除了。」

女檢察官在思慮問題時，有咬上下唇的習慣。她心想，林瑩潾一定要這樣小心翼翼地活著嗎？

到目前為止，前立法院長已經打來三通電話，不斷關說警方淡化所有訊息；想必他也打了電話到各家電視台，顯然，電視台對這位人走茶涼的老者並沒有特別尊重，因為各家新聞部的SNG車依舊守候在任何讓他們懷疑會出現殺人凶手的現場。

警察局門口圍繞著十幾輛衛星轉播車，過往行人不斷駐足側目，賣烤香腸、煮玉米、蚵仔煎的小販，也紛紛聚集在這裡，警察局門口變成夜市，鼎沸人聲與香豔女屍成為家家戶戶共進晚餐的佐料，一起謀殺案掀起的話題彷若私酒正在醞釀發酵。

旅館休息開房間不需要登記證件，林瑩潾最後出現的活人身影，僅能憑目擊者的印象，設定在傍晚九點。

攤開林瑩潾行動電話裡的通訊紀錄，最費解的顯示號碼是林瑩潾工作的新聞部，近百通從中午十二點持續撥打到一點多的未接來電。有誰在中午急著找林瑩潾？林瑩潾很顯然利用拒絕來電的功能，讓這個人發狂似的不斷重撥，直到一個小時後放棄。

通聯紀錄琳琅滿目，從主播、美食家到總經理、計程車司機、董事長、藝術家、官員、醫師、攝影記者。她的休假生活真忙碌，而且，這名單中全部是男性。

禮義廉：電視台當家男主播，得獎無數。

美食家：電視名嘴，其妻長期居住海外。

友台總經理：曾經是電視演員，因為政黨關係做官。

計程車司機：失業改行開車的碩士生。

某上市公司董事長：身價百億，富可敵國的老頭子。

視覺藝術家：有過十二次婚姻紀錄，每個前妻都稱讚他有令人銷魂的陰莖。

整型醫師：雕塑出無數知名美女的名醫。

國防部官員：因為涉及弊端百出的軍購案而聲名大噪。

男同事：會寫小說的攝影記者。

新聞部經理：圓臉的中年男子，正在努力生小孩的虔誠教友。

簡單的筆記，複雜的人際關係，林瑩潾已經得到大多數女人渴望的幸福：天賦的美麗，性感的身材，富二代的配偶，位居人臣的公公，精華地段的豪宅，進口高級跑車，銀行七位數的存款，電視台一線時段的新聞主播。別說是女人們，這條件讓男人代換進去，也是奢求的願望，而這些願望幾乎都在林瑩潾一個人身上實現。在很多奮鬥故事裡，或被耳語流傳的女強人傳奇，或者是小說情節，經常描寫女人利用身體作為權力交換的工具。然而林瑩潾已經掌握權力，以她現在的身分地位，幾乎可以做到呼風喚雨，喊水結凍。

除了無法取代神。

《華嚴經》描述婆須蜜多女「離貪欲際，隨其欲樂而為現身」；《維摩詰所說經》記載：「或現作婬女，引諸好色者，先以欲鉤牽，後令入佛智。」用身體作為超渡的工具，也不是不可能。

但是人間律法，無論誰超渡誰，都不應該出現橫躺路邊的屍體。人間因果，必須找出凶手，無論男女。

蔡淑嬌已近中老年，下滑的收視率暴露生鏽寶刀。葉可云年輕有活力，卻可能受限於電視台的潛規則。還有其他人呢？禮主播既然染指辦公室同事，難保他沒有對其他人下手？那些想要藉著他登上主播台或讓事業更上一層樓的女人，在自尊心與忌妒心的糾葛之下，會不會產生連自己都意想不到的殺人動機？

有時候殺人不需要理由，也不需要計畫，而是一種氛圍！

這是女檢察官辦案多年的心得，她起訴過為了一隻摔斷舌頭的愛情鳥而殺人的女設計師，也遇見過因為被老公批評做菜不好吃而刺死對方的女廚師；這些人都是在那種完全身不由己的情境下，激發殺人衝動，轉眼，一個剛剛還在說笑話或吹牛的壯丁就這樣停止呼吸。

女檢察官放下鉛筆，微微閉上眼睛。她的腦海裡千迴百轉，嫌疑犯的身影像個光點似的閃爍不定，是他？還是她？

第二號嫌疑犯：女人的戰爭

1.蔡淑嬌的說法

我大學一畢業就考進電視台，從小記者做起，主跑國會二十年，是台內最資深的女主播。我在北一女念書期間，得過演講比賽第一名，我本來想去做公益，參與ＮＧＯ，但後來覺得從事新聞業比較能回饋社會。但是妳知道，這個社會愈來愈複雜，書生報國的理想不再像過去那麼單純，其中總是牽涉到許多的利益！我在新聞界這麼多年，也看盡人情冷暖，我要感謝很多人，尤其是台內的各級長官，他們對我的照顧跟提拔，我才能夠有今天，謝謝他們給我機會，讓我在充滿興趣和戰鬥力的工作崗位上勇往直前，還有我的爸爸媽媽，他們在我最孤獨的時候，給予我莫大的安慰與協助……。

「這不是頒獎典禮。請談談妳認識的林瑩潾？」

喔！林瑩潾！

我記得她第一天來上班，公司內外都布置了花籃，總經理還親自到大門口去迎接她。對於一個新進員工受到這樣的禮遇，連報社記者都覺得詫異，特別訪問總經理，我記得當時的總經理這樣回答：「對於真正的人才本公司一向熱烈歡迎！」呵呵……這樣的答案，曾引起一陣小小反彈，許多人把總經理的意思做了另一種解讀，認為按照這個邏輯推算，那麼沒有布置花籃，讓總經理親自迎接的新進員工都不算是真正的人才嗎？呵呵……在我們這樣的大公司工作，很難去擺平每一個人！不過隨著時間一久，這樣的敵意自然就漸漸淡化了。

「妳有敵意嗎？」

我？呵呵……我一直把林瑩潾當成妹妹，雖然她實際年齡並沒有比我小多少，不過因為我進公司進的早嘛！總是要提拔照顧這些後生晚輩，這是企業管理的倫理，有新人才有新的刺激與進步。我不可能有敵意，就算是有時會出現一些爭執，也是為了新聞觀點的不同！她是個反應非常快的記者，緊急狀況時，五分鐘可以寫出一則新聞稿。

「聽說林瑩潾播新聞時不必看稿，可是妳自己在播報時，沒有讀稿機就說不出話來，是嗎？」

呵呵……又是一連串蔡淑嬌式的招牌笑容，除了露出一排潔白的牙齒，還要像個小型音響製造環繞音效，才能完整表達她的可愛。

我想這跟敬業態度有關吧！照著稿子唸，是基本的常識，因為記者外出採訪，觀察到新聞最核心的內幕，按照記者提供的稿頭來唸稿，是專業主播的素養，也是對採訪者的尊重！我想林瑩潾最大的問題是，她喜歡按照自己的方式說新聞，但是新聞怎麼能用「說」的呢？任何學過新聞學的人都知道，我們必須告訴觀眾五個W，這是知的權利，也是記者出生入死，上山下海的任務所在。但是林瑩潾不認同這樣的理論，她喜歡塑造自己的播報風格，她認為在每一條新聞加上自己的褒貶，才能表現資深主播的形象。這一點……我只能說，每個人的風格不同吧！像是她決定要站著播新聞，介紹美軍在敘利亞的戰力布署，兩隻手臂就像做體操一樣，一下指東，一下指西，有時候五根手指頭全部張開，好像老鷹的腳爪似的，讓人看得緊張兮兮！她播新聞，彷彿在上體能訓練，手忙腳亂，齜牙咧嘴，這跟我們電視台傳統穩重的風格完全不同，我好心提醒過她幾次，卻遭她反駁，認為我們是守舊心態，是滅絕的恐龍。妳想，換做是妳，這樣好心沒好報，熱臉蛋貼冷屁股，會是什麼感想？當然我絕對不是一個會記仇的人，說了沒效果，以後不說就是了，大家在同一個辦公室，別把氣氛搞糟，這樣日子都不好過，不是嗎！

「由於妳的收視率下滑，公司有意把妳換下主播台，妳知道吧？」

蔡淑嬌依舊呵呵呵……乾笑好幾聲，彷彿對這個消息並不在意。

林瑩潾的播報技巧是不錯，就是沒有觀眾緣，無論她播哪一節新聞，總有辦法把收視率做爛掉！她最嚴重的問題是她缺乏親和力。親和力！妳懂嗎？曾經有導播要求她在播報輕鬆的民生訊息時，能夠稍微笑一笑，妳知道她怎麼回答導播？她直接對著麥克風，擴音給全攝影棚的人聽：「公司才給我多少錢？我為什麼要笑給他們看？」收視率不好，她就怪燈光，怪布景，怪字幕，怪導播，怪攝影，怪服裝設計。為了她的播報時段，我們幾乎三天換一次背景，抬頭卡，音樂，甚至連椅子都要換，只因為她說椅子太低，會矮化她的造型。

「最後一個問題，情人節那天晚上妳在哪裡？」

我在辦公室裡忙著監督晚間新聞，九點開完會就回家了，全辦公室的同仁幾乎都是這樣過日子。

「有沒有人可以證明妳晚間九點到十二點的行蹤？」

我先生有應酬，所以我一個人在家裡看書。檢察官在懷疑我嗎？

「我們重視所有的線索。」女檢察官回答。

2.葉可云的說法

妳保證我今天說的話，不會被轉述或引用？純粹提供檢察官作調查，也絕對不會讓妳我之外的第三者知道？

「我保證。」

我可不可以抽菸？包括這件事，也不許讓別人知道喔！

「沒問題。」

林瑩潾真他媽的是個賤人，我從來沒見過像她那樣囂張跋扈的女人；嫁個有錢有勢的老公又怎樣？還不是靠老公的老子當靠山，如果沒有院長那張招牌，憑她？這輩子都別想當主播。

「是嗎？」

他媽的林瑩潾是我這輩子看過最不敬業最不負責的主播，她從來不作功課，轉播任何新聞都是看圖說故事，有一次被安排播報足球比賽，她可以閉著眼睛說：球被守門員的後腿擋了一下！請問妳，我們身上哪一隻是後腿啊？她也膽敢在播報晨間新聞的時候遲到，讓七點整的新聞開天窗，導播只好在畫面上放一張氣象圖，足足讓觀眾看了十五分鐘。她更厲害的是，人來到現場什麼話也不交代，連一聲對不起都不說，就直接走到主播台，裝作若無其事的繼續播報。還有一次，她甚至可以在新聞現場對來賓作專訪時，當來賓侃侃而談，趁著鏡頭沒有ON到她，就在主播台上看報吃早餐。更奇怪的是，這些Trouble絲毫沒有影響到她的升等，每年考績都是特優，妳知道在我們公司拿特優有多難嗎？像我們新聞部這麼龐大的組織，一百五十個名額裡只能有兩個人拿到特優，林瑩潾就是其中一個，這也太神奇了。如果林瑩潾今天是個沒背景的人，我跟她公平競爭，輸了也甘願，但是她靠著家世背景，占盡所有好處，這還有天理嗎？如果她命好注定有用不完的福氣，至少也學著心地善良一點，妳知道她怎麼對待我們公司掃廁所的員工？竟然會拿隔夜的便當去請阿姨吃，還假掰說是今天中午特別為對方準備的，這種汙辱人的事，怎麼做得出來？有次她神祕兮兮的包個禮物送我，打開後發現是條黑色束褲，她說她覺得我身材瘦小，可以拿去穿。我瞄了一眼，發現這條束褲沒有包裝，似乎被拆封了，直接問她好像是舊的內褲。她回答我說沒錯，這條褲子她已經穿過兩次，因為實在太緊了，穿得很不舒服，所以才要送人。我的媽啊！妳會把自己穿過的內褲送人嗎？更別提她曾經送給另外一位同事一件二手羊毛大衣，一年以後，只因為她發現雜誌上的模特兒也穿了類似的衣服，突然想念起這件已經送人的大衣，也不管那位同事早就離職移民去美國，硬是打了好幾通國際電話叫人家越洋快遞把衣服還回來。

「這聽起來是私德的問題。」

私德有問題，公德心還會好嗎？做新聞，講求的是事實，不是自己胡說八道亂掰。她寫的稿子，我隨便舉幾個例子，妳就會發現這個人真是糟糕的可以！有一次她採訪「捷運扒竊團」的新聞，稿子裡這樣說：「師父帶著徒弟去行竊，一不小心當場被逮個正著……」這是什麼心態？扒竊是一種犯罪行為，用「一不小心」這樣的字眼，似乎把犯罪行為正當化，被抓到反而是意外。還有一次，她在稿子裡說：「澎湖縣西鄉的廟會活動，有五、六百名信徒參加聚餐，到了晚上十點多，已經有人上吐下瀉，有人更是一瀉千里，乾脆蹲廁所蹲到天亮……。」我請問妳，什麼叫做「一瀉千里」？這很幽默嗎？她形容颱風來襲，也有經典名句：「走了一個潑婦納莉，又來了一個猛男利奇馬。」颱風這種天災，會出人命的，一點都不好玩，拿這個開玩笑，請問妳笑得出來嗎？就連中東戰事一觸即發，各國都在忙著撤僑時，她可以在稿子裡說：「目前正在中東地區的三千四百位我國僑民，隨時準備落跑。」我有沒有聽錯？「落跑」？僑胞是搶了銀行還是偷了國庫？是殺人還是放火？為了一家大小求生存都來不及了，怎麼會是落跑？也許妳會認為，我們做記者的有截稿壓力，難免忙中有錯，但是我告訴妳，這是基本文字能力。例如這樣描述車禍新聞：「『一輛自小客』疑似酒後駕車，竟然穿越分隔道，撞斷一根電線桿……」請問妳，「一輛自小客」會酒後駕車？這是二十一世紀的最新科技嗎？這個稿子也太草率了吧！還有經濟成長率，向下修正為3.4％，她大小姐做一張圖表筆誤寫成34％，這是要亡國了嗎？像她這樣處理新聞，出了錯誤，還是年年拿特優。換作我們，早就三大過免職。幹你娘！

「這跟我娘一點關係都沒有喔。你知道她和禮義廉的事嗎？」

跟他們一起參加過飯局的人都知道，兩個人喝酒以後就開始眉來眼去，每次飯局結束後，林瑩潾一定會開她那輛跑車送禮義廉回家，至於兩個人是不是去續攤？也沒有人會那麼無聊的跟蹤下去啦。我們禮主播在業內人脈很廣，就連八卦週刊都要買他的帳，但是林瑩潾可就沒有這樣的面子，後來不是被登出她跟美容整型醫師的緋聞嗎？那次事件之後，林瑩潾就非常小心，有時候我們有同事要搭她便車回家，她一律拒絕，其實她可能不只跟禮主播關係密切，據說經理也和她私交甚密，去年冬天，白經理穿了一件白毛衣，林瑩潾穿了一件紅毛衣，兩個人不知為了什麼關門在裡面密談，結果出來以後，林瑩潾的紅毛衣上沾了白色的毛線團，白經理的白毛衣上也沾到紅色的毛海，好詭異。

「盧耀文是妳男朋友？」

我們最近一年才開始交往。

「盧耀文和林瑩潾的交情似乎特別好，妳覺得呢？」

盧耀文本來就是個愛開玩笑的人，我不覺得有什麼。他們兩個人的座位在隔壁，我經常看到林瑩潾拿盧耀文的杯子喝水，還吃他的便當，看了當然不舒服，不過我有時候也會這樣跟男攝影一起喝一杯巨無霸奶茶，因為我一個人喝不完嘛！所以也見怪不怪。

「妳現在住的地方，離命案現場只隔兩條巷子，林瑩潾為什麼會到妳家附近？」

我怎麼知道？腿長在她身上，而且我住的地方是熱鬧的商業區，連蔡英文都來我家附近的夜市買過水煎包，林瑩潾當然也可以來這裡閒逛。

「情人節當天晚上，妳在哪裡？」

我男友要播新聞，我在家一個人看書。

「有沒有人可以證明？」

電視機。

妳在懷疑我嗎？我雖然討厭林瑩潾，但是我絕不會發神經病去殺了她！聽說她是被路上偶然遇到的性變態強暴殺害，聽說警方對林瑩潾的死法很保留，其實林瑩潾除了被強暴，還被利刃插入下體，歹徒還在她的胸口割出「浪」這個字。你們應該加快腳步捉到這個性變態，要不然我也住在那附近，每天回家都提心吊膽，實在好可怕！

「妳聽誰說成這樣？」

同業啊！我們做新聞的什麼消息都知道的比別人快，要不然就會被淘汰。

3.盧耀文的說法

我在這一群女人之間，實在有點為難！

平常為了掌握新聞線索，找尋獨家管道，和同業明爭暗鬥，已經傷透腦筋。回到辦公室，還要爭什麼主播時段，收視率，觀眾來信，鮮花，禮物……對我來說，實在有點無聊。我只想做好一個記者的本分，公司要我播新聞，也是一個任務，一份工作，還在乎什麼時段？我實在搞不懂。不過剛開始，我從晨間新聞主播起步時，真的很辛苦，早上五點就要進辦公室，預習稿子還要化妝，七點鐘打起笑臉跟觀眾道早安，接著整天的新聞採訪，直到晚間新聞結束，還要留下來開會檢討，一天耗在工作上的時間超過十五個小時。有時候遇到重大事件，根本回不了家，每天跟SNG車守著警察局，就怕漏掉抓到兇手的那一刻的精彩鏡頭；除此之外，還要隨時更新資料，準備連線報導，曾經創下一個星期沒洗澡的紀錄。妳瞧我才三十出頭，頭髮已經白了這麼多，我該怪誰？誰都不能怪，因為是我自己選擇這一行，我對新聞工作有極高的興趣，我喜歡與人相處，挖掘社會祕辛，探索那些不為人知的祕密。但是女孩子哪能像我們男人吃得了這些苦？颱風天，大地震，空難現場，風吹日曬，狂風暴雨，還要憋尿。所以說，女孩子最高的志願大概都是當主播吧！把自己打扮得漂漂亮亮，在電視上口齒清晰地跟觀眾報告新聞就好了，何必出去受苦？播一播還有機會嫁入豪門，這不是許多女孩子的夢想嗎？

「你認為葉可云也是這種心態嗎？」

我無法告訴妳她的想法，不過說實話，她真的是個很努力的記者。我靠獎學金念完研究所，小葉夠聰明，考取公費留美拿到碩士，我們都是靠自己力爭上游。我欣賞她的認真，企圖心，加上談得來，自然而然就在一起；至於將來，我現在不過是個小記者，也不能給她什麼保證。談戀愛對我們這一行的人來說太奢侈，除了同業，誰能忍受男朋友每天沒日沒夜的幹活？人家週休二日，我們不能休，因為新聞天天都在發生，誰知道星期天會不會又摔了一架飛機或迸出土石流？弄到最後，記者幾乎都跟記者結婚，因為比較了解彼此的難處。妳看我們那當家女主播蔡淑嬌，最後快四十歲，才找到一個年紀比她小的男同事嫁了，結婚的錢是她出的，房子、車子都是她買的，唯一可以安慰的是終於有個固定性伴侶，免得荷爾蒙不協調，整慘辦公室的同仁。可是像我們這種工作，結婚又如何？最後還是生不出小孩，蔡淑嬌生不出來，林瑩潾生不出來，就連白經理都生不出來；我並不是詛咒他們絕子絕孫，有時候我忍不住思考，會不會是我們這種新聞製造「業」，為了做新聞無所不用其極，破壞陰德，大量消耗前世修來的福報，才會落得沒有小孩的下場。喔！我只是隨便說說。

「你和林瑩潾的交情應該不錯吧，要不然為什麼擅自拆開她的信件？」

這我要如何解釋呢？說出來妳也不一定會相信！林瑩潾是個巴望全天下男人都要愛上她的女人！從辦公室坐隔壁開始，她就天天放電；起初我以為是自己自作多情，怎麼這個女人說話總喜歡挨著我的肩膀，有時候還會故意摸一下我的大腿，問我在哪裡買的褲子質料這麼好，要多少錢？我正納悶這只不過是大賣場買來的便宜西裝，怎會讓這位千金小姐覺得是好貨？她就摸到了我的褲襠，我愣在原地不知所措，她卻一陣眉開眼笑之後轉頭繼續去電腦前面打稿。像這樣的事情，我怎麼敢跟小葉講？被這麼美的女人摸下體，我說我被性騷擾有人會相信嗎？後來我發現她總是把觀眾的來信放在桌上最明顯的位置，有幾次我開玩笑故意大聲朗讀那些影迷的來信，讓全辦公室的人都知道那些粉絲有多渴望她，愛慕她，她完全不阻止我，任憑我自編自導為她量身定做一場脫口秀，她專注聆聽我大聲閱讀時還露出一股得意的笑。如果不是讓我發現她寫在電腦裡的黑函，我肯定繼續被她騙下去。

「什麼黑函？」

攻擊我們家小葉的黑函！那天我排了下半休，準備離開辦公室時，才發現忘記 key in 隔天的採訪行程。辦公室的電腦都是公用的，因為我的電腦已經關機，想借用林瑩潾的電腦，我剛坐下，一碰到鍵盤，螢幕豁然開啟，竟然出現一封用 word 打出來的信；我知道偷看別人隱私是很不道德的事，但是第一眼就讓我看到了小葉的名字當然會忍不住看下去！信的大意是，貴公司有一名新進女記者，仗著身材好，豐乳肥臀，為了登上主播台用盡各種手段，從採訪對象，到公司長官，只要對她的升遷有幫助，她都可以陪上床！這名葉可云主播，可以口交，性交，前面搞，後面進，冰火九重天，鴛鴦雙響炮，3P進行式，SM熱蠟燭油，或是全身塗滿番茄醬扮演被強姦的屍體，或是在放滿冰塊的澡缸裡假裝雪狐狸……。這太誇張了吧！我認識小葉三年多，什麼事情沒做過？她可從來沒有對我玩過這些花樣！更何況小葉有實力，她的SNG連線好得沒話說，膽子大，心思細膩，觀察敏銳，隨時要她去哪個現場連線，她都能說得頭頭是道。我想不管在哪一行工作，妳爬得愈快，就愈讓人忌妒，那些人的眼睛裡都長了針，看什麼東西都要刺，但是也不需要把一個好好的女孩子，說成人格分裂的性變態，這樣的行為太卑鄙。我當場就把這封信給印出來，找到機會跟林瑩潾理論；結果妳知道她怎麼回答我？她一派正經地說，這是影迷E-mail的來信，她只是剛好打開附件檔案看到而已，她說她也不知道該怎麼辦，怎麼會有人這麼齷齪，她好擔心自己也會成為下一個受害者。我看著她狐媚的微笑，她怎麼這麼有本事！明明就是她的電郵裡寫的東西，她可以捏造一個子虛烏有的影迷來信就推得一乾二淨？我又不是第一天幹記者，對於說謊話的眼神最敏感，林瑩潾真不愧是政治世家培養出來的媳婦，具備睜眼說瞎話的本領。

「這也無法解釋那封在她死亡當天出現的恐嚇信，為什麼只有你的指紋？」

說真的，我也無法解釋！那封信真的是當天出現在她辦公桌正中央。我們辦公室的主播，都喜歡來這一套，隨時隨地放一束鮮花在辦公桌上，也不知道是自己買的還是怎麼A來的，每當有人問起就神祕的一笑說：我也不知道啊！好像是觀眾送來的吧！總之我覺得這種作法就是要讓全天下的人都知道她很紅，紅到鮮花變成乾燥花，還放在桌上憑弔那虛無的知名度。我因為好玩把信打開來看，哪曉得這會成為命案的證據？至於上面只有我的指紋，我想這要看寫信的人是什麼心態，很可能他早就計畫好要做一件很恐怖的事，很可能林瑩濴的死跟她太複雜的交往也有關。

「林瑩濴有哪些複雜的交往？」

有次我和攝影記者廖富傑出差到台中，當晚返回台北，在路上，攝影突然問我：盧耀文，文字記者的行動電話是不是都報公費？我說是啊！他說借打一下好嗎？我說沒問題，就把電話交給他。攝影廖富傑，是個會寫小說的才子，其實他的聲音很好聽，我更覺得他應該去做廣播節目……這只是我個人的想法啦。總之，哪天，我猜他用我的電話打給女朋友，因為我聽到他輕聲細語的說：「嗯……想不想我？我好想你……我快到台北了，待會兒我們見個面吧？」我心想，這小子還真帶勁，現在已經是晚上九點多，搞了一天的SNG連線還有力氣去見女朋友？然後廖富傑繼續說：「等一下到我住的地方……什麼，不方便？……他在家？……那有什麼關係，你就說出去一下，晚上還是會回去陪他睡覺……真的不方便嗎？……只要見一面就好了……好吧……掰掰……I love you！」

媽的！這通電話夠詭異了吧？我為什麼記得這麼清楚，因為廖富傑跟我搭檔一年，他跟我說過的國語全部加起來都沒那通電話多，再加上，那種對話比八點檔連續劇還噁心，聽得我空腹都想吐。再告訴妳一件更詭異的事，第二天上班前我習慣先聯絡辦公室，確認採訪班表。我直覺按下手機上的重撥鍵，因為我記得自己昨天撥出的最後一通電話是打回辦公室確認任務結束，可以收工。結果妳知道我發現了什麼？當我按下重撥鍵時，電話上出現的是一個似曾相識但絕對不是辦公室的手機號碼，那個 09XX158888，這麼「發」的號碼，我所認識的人裡面只有一個：林瑩潾。這是公司配的電話號碼，林瑩潾剛拿到時還在辦公室炫耀一番，搞得大家都想各顯神通去弄一組 888 的電話來較量高下。我的手機為什麼會出現這個號碼？我最近並沒有跟她聯絡啊？我馬上想到廖富傑，昨天晚上最後用這個手機撥電話的人是他。在往台北的路上，他為了省錢跟我借電話打給林瑩潾，就是他。

「你有告訴任何人嗎？」

我發誓我只有跟小葉一個人說而已，但是小葉又告訴了她的姊妹淘，沒多久，小葉回報我一個更八卦的消息。她的好友曾經在深夜十一點，看到廖富傑跟林瑩潾一前一後走在大安路上，兩個人刻意保持距離還不忘左顧右盼，好像狗仔隊隨時會從下水道的人孔蓋中噴出拍照。好友當時騎機車戴安全帽在等紅燈，所以沒被認出來，眼睜睜看著兩個人鬼鬼祟祟的從身邊走過。也許我們都太光明正大，不曾疑心結婚的女人還會變花樣，再加上廖富傑跟林瑩潾是同事，也許晚上搭檔外出是在為公司採訪拚命，只是很奇怪攝影記者為什麼沒有帶攝影機？因為機器就是攝影記者的第二生命，幹我們這一行，只有拍到畫面，我們的努力才存在，否則一切都是狗屎都是屁。

「同業都在傳說林瑩潾的花邊嗎？」

女人的事就像狗皮膏藥，剛碰到的時候涼涼的很舒服，想撕下來的時候就變得黏手又骯髒！前陣子我的肌腱拉傷，整脊師天天給我貼這種東西，搞得我麻煩透頂。我覺得林瑩潾也像狗皮膏藥，看外表不知道，撕掉了才發現很髒。據我了解，她那些羅曼史，好像除了她丈夫，幾乎全世界的人都耳聞過林瑩潾的需索無度。不過換句話說，男人不都愛這一套？女人最好在外面像貴婦，在家裡像主婦，在床上要像蕩婦。至少我所認識的男人，幾乎都對林瑩潾充滿幻想，如果有機會，他們應該不會抗拒。

第三號嫌疑犯：跟女屍有「關係」的男人們……

命案發展至此，全民偵探運動開始，鄉民利用「銅鋰鋅」網路辦案，街頭巷尾的人們都在議論究竟是誰殺了大主播？

負責偵辦此案的女檢察官，竟也成為新聞人物。今天女檢察官打開電視機，赫然看到螢幕上出現自己讀幼稚園時候的照片，下方用血紅放大的細明體字幕寫著：「美豔高䠷女檢察官，天生麗質超能第六感」。

記者說：女檢察官的美麗是天生的，從童年到成年的兩張照片比對，充分驗證女檢察官沒有到韓國去美容，根據醫師目測，應該也沒有注射玻尿酸。新聞裡又說，女檢察官辦案如神，她經手過的大案無數，每次都能準確鎖定嫌犯，百日之內必能破案。據說女檢察官的八字較輕，死者的亡靈經常透過託夢等另類方式陳雪自己的冤情，但是受過高等教育的女檢察官從來不對外公開自己的超能力，她在法界獨來獨往的個性讓她美麗的外表更增添一份神祕感，記者訪問到曾經與女檢察官有過接觸的星相專家，透過星相專家對姓名學的詮釋，來看看料事如神的女檢察官為什麼會有這項本領？只見星相專家露齒微笑說：我們從這位女檢察官的眼睛下方的臥蠶看來，她應該也是一個犯桃花的命格，民俗說法就是狐狸精。她應該交往過許多男士，而這些人也都會對她念念不忘……。

女檢察對「提問」這件事情非常敏感，她清楚聽見記者的問題是姓名學分析，結果星相專家只聚焦在她臉上的眼袋，並賦予眼袋高度的美學鑑賞，叫做臥蠶桃花，還順便進化到狐狸精的層次。女檢察官忍不住去照鏡子，試圖找出臉上的桃花？她左看右看自己實在是個正常人，除了黑眼圈。她既沒有多長一雙眼睛也沒有多一個鼻子，為什麼好端端做事情，會被一個素昧平生的算命仙說成狐狸精？

原來這是充滿動物（狐狸精）或植物（桃花）的社會。女檢察官發現她不能再以對待「人」的態度來應付這個世界，因此她決定下一步的調查重點，將會鎖定那些疑似與林瑩濰有過不尋常關係的動物們。

人選之一：

年薪千萬的男主播禮義廉

出國中，下落不明

女檢察官被迫暫時放棄這條線索。

偵查隊長拿著一份牛皮紙袋走進來：「這是死者的通訊紀錄。網路警察跨國合作向日本申請的資料。」

女檢察官輕微皺了眉頭，她臉上很少有表情，但是「通聯紀錄」太刺激，多少祕密都藏在這種你來我往的文字中，以及一言難盡的貼圖，像是啾咪、摳鼻孔、「愛你喔」、「只能給八十七分不能再多了」、或「讚的不要不要的」，究竟是阿諛還是嘲諷？是性暗示還是開玩笑？女檢察官常常很難解讀。

愛情流刺網

年輕的檢察事務官突然竄出來，他是個剛考上司法特考的新鮮人，對施展正義充滿熱情，第一次和女檢察官合作，就辦大案子，讓他經常處於興奮狀態：「檢座，我已經過濾這些通聯紀錄，列出了一份名單，名單中的人都是與死者發生異常對話或是命案關係人，像是目擊者看到的那個美食家，他最厲害了，妳瞧瞧，去高雄演講，他都會找個女人這樣寫：『如果妳陪我，我就留下來過夜。』勾引女人對他來說，就像是愛情流刺網，一個都不放過。」

女檢察官翻閱美食家的通聯紀錄，片刻眼花撩亂。檢察事務官已經詳細列出筆記，這份花名冊，從大學女教授、專作標案的公關公司女總監、藝廊女導覽員、上海餐飲集團女老闆、大陸女詩人到據傳和林瑩潾是姊妹淘的購物台專家都有一腿。往來ＩＰ位置從台北到屏東，從上海到蒙古，美食家除了一張嘴，在文字與語言的魅惑中，他幾乎人盡可妻（欺）。

貪吃美食家

美食家在電視上伶牙俐齒，與女檢察官面對面時，卻惜話如金。

「你是林瑩潾主持《情人做早餐》節目中的固定來賓，除了工作，還有沒有其他的關係？」女檢察官問。

「沒有。」

「你出過一本暢銷書《完美臘腸料理》，根據這項線索，你是否寫過提及臘腸的信件給林瑩潾？」女檢察官繼續問。

「沒有。」

「根據目擊者說法，你在林瑩潾死前和她一起去溫泉賓館。」

「沒有。」

檢察官拿出一張在台二甲線，陽明山往金山方向拍攝到黑色賓士車的超速照片，問：

「這是不是你的車？」

「剛好經過。」美食家語調未見起伏，像是沒有心跳的人在發音。

「你們有性關係嗎？」女檢察官繼續問。

「沒有。」

女檢察官嘆了口氣，拿出一張紙，緩緩唸著：「五月一號至五月八號這段期間，晚上九點到十一點之間，你每天發出訊息給不同的女人，寫著同樣的話：『妳離開後，腦海裡都是妳的影子，我已經是個糟老頭，卻忍不住一直想妳……』請問你還記得嗎？」

「不記得。」

「五月十九號晚上十點零三分，你在同一時間，連續發出十個訊息給不同的女人，卻寫著同樣的內容：『想妳，想為妳做大盤雞。』」

「五月二十號至五月二十五號晚上，你繼續發出同樣的訊息給不同的女人，寫著：『教一分鐘親一下。做愛做的菜。』」

「林瑩潾經常到你開設的餐廳宴請，你又是她節目的固定來賓，這之間，是否有對價關係？」

美食家緊閉雙唇，隔著眼鏡看不透他的眼神，他的臉型方正剛毅，唇上有些鬍鬚，是老化的銀白。女檢察官的腦海突然浮現出一句成語「老當益壯」，她小時候看到高齡七十歲的外公，親自挽起袖子，赤腳下田種菜，那時候她認為這就是老當益壯。沒想到成年之後，眼睜睜看著這位滿頭白髮，還有些圓頂禿的美食家，滿口謊言，突然覺得是不是該為「老當益壯」賦予全新的時代意義。

女檢察官最後問：「我很好奇，上電視節目像這樣不說話，也可以領車馬費嗎？」

美食家繼續保持緘默。

空氣中似乎傳來烤香腸的味道。

偶像劇初戀情人

這男人長得真是英俊，是種讓男人看了忌妒，女人看了著迷的典型。他即使隨便打扮，那身材那模樣，當他坐在會客室裡，還是讓不少警員側目，甚至以為今天警局又借給劇組拍電影。

「她死前曾經用手機打電話給你。」女檢察官訊問。

那是因為她說隔天要出國，希望我接她去機場。

「她有說過為什麼要出國？要去哪裡？有沒有同行的人？」

並沒有。

「你是林瑩潾的大學同學，為什麼開計程車？」

開計程車很好啊，人與人萍水相逢，遇到好人，聽他說一些好話；遇到討厭的客人，忍耐三、四十分鐘，只要到了目的地，他們一定得下車，我又恢復自由了，這不是挺好的嗎？

「你和林瑩潾一直有聯絡？」

沒有。一年前她在街上揮手叫計程車，我剛好經過，就這樣遇到了。

「你們曾經是男女朋友嗎？」

那是念大學的時候。

「你們重逢之後有沒有繼續約見面？」

英俊的計程車司機低下頭。女檢察官觀望著他突然變憂鬱的眼神，男人長這麼帥真的應該去拍電影，而且一定要演負心漢，才能壞到透頂都能用無辜的美麗誘惑女人母性，讓女人忍不住把他幻想成嬰兒疼愛。

我們相遇的那天……勾起許多回憶。想起初戀，那時候瑩瑩非常可愛，有陣子吃什麼東西都要加奶精，連蚵仔麵線都可以拌奶精一起吃，只因為她相信這樣吸收鈣質還有機會長高。……然後，我們就分開了……然後，我們又相遇了，然後她開始吻我……我沒有拒絕她……她變得跟以前不太一樣，技巧更成熟……老實說，在那個當下，我很後悔當初為什麼沒有娶她？但是結束之後我就立刻清醒了，我應該感謝她老公把她調教成這樣，也許是生活的無憂無慮，才能讓她真正享受做愛，如果跟著我東奔西跑，說不定我們早就離婚，也不可能有這次美好的經驗。

「你們兩個人同時買了隔天飛往香港同一班機的機票。為什麼？」女檢察官開始有點咄咄逼人。

喔！這個。其實，我們有約好一起去香港。

「為什麼一開始不承認？」女檢察官質疑。

「一開始妳又沒問。」司機溫柔的反駁，但是因為他長相太俊美，一時之間偶像劇氣氛太強烈，現場竟然沒有人接話。

瑩瑩說，她入社會這麼多年，時常回想起學生時代的單純，但是我們心裡都明白，我們已經回不去了！她說她很珍惜跟我在一起的時候，我們偶爾聊天，大多數時間都是在床上。我喜歡她，但是不能給她保證，也會跟別的女人上床。三個月前，我認識一個酒店小姐，結果得了性病。我不想把性病傳染給瑩瑩，也不想欺騙她，所以說了實話；她知道原因以後很生氣，罵我是自甘墮落的奴才，沒出息的混蛋，掛斷我的電話，就沒有聯絡了。

治療的過程，我認識醫院裡的小護士，她長得真可愛，我想等我性病治好了，也許可以約她出來看電影。只是很奇怪的是，這個念頭才剛閃過，瑩瑩又突然出現，她說她願意原諒我的過去，她說這世界上沒有比我們之間更純潔的愛情，她要我陪她去香港散散心，她說她想去大陸發展，想讓事業版圖擴張到所有華人世界，她問我願不願意跟她去香港打拚？我想我跟她最大的差異，就是我沒有這麼多野心，不過如果到了香港她願意養我，我也不會排斥，大不了再開計程車，只是那裡靠左邊行駛需要一點時間適應。

「你知道林瑩潾懷孕的事嗎？」

是嗎？多久了？是我的孩子嗎？

「你如果過去三個月都在治療性病，跟她沒有性關係，應該不會是你的骨肉。」

英俊的計程車司機臉上看不出明顯的喜悅或哀傷，他只是淡淡地敘述：我知道我不是她生命中唯一的男人，但是大家都不說穿的時候，至少還有一點談戀愛的真實感⋯⋯。

「你知道是誰的嗎？」

司機搖搖頭。她太多祕密了，我也不過是其中一個小祕密。

女檢察官說：「不過她對你這個小祕密可能挺認真的，要不然為什麼要帶你去香港？」

她常常天馬行空想很多事，年輕的時候，她想演戲，想當編劇，只要是那種可以操縱人死活又不必負責的職務，她都有興趣。雖然我覺得她寫的文章實在很爛，但是我還是常常鼓勵她，也許不一定要用文字，也許編故事也可以用說的，嘴巴講一講比較輕鬆，沒想到她後來就成為主播。我們之間的感情，很難形容……有點像兄妹吧！她是獨生女，從小在優渥的環境中長大，她什麼都不缺，只缺一個真心愛她的男人。我們的偷情，後來有點像亂倫，她喜歡在床上叫我哥哥，我要叫她妹妹，她說如果時光倒流，她要跟我一起住到鄉下，養雞種花。

俊美的司機凝視遠方，帶著抒情的語調，緩緩道來：我很難過她死得這麼突然，如果還有機會時光倒流……我想……

他大約沉默五秒鐘，瞬間搖頭：「我想，我還是不會跟她到鄉下去種花養雞。」

腹肌人魚線整型醫師

我真不敢相信！前幾天我們才在討論投資醫美診所的事……。

「她死前最後一通電話，都跟你說了什麼？」

林小姐說她找到一家擁有美國專利的生化保養品，用於換膚非常有效，她跟這家公司的美國大老闆見過幾次面，雙方對於合作已有初步共識，她想聽聽看我的意見，本來還約我這幾天再碰個面，沒想到……。

「你見過那位美國大老闆嗎？」

沒有。

「你和林瑩潾有沒有超友誼關係？」

檢察官怎麼這樣問呢？人家林小姐可是有夫之婦，也是前立法院院長的媳婦，她婆婆還是我的大客戶，介紹許多病患給我，讓我有機會為人群服務，我怎麼可能做出這種敗德的事情呢？

「週刊為什麼報導你們？」

名醫師的臉龐光滑無痕，凝脂動人，他應該是飛梭電波的親身見證者，靜默時微帶笑意的他看起來像個清純的高中生，唯一無法隱藏年齡的是眼睛，一雙飽經世故滄桑，像梟鷹般梭巡的眼睛。無痕男人量身訂做的深色西裝讓他在診間展露出最優雅的態度，彷彿只要跟著他輕輕在臉上注入肉毒桿菌，或是以內視鏡在頭皮裡開幾個小傷口，埋下八爪釘，立刻枯木回春。高學歷高智商高收入，他的高度在現實社會中已經無人能及，臉皮的緊實度也是如此，他再也無法鬆開什麼，他只能繼續緊繃。

「你趁太太回美國，把林瑩潾接到家裡來住了三天三夜，還叫菲傭做飯給你們吃。沒想到菲傭告密，你太太再也無法忍受你的花心，導致婚姻決裂。」

名醫師乾笑兩聲，他的嘴角永遠停留在十五度，黃金八爪拉皮的美學高度：「難道檢察官也看週刊辦案？我只替你們這些所謂的司法人員難過，想要找出凶手應該鎖定正確的目標，別在我們這些知識份子身上浪費時間。」

詩人攝影記者

我跟她之間……是一段建設性的模糊空間，在虛無飄渺的人世裡，一段相互慰藉的過程，就像兩條寂寞的魚，與波浪起舞的同時看到了對方的眼睛。

「假設你們是比目魚怎麼辦？眼睛都長在同一邊會看得很辛苦。」女檢察官正在寫字，說話的時候，她沒抬頭。

我們在海底的沙中沉潛，等待陽光出現的剎那浮游而出，孕育我們的海是無止盡的咖啡因，在拿鐵與卡布其諾交織的每一個夜裡，吸吮到彼此的氧氣，她是紫色的水蜜桃，是白色的村上春樹；我是黑色的榴槤，紅色的阿莫多瓦。

「請說人話。」

我們是好朋友，每天都會聊聊天。

「林瑩潾休假當天，你是否從辦公室裡連續撥了許多通電話給她？」

他嘆口氣，點燃一根香菸，從他胸膛的起伏與呼出來的煙圈可以推測他是用盡了肺活量來吸吮這根菸：那天中午我出門採訪了，在慶城街拍一場火災，錄影帶上有Time Code，妳可以去查。我和林瑩潾從來只關心彼此，不談別人，我們是很動物性的交往，沒有承諾，也沒有負擔。我常常說她是Hyena，妳知道Hyena是什麼動物嗎？非洲斑點鬣狗，牠們的天性就是獵食，無論白天或是深夜，一但發現獵物，牠們能夠立即發出十一個音階以上的嚎叫聲，召喚志同道合的夥伴共同加入圍剿，寧殺錯，勿放過。這就是Hyena能夠成為非洲草原上數量僅次於獅子，排名第二的肉食動物的原因！

這種動物不斷尋找同伴加入殺戮戰場，唯一的天敵是獅子，獅子攻擊Hyena並不是要吃牠的肉，而是看不慣Hyena天性裡的自私，有時候公獅子會咬著Hyena直到死亡為止，沒有原因，只是憎惡。

想要找出真正的凶手，可能要先找到這隻獅子才行。

某電視頻道友台總經理

已經屆齡退休的他，身材保養得結實精幹，整齊旁分的西裝頭，飄散一股老式髮油味，炯炯有神的眼睛透露這位傳播界老兵嚴謹自律的信心。

妳要問林瑩潾的事吧？我是個有話直說的人，也不跟妳拐彎抹角，影劇版記者說林瑩潾要跳槽到我們公司，根本就沒這回事！我看到報紙也嚇一跳，怎麼我們公司要來這號大人物竟然我都不知道？可見人事管理出現問題，正準備興師問罪，新聞部總監自動報告，她說這是林瑩潾自己對外放的消息，為的是想炒作行情，最終目的想藉跳槽提高身價，好進駐晚間新聞當家主播的時段。其實以她的能力，想要在傳播界立足絕對沒問題，但是問題在於她的人格。我跟她的公公是舊識，過去院長也打過好幾次電話，希望我多多任用有才華的女主播，立刻推薦他媳婦就是優秀的人才。不瞞妳說，林瑩潾長得漂亮沒錯，但是她的眼神中有一股邪氣。我曾經親眼看到她在一場論壇，對有錢有勢的貴賓眉開眼笑，但是一轉頭面對工作人員，完全沒有好臉色。

也許妳會說，這只是我個人偏見，但是我可以再給妳舉一個例子，有次家父突然問我，現在的電視記者有病嗎？

我問他怎麼回事啊？他說有天在住家附近的公園看到幾個青少年欺負一個小男孩，小男孩抱著頭蹲在路邊一直哭，旁邊一架攝影機對著這樣的畫面拚命拍攝，攝影記者身邊站著一個時髦女子拿著行動電話講個不停。我父親雖然是個九十歲的老人，卻很有正義感，他顧不得自己的歲數，只想幫助那個小男孩脫困，忍不住問：「妳沒看到那小男孩的頭髮已經快被這些孩子燒光了嗎？」那女人說：「你別破壞我的獨家報導。」家父又說：「你們既然是記者，現在就應該主持正義啊？」女人說：「我管你什麼正義不正義，我要的就是這種血淋淋的畫面，這個社區小霸王的專題可是我絞盡腦汁想出來的，別人家死孩子關你屁事？」

我父親回家後非常沮喪，當天晚上打開電視機，發現這女人竟然是主播，也看到這家電視台不斷打廣告推銷「社區小霸王」的獨家報導，但是又過了幾天，這則新聞突然人間蒸發，後來我才知道，那些被拍攝的「惡煞青少年」，其中一位的父母親向電視台檢舉，說自己兒子在學校是品學兼優的模範生，都是因為林瑩潾用錢收買了他，才會假裝演出惡霸。電視台查證之後發現是實情，連夜把所有的宣傳撤掉，連已經報名參加的新聞金鐘獎都透過關係更換名單，還警告處理相關事務的工作人員不准再多嘴。

所以，我怎麼可能會錄用像林瑩潾這樣人格有重大缺陷的記者呢？

身價百億的上市公司董事長

董事長忙的沒有時間接受偵訊，經過律師建議，他答應在電話中聊聊，並且快人快語。

我跟林小姐幾乎每天通一次電話，都是談股票的事。

「你們有約好一起出國嗎？」

為什麼這樣問？

「因為你們訂了同一天前往香港的飛機。」

這是巧合吧！每天去香港的人那麼多，我怎麼知道她也要去？

「她在你開設的銀行，定期都會有一筆錢入帳，這又是怎麼回事？」

任何人都可以來銀行開戶，妳應該去問林小姐那筆錢的來源。

「就是你轉投資的傳播公司匯進去的。」

那也應該是她的主持費吧，她是《理財紅通通》的節目主持人，領主持費理所當然。

「每個月有二十萬？」

你去問傳播公司，這些細節我不管。

「那麼你每天跟她通電話都說什麼？」

我看好的股票，跟該脫手的股票，我只是給她建議。

「你跟林瑩潾有沒有發生過性關係？」

妳問這什麼問題？真不禮貌，我要掛電話了。

嘟……。

浪漫視覺藝術家

藝術家首先展示他的照片，所謂的裝置藝術：馬桶掛在牆壁上，鏡子鑲嵌在地板，馬賽克拼貼營造不規則的效果，估計人類經過這種空間須緩步S型。他露出滿意的微笑，手指照片中間所謂的沙發，那是一張已經毀損，破綻處露出獨立彈簧筒的老舊雙人彈簧床，上面還有斑駁的標籤模糊顯示品牌「我愛我家」。

這種感覺很特別吧？藝術家說：我開的Pub更屌，如果妳有時間，我可以招待妳到店裡坐坐。不過你們檢察官都太正經了，我以前開過一家叫做「急診室」的酒吧，只不過規定女服務生都要穿著護士的白制服，就遭到市政府取締，取締我的罪名叫做「訴求詭異」，剛好今天讓我遇見學法律的，我想請教一下，什麼叫「訴求詭異」？我開的酒吧還限制未滿十八歲的人不能進入唉。再說到我後來開的另一家酒吧，只不過找來幾個俊男美女做人體彩繪，又被檢警突襲，這次把我冠上的罪名叫做「製造猥褻物」。喂！我真的搞不懂唉，妳看二十四小時播出的電視新聞，一天到晚都看得到人體彩繪的報導，有時候還會故意特寫人體模特兒奶頭上的花紋，妳以為觀眾是色盲啊？那個奶頭清清楚楚的繃在那裡，只不過塗上了顏色當作花蕾，妳還真的相信那就是花蕾啦？奶頭就是奶頭，怎麼就沒有人說媒體製造猥褻物？我規規矩矩申請執照，開家小店，想要發揚視覺藝術的美學，讓人民的生活更有文化，卻一天到晚受到關愛的眼神，你們也真是太抬舉我了。

「你可以說說與林瑩濰之間的關係嗎？」

林瑩濰？那個女主播啊？她的身材很好，可惜有點小腹，而且她太白了，太白的女人滋味不太好，你聽過吃狗肉的標準嗎？一黑二黃三花四白，白狗是最後不得已的選擇，因為白狗的肉太粉，吃起來沙沙的，沒有彈性。女人也是一樣，太白的女人軟趴趴，得搞好久才進入狀況。這世界上最美的女人是黑人，你知道黑女人的舌頭是什麼顏色嗎？粉紅色。而且就跟下面一模一樣，妳絕對不相信，但我現在告訴妳這是千真萬確的，這種女人是上品，讓人一輩子都懷念。

「我只想知道林瑩濰與你之間的關係。」

人都已經死了，還說那麼多幹嘛？

「因為她死前跟你通過電話。」

妳說情人節那天喔?沒錯,她是打了一通電話給我,要我幫她找幾個兄弟解決一些事。

「什麼事?」

沒說。她這個人就是這樣,她想說的不必問都會告訴你,不想說的問半天也不會理你。我因為開酒吧,五湖四海都有朋友,道上兄弟也認識幾個,那天林瑩潾打電話來,說最近遇到麻煩事,希望找人幫忙解決。我當然一口氣就答應啦!只是我想要知道,這事情究竟有多麻煩?她很含蓄地告訴我:比動搖國本還麻煩。她保證會回饋一個令兄弟滿意的價錢,要我等她電話,沒想到她就死了。

「你們兩個人上過床嗎?」

一次而已,我其實不想碰她,因為她來頭太大了,但是那天她的心情不好,我算是安慰她吧!其實幹這種名女人並不爽,她們好像時時刻刻身上都背著包袱,放也放不開,每次跟這種名女人上床,我就好比性治療師,要啟發她們的心靈自覺與引導放縱感官的歡愉,這種愛做得真累,做愛很簡單,要像動物一樣直感交配。性治療不是我的嗜好,日行一善就夠了。

涉及軍購案的國防部官員

我今天出來跟妳談話，可千萬別讓我們長官知道，要不然我恐怕要被記上汙點，將來晉升會大受影響。

我跟林小姐真的不熟，也沒見過幾次面，主要因為她規劃了一個替代役男救災報導，希望我調度一些單位配合新聞的拍攝畫面，內容不外乎就是一些國軍協助安置災民，幫忙灑掃庭院，養豬除草的故事。我認為這是一個非常正面的報導，向上級報告之後就開始跟她聯繫，結果八字都還沒有一撇，就聽說她死了，我也很遺憾。

「她的銀行帳戶為什麼會有你匯進來的錢？」

那是林小姐跟我調頭寸，她說她有一些困難。

「你認為我會相信嗎？」女檢察官忍不住斜眼看他。

我也不能強迫妳相信我，但這是千真萬確的！她打電話給我的時候我也覺得很詫異，怎麼會向我提出這個請求？她是大主播，家裡又這麼有錢，也許是跟我開玩笑吧！沒想到她是認真的，還把銀行帳戶給了我，希望我第二天就能幫她的忙。我想一想，只有二十萬，就先借給她吧，也許林小姐真的有難言之隱，我不過是救急不救窮，在這個節骨眼幫她給她一個方便。

「這跟她專訪軍購弊案的關鍵證人——魯太太有沒有關係？」

別提魯太太那件事了，據我所知，林小姐訪問到魯太太的過程，還有另一個穿針引線的藏鏡人，我們單位也很希望能找到魯太太來說個清楚，但是現在這案子已經進入司法程序，我也不過是個跑腿的小兵，莫名其妙變成弊案關係人，我真的什麼都不知道，只是按照上級指示辦事情，哪有那麼大的本領去碰到兩百多億台幣的佣金？報紙一天到晚亂猜亂寫，他們有一天把我逼瘋了去自殺我都還不知道該找誰償命？

「後來林小姐有沒有還你這筆錢？」

有。她那天打電話來就是告訴我這件事，說錢已經用 ATM 匯到我的戶頭了，我謝謝她一聲就把電話掛了，不信妳可以查通聯紀錄，我們講話大概沒有超過十秒鐘；我真的不知道她為什麼要來向我借錢？也許她覺得我只是個小兵，沒那個膽去跟別人說；不過事後我覺得有點後悔，為什麼我這麼倒楣？在單位裡安分守己上班，偏偏因為負責蓋章遇到有史以來最具爭議的軍購弊案？就連想要做個好人，借錢給一個認識不到兩個月的名人，竟然也會碰上謀殺案，而且林小姐還死得那麼慘，好像還是跟我講了電話沒多久就死了⋯⋯。我們軍人為國捐軀是應該的，可我要是因為這些不清不楚的牽連，莫名其妙冤死，那真是辜負了我投筆從戎的豪情壯志。

白經理

林瑩潾直到死前都還關心她的工作，才會撥那通電話給我，她說馬上就要給我一個大獨家。一想到這個我就更難過，怎麼這麼好的人會遇到這種事。

我跟她認識的很早，在美國留學時，我是她的學長。她的成績都拿A以上。當時我就覺得這個女孩將來一定是個人才！果然沒錯，她當記者之後充分發揮天賦，幾乎沒有一條路線難得倒她，她製作的專題包羅萬象，我發現她在任何領域都能發揮，不管是政治，財經，醫藥，民生，娛樂。

「所以從你當新聞部經理之後，就不斷給林瑩潾記功嘉獎，讓她年年考績都拿第一？」

那也是理所當然的！妳看看這個辦公室，只說不做的懶人特別多，我要怎麼管？現在是講求「執行力」的時代，一切只能向業績看！前一陣子公司內部人事重整，就是要淘汰這些沒有業績的冗員。

「所以你趁著設備更新時，淘汰一群年紀超過五十歲的打字人員？」

他們只有四個人而已。

「貴公司的工會組織明文規範，應該在資遣員工之前，先安排他們至其他適用單位，資方沒有權力無正當理由遣散員工。」

我有安排啊！前一陣子新聞部採訪組招考記者，我就建議他們來試試看。

「年紀超過五十歲的打字員，適任採訪記者嗎？」

總而言之我確實有安排，適不適任是他們的問題，與我無關。

「你對於『適任』似乎有自己的定義。去年的年終獎金，聽說你故意取消清潔工的獎金，把這筆經費拿來發給特定部屬，在公司裡也引起很大的爭議，工會質疑，掃廁所的人不應該有年終獎金嗎？」

這不是應不應該的問題，而是有沒有貢獻的問題。誰的貢獻多，誰就可以多得到鼓勵，我只是盡本分，鼓勵每一個員工發揮最大的效益，也就是業績，即使在新聞部也是一樣，沒有業績就等於沒有貢獻，沒有貢獻的人就沒有資格拿到獎金。

「你是指採訪新聞的記者，為了創造業績，也為公司爭取額外的經費，必須努力貢獻『業配文』？」

記者出去採訪新聞，能夠良性利用彼此關係，在合法的程序上創造雙贏，也是造福公司全體同仁。

「你的意思是，只要不違法，新聞可以廣告化？」

我可沒有這樣講，是妳過度演繹。打個比方說吧，當初林瑩濰牽線，與外製公司合作《理財紅通通》節目，由新聞部提供主持人，攝影棚，攝影師和導播，這些都是現成的人力嘛，平常不到新聞開播的時間，這些人閒著也是閒著，現在只不過是在下午一點到兩點，多開了一個節目時段，傳播公司一集回饋我們兩萬元，帶狀播出一個星期就是十萬，一個月就為公司增加四十萬的收入，這個就叫做業績，新聞部因此在全年收入上，領先台內所有單位，也是我們同仁共同努力的結果。

「出動新聞部這麼多人力物力，一集只收兩萬塊錢會不會有點少？」

我們是站在服務觀眾的立場，不要太斤斤計較。

「你們這個節目，美其名合作，實際上讓傳播公司發包，只要從新聞部拿到時段，再轉賣給投顧公司，就能輕鬆賺差價。據我了解，目前賣出時段一個小時的行情是一百萬元，如果是這樣，一集只回饋你們公司兩萬元是不是太少了點？這中間的對價關係，很值得研究。」

檢察官，我以為妳今天只是來調查林瑩濰的命案，怎麼連我們公司內部行政都要干涉？對於妳剛才提出的問題，我有權利不回答。

「林瑩濰後來知道內幕，她要求提高主持費是嗎？」

我不知道。

「你剛才說，林瑩潾最後通知你的獨家消息，又是什麼呢？」

現在不方便告訴你，因為這個訊息已經 pass 給別的記者。

「林瑩潾在新聞部上班時，曾經讓新聞開天窗，經常遲到早退，甚至還造假新聞，為什麼都沒有受到處分呢？」

有這種事？妳別聽信謠言。

「這裡有導播日誌佐證。」

哼哼……檢察官，想要找出凶手不必跟我鬥！妳要忙的事情可多了。

「在《理財紅通通》這個節目，你跟你的親信都有分紅吧？林瑩潾知道幕後的龐大利益，是不是有跟你暗示過什麼？」

這跟林瑩潾的死沒有關係。

「難道你是凶手嗎？可以代替她答覆這個問題？」女檢察官犀利詢問。

檢察官，我們新聞工作者的專業可不容許妳如此輕易侮蔑，我想如果妳沒有其他的問題，我必須去開編採會議！沒有時間陪妳，抱歉。

「林瑩潾死亡當晚，你和禮義廉、林瑩潾一起用餐，但是你坐下來沒多久就離開，你不但知道禮義廉與林瑩潾的祕密關係，而且你還是他們的中間人。林瑩潾的腹中胎兒是禮義廉的嗎？」

白經理冷笑兩聲，不發一語，拂袖而去。

網紅主播

數位匯流，展延出資訊跨界的綿密網路，內容農場無奇不有，二十四小時送上腦補快餐。「收視率」是最後的審判，數字決定媒體人的天堂或地獄，全世界的專業人士都在討論新聞倫理，卻在年終考核業績時，將倫理燒成符水，當作孟婆湯吞下去。

命案發生將近十二小時，地球不會因為消失一個人而停止運轉；網紅主播繼續爆乳說新聞，個人臉書粉絲專頁直播生活小確幸，濃妝美人攤開剛剛旅遊返國的戰利品，包括扛回一個沉重的名牌鑄鐵鍋，聲稱遠赴歐洲搶購成功實在不虛此行。

女檢察官想起二〇一四年退休的美國無線電視台晚間新聞首位女主播芭芭拉華特斯，在她五十三年的新聞生涯中，受到各界一致讚揚的理由似乎並沒有包括臉書直播家務事。還有剛剛以據說年薪兩千萬美元被挖角到ＮＢＣ的梅根凱利，二〇一四年《時代雜誌》選出的全球最有影響力百大人物，成功之道在於她精闢的政治評論，而非美麗顏值。

思慮轉回來，女檢察官繼續埋首於檔案資料，她根本沒注意辦公室裡堆滿鮮花，甚至在其他辦公桌上，還有好幾籃繫著蕾絲緞帶的新鮮水果禮盒。

當女檢察官終於放下資料夾，抬頭運動眼球望遠明視，她稍微皺了一下眉頭，想不通的事千頭萬緒，怎麼現在又多一樁？她面帶疑惑的詢問助理：「我們最近是不是換過或整修過辦公室？怎麼這裡看起來跟以前不太一樣？」

事務官對她微笑：「報告檢座，我們沒有搬家，也沒有重新裝潢，純粹是因為妳的仰慕者太多，送來一籃又一籃的鮮花水果，希望妳好好保重身體！現在電視媒體的影響力真大，我看妳在地檢署辦案十幾年，從來也沒有人送過什麼東西，現在只不過上電視，全國同胞都知道妳這個美麗的包青天，瞧！這裡還有一箱仰慕者的來信呢！」

女檢察官望向放滿信件的大紙箱：「水果拿去送給其他辦公室的同仁，這些信，有破案線索的留下，其餘存檔。……等等，有求婚的信另外保留。」

「我都看過了，求婚的信確實比破案線索多！」年輕事務官露出陽光笑容：「還有一些來信是詢問妳的造型，服裝，以及上電視的手提袋都是在哪裡買的。」

女檢察官眼光銳利而寧靜，蒼勁的手指不斷玩弄一枝裝飾羽毛的鉛筆，她思考時習慣用下牙齦咬住上唇，這模樣讓她看起來像美國卡通「辛普森家族」中的二女兒花枝。

命案關係人紛紛出現，也紛紛脫離關係，鎖定手機GPS定位是嫌疑犯不在場證明的一項關鍵，例如美食家在命案當晚，與購物專家珮彣打嘴砲的地點是文山區自宅，與陳屍現場隔了一個行政區。

檢察事務官這時候突然端著一盤櫻桃靠近，女檢察官問：「這櫻桃哪裡來的？」事務官回答：「這麼貴的水果，是我媽買的。」他畢竟太年輕，第二句話才講到重點：「我們發現林瑩潾的筆記本裡記錄一堆ABCDE的代號，還有一個X行程表，我們相信以妳的超感應，一定可以透視出一些端倪。」

事務官開的玩笑有點不好笑，女檢察官用冷冷的眼神回應，卻讓他以為冷笑話有益辦公室氣氛，臉上的笑容愈是洋溢。

X行程：

獨家。拿東西給羅姐。選舉。位置。承諾。成功。

所謂的X行程，就是這麼簡單的幾句話，根本像天書一樣難懂。女檢察官看著這些中文，心想，怎麼這個女人小心到這種程度？連自己的筆記都要寫得像密碼。

她轉頭跟事務官說：「這個天書我看不懂，神也沒有給我靈感，只有唯一的重點是那個

『羅姐』究竟是誰？」

事務官正含著一顆櫻桃，練習用舌頭打結櫻桃梗。他語音囫圇地說：「『羅姐』應該是林瑩潾工作的電視台總經理羅夢湘。她是記者出身，後來做到報社總監，政黨輪替之後，因為跟新政府關係密切，加上又是女性菁英，高升電視台老總。」

「電視台的財務狀況如何？」女檢察官問。

「現在競爭太激烈，廣告商就是電視台的衣食父母，一但失去廣告等於被削斷四肢，所以到處置入，連新聞都淪陷。」

女檢察官想起美國最高法院外，有個非常特殊的景觀，四隻石頭雕成的烏龜乘載著燈柱，象徵司法正義是「緩慢而堅定」（Slow but steady）的里程碑。一個成立將近五十年的無線電視台，從戒嚴到解嚴，在新聞史上將近半世紀的奮鬥，面臨快速洗牌的新媒體時代，未來，是否還能夠「緩慢而堅定」的建立里程碑？

第四號嫌疑犯：誰敢動搖國本？

女檢察官拿出林瑩潾生前記下的懸疑筆記，讓羅姐仔細瞧。

「我想……林瑩潾所謂的東西，跟她的命案，不一定有直接關係。」羅夢湘看完「X行程」，平靜地說。

「很多事情跟命案都不一定有直接關係，但是抽絲剝繭、抓出真凶是檢察官的天職，所以林瑩潾交給妳的東西究竟是什麼？」女檢察官追問。

「她交給我的東西並不重要，而且她已經死了。我想我們應該為死人留一點情面……」

「妳可以留情面，但是我不需要！我的責任是將凶手繩之以法。」女檢察官冷靜應答。

「檢察官，別這樣……我跟你們院長也很熟……」

「喔！根據我的調查，自稱跟林瑩潾很熟的男人都跟她有性關係，我不曉得羅總經理的意思是？」

哈哈哈哈！羅姐銀鈴般的笑聲回響在室內空間，雪白的胸脯伴隨呼吸上下起伏，讓女檢察官聯想起林瑩潾的屍體。那時，朝陽剛好映照在某戶鋁門窗，光線反射到林瑩潾乳房呈現交叉形狀，彷彿烙印十字架。

羅姐輕啟朱唇，專注的眼神容易讓人卸下心防，如果不是她位高權重，她基本上像個會聽人述說心事的姑媽，那種抱定獨身主義卻經常享受美食性愛，還能坐頭等艙出國旅遊的有錢姑媽。

女檢察官的姑媽就是這種典型，所以她很容易把漂亮的老年女子都歸類為姑媽一族。

但是眼前這個姑媽可能沒那麼容易解讀。羅總經理經過多少風浪才有今天，她誓死奮戰的就是這個寶座。她的笑容如此堅定，卻嗲聲柔氣告訴女檢察官：「叫我羅姐就可以，看到妳讓我想起年輕時的我，做任何事都充滿了信心與勇氣！」

勇氣，多麼高貴的名詞。

「在我還是個小記者時，曾經單機闖入中東戰區，我甚至喬裝成當地人，深入戰區獨家取得許多珍貴畫面，讓西方媒體刮目相看。當時滿天流彈亂竄，隨時都在死神身邊徘徊，我連害怕都沒有時間！現在我不必面對子彈，還有什麼好怕的呢？美國專欄作家李普曼說過一句話：『媒體的最高任務是說出真相，使魔鬼無所遁形』。但是當媒體自己成為獵物，還能相信誰會說出真相？」

「我的人生走到這裡，已經是極致。可惜妳不是記者，否則我要給妳一個獨家消息，我的日子不多了，上次健康檢查發現肝臟腫瘤惡化，醫生說大概不到兩年……。」

「我跟新政府關係不錯，跟在野黨交情也很好，這是專業讓我建立被利用的價值，我也樂於在權力遊戲中試探自己。哦！我的眼睛有點乾，能不能點一下藥水？」她的請求並不需要核准，因為她已經直接拿出眼藥水，優雅而精準地滴入雙眸，其中一隻眼，承載過多眼藥水，而在眼角泛出淚珠，沿著飽滿的顴骨滑落，彎進她的似笑非笑的嘴角；她輕輕伸出濡濕又帶點粉紅色的舌頭，用彎曲的舌尖將嘴角那滴水珠舔盡之後，才繼續說：「林瑩潾的公公是舊政府時期當紅大老，從老總統時代就被重用的省籍菁英，這位前立法院院長所知道的內幕可以寫成一部《寶島資治通鑑》。林瑩潾嫁到他們家這麼多年，也不是省油的燈，這次，她想把握新政府上台的機會，渴望在全新的權力結構中更上一層樓。於是她找上我，告訴我她手中有舊政府時期的黑金資料，還有對話錄音。她覺得我們可以合作幹一件大事。」

「我只能說，她太小看我了。」

「我跟府內具有改革理想的人交好，並不表示我所管理的媒體要成為傳聲筒，我一向堅持媒體自律，這是我當記者第一天就宣示捍衛的原則，到我死的那一天依然如此。這個國家還不夠亂嗎？我們每天都聽到政客喧囂嚎叫，交相指責，這裡推諉舊朝餘孽，那裡大罵新政亂搞，口水滿天飛的結果是失業率自殺率節節上升，人民生活品質直線下降。身為新聞人，我不願意在這個時候蹚混水，更何況我連這份資料的真實性都不敢保證，就成為林瑩潾的附庸，她也想的太簡單了！」

「林瑩潾離開的時候，希望我答應不外傳，她甚至要我用生命保證。我心裡竊笑，生命？我的生命只能保證兩年，兩年之後讓天使或魔鬼給一個永恆的說法吧！」

羅姐主動牽起女檢察官的手，掀開她的手掌，置入一個USB：「檢察官，聽我一句話，追尋真相的道路必定群魔亂舞，戰死方休。」

第五號嫌疑犯：外星人

女主播林瑩潾命案，即將邁入第二十四小時。

記者兼編劇，戲弄人生！紛紛為林瑩潾生前死後的命運撰述腳本，其中最魔幻寫實的是N9頻道，在新聞中播出類戲劇，除了影射凶手是外星人，還推理出共犯是一輛無人駕駛的屍速列車。

「這實在太誇張了！這些人瘋了嗎？科學證據都到哪裡去了？」偵查隊長說。

女檢察官從沒看過偵查隊長發脾氣，當這個黝黑精悍的男人暴跳如雷，模樣像個滾動的烤地瓜，讓她忍不住噗哧一笑。

「妳覺得好笑嗎？我可笑不出來。」

「沒錯，這世界瘋了！瘋狂到檢察官的情史可以成為雜誌封面，瘋狂到負責辦案的警察碰到高官就有所保留。」

「妳在罵我嗎？妳可以再罵多一點、更清楚一點。」在破案的限期壓力下，所有人似乎都失去了耐性。

命案，關鍵在於誰是最大獲益者？裸屍名女人，糾葛著錢與權，情慾淫蕩，她是自願或是權力運作下的犧牲者？解謎的過程像是賭局百家樂，一翻兩瞪眼，只有贏家與輸家。目前看來，喧囂的媒體，尤其靠著外星人撐腰再創收視新高，勾引廣告商捧鈔票下預算，才是最大贏家。

尤其是N9頻道的「所謂」追蹤報導：「主播裸屍命案發展至今，檢警對於案情一籌莫展，根據本台記者獨家拍攝到的畫面顯示，林瑩潾死亡時，胸前呈現出金色十字架的形狀，這是一種相當特別的圖騰，本島有少數信奉『神統一天下教』的信徒，聲稱他們轉世時就會被烙上這個記號……」

相較於N9頻道，林瑩潾任職的電視台對於命案則是異常冷淡，冷到新聞部彷彿搬到北極，瞬間白化，凍結所有與林瑩潾有關的記憶。在新聞時段裡，聚焦日本AV女優簽名會、消防隊員搶救屋頂上的幼貓，五歲孩童參加吃熱狗比賽咬到舌頭……。

「這是淨化新聞內容。」白經理接受訪問時說：「媒體自律的風骨。」

羅夢湘總經理稍後回應：「本公司一向基於新聞專業規劃新聞內容，我相信新聞部的判斷。」

林瑩潾任職的公司，只剩下一個命案關係人沒有出面：禮義廉。

就在女檢察官考慮要對禮義廉發出通緝令的同時，羅夢湘祕密交出據稱會動搖國本的資料，竟也消息外漏，N9頻道在「神統一天下教」發功不成之後，現在大肆報導女檢察官調整偵查方向，極有可能搜索前立法院院長的家，試圖找出疑似動搖國本的機密文件。

素食者

電視從第一到第四十九台的新聞頻道都切割成子母畫面，螢幕中的大框框是主播頭頭是道，小框框裡是現場記者。此時，只要打開電腦，也會看到許多個人臉書正在準備直播，或是路人甲乙丙丁經過，看到數十輛SNG車的大陣仗，紛紛拿出手機同步拍攝畫面，隨時上傳網路。

「好的！各位觀眾，記者所在的位置，正是前立法院長的住所，稍後要訪問的，正是主播命案的關鍵人物，林瑩潾的公公。院長目前並沒有逃之夭夭，而是準備出面做一個說明。由於現在院長本人並沒有出席，所以現場氣氛相當的緊張，……好的，目前院長似乎並沒有在預定的時間出席，因此我們先來介紹一下環境。從鏡頭上我們可以看到，這裡是前院長家中的花園，有著相當好看的植物，還有一株相當具有特色的楚留香……喔！抱歉，是夜來香，由於現在時間接近傍晚，正是夜來香準備開花的時間，因此我們已經可以聞到夜來香的花香味陣陣飄散開來……，相當相當的香……好的！現在我們先把現場交還給棚內的主播。」

「好的！謝謝記者在現場為我們所作的連線報導，我想現在除了花香之外，應該還有晚餐的菜香。好的，我們再來關心其他的社會消息……。」

女檢察官耐心聽完一陣不知所云的報導，對事務官說：「這就是你一定要我打開電視機看的東西？」

「所有電視台都在打跑馬燈，我以為院長已經出來說話了！」年輕事務官無辜的回應。

「選舉還沒到，他不會使出這麼多花招。」女檢察官說：「他現在很可能只是要出面跟社會大眾公開道歉，與林瑩潾劃清界限。」

電視機的畫面又插入快報，端坐在螢幕前的主播開始接話：「好的！各位觀眾，眾所矚目的女主播林瑩潾姦屍案，已經發展到令人覬覦，甚至有可能天雷勾動地火的一個情況。根據本台獲得的獨家消息，死者林瑩潾生前曾經透露，她手上握有關於舊政府時期的許多黑金資料，這是不是讓她導致殺身之禍的原因？……好的，現在記者會已經開始，我們立刻將現場交給正在連線的記者……。」

好的！

畫面上滿頭白髮的老先生，正調整麥克風，不疾不徐地斟酌用詞，說出了他的告白。

各位記者先生女素們，大家辛苦了！本倫了解本案對於社會治安之重大影響性，也能體會檢方用心良苦，希望本案早日真相大白。本倫家逢不幸，沉冤待雪，雖欄林瑩潾種種受到爭議的舉動，都屬於她個人的行為，與本倫或本倫的家庭毫無關係，但素死者已素，希望檢警早日破案，讓真相還原，莫造成社會動亂，人心惶惶不安，在此本倫要向各位一鞠躬，感謝各界關注，也代表偶對這起社會事件的發生表示歉意。

前立法院院長頂著稀落的雄性禿白髮，在電視機前一鞠躬時，鎂光燈劈啪作響，沒有人關心老先生這一彎腰，是否還能再度挺直腰桿，他們爭先恐後舉起麥克風飛彈，瞄準老人要求答案。

「院長……院長……就你所了解，林瑩潾手上是否有足以動搖國本的證據？」

這個要由負責調查的單位回答，偶並不了解。

「院長！傳聞林瑩潾曾經錄下關鍵錄音帶是嗎？您是否經常帶著她出席重要聚會？」

偶棉經常聚餐，都是閒話家常，偶不了解外傳的錄音帶素怎麼回事。

「院長，大選將至，這會不會是對手抹黑的伎倆？」

隨要抹黑隨？我不太懂。我已經退休了，淡出政壇渾久，現在只會爬山，喝茶。

「可是舊政府時期的黑金疑雲，始終是新政府的燙手山芋，想要改革，沒有連根拔起，根本是緣木求魚……」

你一下子說了這麼多成語，偶年紀大了，聽不太懂。

「院長，如果林瑩潾確實因為手上握有政治獻金的機密資料而死，您覺得這跟您過去的工作性質有沒有關係？」

基本上，偶媳婦的不幸身亡，已經素件非常令人傷心的事，至於素什麼原因導致這場悲劇？偶想酥法會還給偶棉一個公道。

「可是院長，您以前有一句名言，說法院都是執政黨開的，您覺得這樣的法院還會還給您一個公道嗎？」

酥法就像皇后的貞操不能質疑，偶還是會尊重酥法調查。

「院長，如果林瑩潾真的要將舊執政黨不法的證據曝光，這有沒有可能為她帶來殺身之禍？」

偶不明白。

「就是林瑩潾有沒有可能是另一個尹清楓？」

尹清楓素男的，林瑩潾素女的，兩個人無法比較。

「如果這件命案，牽涉到你或你的家人涉有重嫌？你還能夠平心靜氣的接受司法調查嗎？」

偶不懂你的意素……

「因為根據目前的證據，似乎都顯示出林瑩潾的死因，與她握有機密證據有很大的關係，而政商之間的利益往來，又是你過去從政時，所執掌的重要範疇，許多政治獻金的流向，你可能比誰都清楚，如果林瑩潾是因此而惹來殺機，你要如何看待？」

偶過去所服務的政黨，素一個虔心虔意為民服務的政黨，所謂的政治獻金，都有帳本可查，偶不認為這素什麼不可告人的內幕，偶也不認同有人會因為了解政治獻金的流向而犧牲生命的說法。

「你敢發誓嗎？」

偶當然敢發誓，我如果說謊，出門就被車子撞死。

「院長，被車撞死不稀奇了啦！上次部長也發過同樣的誓。」提出這問題的人手上沒有媒體麥克風，不知道他從哪兒竄出來的。

那你要偶說什麼？等你想好了再告訴偶。

「院長，你可以說，如果我會大義滅親，我就連狗都不如！這樣比較有創意，我保證你明天登上各報頭版頭。」

前立法院院長橫眉冷對千夫指，他心平氣和地回應：「你這樣的說法，偶結得你汙辱了人類最忠實的朋友，偶認為狗渾無辜，不應該成為被鬥爭的工具。而且……而且……」老人還是忍不住深呼吸，平緩情緒，最終徐徐吐出一句話：「偶……偶……偶素佛教徒，偶吃素。」

最沉默的嫌疑犯：一隻大狼狗

秀氣斯文的領犬員身邊，蹲坐一隻大狼狗，牠毛色發亮，安靜威武。

這應該是警匪動作電影裡的勵志停格畫面，聰明神犬與善良小警員之間的純友誼，但是，現在證據顯示，大狼狗可能是林瑩潾肚裡孩子的父親，因為作為證物的精液，莫名其妙變成狼犬的ＤＮＡ。

「這一定是弄錯了！」領犬員粉嫩的臉龐瀰漫焦慮與哀傷：「我訓練強尼很久，牠是一隻非常英勇的警犬，曾經在各種災難事故裡，救過許多人，也得過獎章……」

「沒人說這隻狗幹過死者，你緊張什麼？只是牠的DNA怎麼會出現在證物裡？這是我們要釐清的方向。」偵查隊長說話也過度直接。

辦公室裡一片靜默，直到那隻英挺的大狼狗嗚嗚叫了兩聲。

「強尼要尿尿。」秀氣的領犬員小聲說。

偵查隊長點點頭，領犬員開心地笑了，他解下強尼脖子上的項圈，與牠一起踏著輕快的腳步離開。

女檢察官想起吃素的老立法院長，操著純正的台灣國語，在全國觀眾面前疾言「狗很無辜」！那一刻，眾生平等。老院長的禪定，猶似流行的網路長輩圖，在事不關己的風景人物中，嵌入問候文，誠意俱足，卻因為任意轉發而輕如夢幻泡影。

犯罪嫌疑人中的女性，雖對林瑩潾不齒，但更多的抱怨是眼見媒體沉淪卻無木可攀。年輕記者只要「翻攝臉書」便是新聞；或是拿到公關稿全文照抄，時常打錯字，乾脆索求電子檔直接複製。犯罪嫌疑人中的男性，因為林瑩潾的財富與地位，在權力的對價關係中改變性別位置，誰攀附誰各懷鬼胎。情慾戰場，開打後不問是非，也無輸贏，精蟲衝腦的下場就是人命一條，有生，有死。

利益交換，是某些人信仰的潛規則。好色美食家與林瑩潾、購物專家姵彣合作電視節目，彼此吹捧，製造收視率，也製造出兩個女人的婊姊妹關係。女檢察官根據通聯紀錄，發現林瑩潾和姵彣都在背後說「美食家做的大盤雞非常難吃，就像他這個人一樣假掰」，以及美食家推薦的餐廳全是拿錢辦事。至於那些婊兄弟，則是大盤雞裡的馬鈴薯，沾了雞的光，還嫌雞乏味，要靠香料增色。實話總是在潛水時才敢說，只有情慾最直接，浮出檯面大口呼吸，男人女人們背面訕笑正面做愛，幕前幕後，盡是虛情假意。目前看來，似乎只有初戀情人得到一點點真心，林瑩潾那輛失蹤的進口跑車，在情人節傍晚從陽明山開回來之後，就送給了英俊的計程車司機。

偵辦刑事案件的推理常常從「誰是最大獲益者」展開，但林瑩潾命案，總讓女檢察官不寒而慄地感覺到一股「死者才是最大獲益者」的暗示。

粉絲臘腸信應該是辦公室有人故意設局，命案當天林瑩潾手機的索命連環叩，同樣是從辦公室打出的電話。

新聞部，肯定有鬼。

禮義廉

唯一沒有露面的關鍵證人禮義廉，終於在關鍵時刻返國，剛下飛機便直奔法院。當女檢察官直視他的面容，發現他本人奶油色的臉與電視上沒有太大落差，忍不住懷疑他是不是在飛機上預先化好妝。然而，此刻的禮義廉並沒有電視上咄咄逼人的表情，他低著頭，若有所思，水蜜桃肌膚也藏不住老態。

他知道林瑩濰體內殘留精液的事，也明白她的死是這兩天全國最熱門新聞，便直接了當地說：「我在林瑩濰死前和她發生過性關係。現在，你們想從哪裡聽起？」

「哪裡都可以。」女檢察官回答。

我們交往一年多，為了方便在一起，租間小套房，有時候從辦公室搭捷運過去，只要五分鐘就到了，辦完事再搭捷運回來，不會超過一個小時。

我的工作壓力很大，過去習慣在酒店裡玩，現在狗仔太多，不敢囂張。林瑩濰很聰明，我們在辦公室像敵人很少交談，只要一有機會獨處，就狠狠地互相滿足。我很滿意這樣的關係，沒想到在一起愈久，她要的愈來愈多，原本我以為她只是想當晚間新聞主播，這對我來說輕而易舉，我立刻就安排她做我的代班人；沒想到，她開始變得多疑、嫉妒，她懷疑我有別的女人，任憑我怎麼安撫都沒用。她每次吵完都以劇烈頭疼為理由跟我道歉，我也不知道該怎麼辦，就隨她去鬧吧！

「你有沒有其他女朋友？」

禮義廉沉默幾秒鐘，點點頭。

跟同一個女人在一起太久，容易失去新鮮感，但這並不影響我跟她的關係。情人節那天，她像瘋子一樣先要我陪她去洗溫泉，晚上又到小套房，像是要榨乾我似的。那天……她跟平常不太一樣，我也說不上來，有點心不在焉……結束之後，她問我：「如果我們生一個小孩會長得像誰？」我哈哈一笑，說我早就結紮了！然後她突然陰沉著臉問：「你到底有沒有愛過我？」我回答她：當然，沒有愛怎麼能做愛？她說我敷衍她，開始發大小姐脾氣，亂摔東西。我不知道她為什麼會這樣，難道她懷孕了嗎？她說她才不要生小孩，小孩是累贅、是飯桶、是包袱！那妳又為什麼發這麼大的脾氣？她冷冷看著我，說：「禮義廉，你的名字就是無恥。我要讓你嘗到背叛的滋味！」

「誰要背叛誰？」

我不懂，也不想懂。她這樣吵鬧，我也沒有心情陪她度過她所希望的浪漫情人節，穿上我的外套，就離開了。

「你離開的時候是幾點？」

大概十點多吧！

「林瑩潾與你交往時，有沒有提過其他親密的朋友？」

她的朋友很多。她經常把公公掛在嘴上，卻不怎麼談論她的先生，有時候我忍不住臆測，她可能不是嫁給她先生，而是嫁給她的公公。

「你愛林瑩潾嗎？」

她的死，我很難過，我曾經跟她那麼親密，說實話，我一點都不關心她的私領域。我們的關係建立在很詭異的競爭上，她在公司裡是我的部屬，到了床上是我的女王，在感情的世界裡，我不能滿足她所需要的，我很遺憾，但是我對她，也算仁至義盡！我不知道該說什麼，她已經死了……我想最重要的是把凶手找出來，讓她瞑目。

「如果林瑩潾曾經透露，她手上握有機密資料，可以讓許多人醜事曝光，你會不會害怕？」

我怕什麼？我老婆早就說過在等我的遺產，她告我通姦罪沒意義。爆料頂多讓觀眾失望，但觀眾是健忘的，沒多久又會被其他八卦牽著鼻子走。

「如果林瑩潾威脅你，要讓你事業全毀，你真的不害怕嗎？」

檢察官的意思……懷疑我是嫌疑犯嗎？當天晚上十點多我坐捷運回家，我老婆正在看韓劇，她叫我趕緊洗澡，說過了十二點又要停水，而且清晨就要搭飛機出遠門。我有我太太做人證，還有捷運站職員可以作證，因為當晚出站時我把車票弄丟了，從公務門出來，他雖然認出我是主播，但堅持要我補票才能離開捷運站。

「你可以殺死她才離開現場。」

我殺了她，對我有什麼好處？不但少了一個直通黨政高層的關係，也少了一個隨時可以上床的女人。我不是命案的最大獲益者，檢座，妳比我更懂這個道理。

偵查隊長眼看自己的好友被鎖定為殺人嫌疑犯，立刻跳出來解圍。他說：「檢座，我們重新沙盤推演一下當天晚上的情況，林瑩潾的死亡時間已經確定在深夜，所以基本上禮義廉涉案的可能性相對減低……。」

「你是哪一國的警察？」女檢察官打斷偵查隊長發言。

「我的意思是……」組長清清喉嚨，長年菸不離手讓他說話時，喉嚨裡總會卡住一口痰，每到緊要關頭就會嗆在食道，讓他上氣不接下氣。他憋住這口氣，轉頭問禮義廉：「那間小套房，除了你們兩個人之外，還有誰有鑰匙？」

禮義廉聳聳肩，應該沒有別人……。等等，我的拜把兄弟老白也有鑰匙。

「白經理？為什麼他會有鑰匙？」

有時候我去外面應酬，酒喝太多，會直接回套房睡覺，有次從中午就開始喝，喝到滿身酒氣，老白說我們這樣子絕對不能進辦公室，於是我就帶他來這兒，我一進屋就昏睡，沒想到林瑩潾自動開門走進來，我和她的關係才曝光。老白是我最好的哥兒們，他幾乎知道我所有的事，他說我這樣經常喝醉酒，很危險，哪天在房間裡睡過頭，也沒人知道，新聞就會開天窗，因此建議我給他一副鑰匙，萬一有緊急情況，隨時可以應變。我和老白一起在新聞界並肩作戰，已經很久很久了……人生很難得有這樣的知己……。

老白啊……。

偵查隊長所了解的白經理，是個渴望做父親但卻始終生不出小孩的中年雅痞，他住最好的大廈，開最貴的房車，加入最高級的俱樂部，老婆的事業做得比他還成功還忙碌，榮華富貴，夫妻各自享受。

老白與林瑩潾，兩人之間有交集嗎？

禮義廉的眼神無辜，他無法回答這個問題。他知道林瑩潾很可能另外也有男人，但是這些男人的距離有多近？禮義廉實在沒有頭緒。也許更難想像，在新聞戰場生死與共的好兄弟，也可能感情好到連女人都要共享。

按照禮義廉所說的地址，調查人員找到了套房，採證後處處可見林瑩潾、禮義廉、白經理的指紋。

更重要的是，套房位在一樓，有個後門直通林瑩潾所陳屍的防火巷，進一步說明林瑩潾當晚應該就在這個房間裡，發生足以讓她致死的原因。

林瑩潾死亡當晚，已婚的白經理，究竟扮演什麼樣的角色？

「Sol Mi Mi，Fa Re Re，Do Re Mi Fa Sol Sol Sol……」女檢察官的〈小蜜蜂〉手機鈴聲響起，年輕的事務官忍不住喃喃自語：「為什麼是這個音樂啊？」

女檢察官專心接聽手機，簡單回應「嗯！嗯！」之後掛斷手機，她深吸一口氣，正準備說話，童謠音樂再度響起。這一連串動作，讓此刻的檢調辦公室，充滿動漫卡通感。女檢察官點頭，回應「嗯！」然而這次掛斷電話，女檢察官連換氣的時間都省略，直接宣布：「破案了。」

墮落的愛

「根據刑法妨害性自主罪第228條，涉嫌利用權勢或機會性交的犯罪嫌疑人，合法採樣你的去氧核醣核酸。現在，死者林瑩潾腹中胎兒的DNA，和你有90%的相似度。」女檢察官陳述。

方臉圓耳的白經理，面容安詳地端坐在女檢察官對面：「檢察官妳說的沒錯。但是我沒有殺死林瑩潾，她死於意外。」

「你當我幼稚園剛畢業嗎？」女檢察官說。

「那天晚上我接到她的電話，趕去小套房見她，她說她頭很痛。這是她的老毛病，我一直要她去做檢查，但是她從來不聽我的話。當時她冷冷看著我，半天只吐出一句話，問我：『你有沒有愛過我？』我說當然有，妳心裡很明白。我在美國留學的時候，就開始喜歡妳……。她的本性不壞，只是自我要求太高。然後她說她準備去香港發展，彭伯電視台已經找過她，她說她不要在這裡跟一群小人鬥法，她的眼光比任何人都遠大……。」

「因為她要離開你，所以你就殺了她？」女檢察官說。

白經理冷笑：「我何必。」

「我愛瑩瑩十幾年……她從來沒把我放在心裡，做任何事都不跟我商量。我聽到她要去香港，確實心裡揪成一團，我一想到她讓洋人騎在身上的畫面，情緒就跟著激動。我緊緊抱著她，不想讓她走，她又開始抱怨頭痛，我以為那是藉口，動手脫她的衣服，她開始笑個不停，愈笑愈用力，突然間頭向後一仰，整個人癱軟，暈過去了。我一直搖她，她始終沒有清醒，我想打電話到 119 叫救護車，可是各電視台社會組記者，二十四小時都在監聽 119 的無線電傳呼，如果報案，我怎麼解釋我們在小套房的原因？我的念頭千迴百轉，卻是愈想愈心寒。為什麼要愛上這樣的女人？為了她，我背叛我最要好的朋友，背叛善良的老婆，背叛我的職業道德，背叛上帝的恩惠，背叛父母的期望，背叛自己的良心……她卻選擇劃清界限。我冷了，心好冷……。」

「你知不知道她懷孕了？」

「早知道她懷了我的孩子，我絕對不會把她丟在巷子裡。」

「林瑩潾的死因是腦動脈瘤破裂，造成蜘蛛網膜大出血。過去她經常喊頭痛，推論應該是病徵之一。」

白經理面容鎮定，緩聲輕述：「她像上帝最寵愛的天使路西法，那麼美好，那麼讓人羨慕。是這個環境，是我們……讓她墮落成為撒旦。」

「依據中華民國刑法第293條，無義務者遺棄無自救力之人，處六個月以下有期徒刑，拘役或一百元以下罰金。因而致人於死者，處五年以下有期徒刑。你明白嗎？」女檢察官臉上依舊沒有表情，只有窗邊一陣微風拂過時，粉紅色娃娃裝裙襬的雪紡紗波浪花紋被輕輕撩起。

白經理低頭，他再也沒說出一個字。

三十六小時之內破案，讓年輕的檢察事務官開心極了，他原本就有張天然萌的笑臉，此刻這項創紀錄的破案速度，似乎讓他瞬間成長，辦案期間不斷咀嚼水果或咬吸管的焦慮口腔期症狀，也隨著結案而療癒，他現在正拿著梳子梳起西裝頭，優雅整理儀容。

歡樂的氣氛還不到十分鐘，嗡嗡嗡的〈小蜜蜂〉電話聲響起，女檢察官接起手機，依然不見她的任何情緒反應，只是嗯嗯回應。放下電話時，她說：「有新工作。」

還來不及慶功，又要開始偵辦，事務官忍不住嘟囔：「還有比女主播命案更大的案子嗎？」

女檢察官說：「一個藝人過世，他的大老婆懷疑是二老婆在醫院裡下手，提告謀殺，也告二老婆的歌星女兒涉嫌侵占遺產。」

「什麼什麼？」事務官立刻拿起手機，瀏覽網路新聞，一邊滑手機一邊驚嘆：「我的老天鵝，已經沒有媒體在報導林瑩潾了，現在全部都是諸葛涼。」

女檢察官說：「你順便估狗一下〈小蜜蜂〉的歌詞，就會知道我為什麼選它。」

嗡嗡嗡，嗡嗡嗡，大家一起勤做工；來匆匆，去匆匆，做工興味濃。

年輕的事務官頓時哈哈大笑，似乎心有靈犀。以他這個年紀，還能體會老歌的意義，讓女檢察官心裡莫名湧上一股暖流。

「只能給87分，不能再高了！」事務官笑著回應。他開始著手新案件的準備工作，分類整理資料夾。

「我出去透個氣。」女檢察官說。

「別……」專心準備文件的事務官，頭還來不及抬起，話也沒說完，女檢察官俐落的粉紅色身影，已經消失在辦公室裡。

「別說我沒有提醒妳……」事務官獨自對著空蕩的辦公室說話。

女檢察官難得放鬆心情，緩步行走於辦公室前的廳廊，片刻的安寧，讓她感覺到人生某種光影，彷彿日正當中的一根柱子，不左傾也不右傾，正直且昂然挺立。

然而，當她剛剛跨出法院大樓這一步，近百位媒體記者如工蜂暴衝，襲湧女檢察官四周，將她團團圍繞，紛紛挺舉如陽具般的麥克風，頂著女檢察官的臉龐。所有的電視台、網路直播，都在連線女檢察官畫面，螢幕上只見女檢察官在顏色繽紛的泡棉堆裡，露出一雙眼睛，黑白分明的大眼睛。

五濁惡世，慾望來來去去，人間修行，處處道場。女檢察官抬起頭，仰望天空，發現此刻已是夕陽遍照。

生理需求

他的唇如此柔軟，耳鬢廝磨彷若千千萬萬個邱比特舉起箭弓竄入淋巴液。

女表妹

在空難現場，我找到老婆的皮包，幾片破碎的手指甲，還有一顆心臟。

那只我送給她作為五十歲生日禮物的名牌皮包，果然經得起焚燒，雖然歷經這麼劇烈的撞擊，還能認出幾個印在褐色塗層上的金黃色V字。我在裡面找著我們的結婚照，但是我的人頭不見了，她的倩影只剩嘴唇以下的曲線，白色的新娘禮服燻成喪黃，手指上鮮紅的指甲油和我後來找到的指甲顏色相似。

她的心臟，吊在樹枝上。

想起從前，我們認真相愛時，老婆曾經對我發下的毒誓。

一：為了證明她的愛，她願意剖開心臟讓我檢查。

二：如果她不愛我，她會死無葬身之地。

現在這樣的情況，我真的不知道她到底實現了哪一個誓言？

●

我每天做這個夢。

和大多數伴侶一樣，我們因誤會而結婚，因了解而分居。我知道老婆在外面有男朋友，而我也有炮友。對我而言，女人是用來發洩情慾的肉，在我們互爽之前，我都事先說過絕不負責。女人們還是願意跟我上床，讓我像隻驕傲的孔雀！只是每次捅完射精，我的腦海裡總會浮現老婆的陰道，她也是這樣給別的男人幹過。

直到老婆確實在一場空難中真正死去，我領取了大筆保險金，開始過著黃金單身漢的生活，無拘無束地認識更多更年輕的女人。

但是我還是繼續做著空難的夢。

然後她出現了。

她剛結束旅歐生活返台定居，對我的過去一無所知。我們的現實人生完全沒有交集，是全新的開始。她聽我說笑話時，笑聲清脆，帶著一點點喘息，身體會輕微顫抖，有種縮住的高潮。在我豐富的經驗裡，未曾有過像她這樣的女人。我難以形容她帶給我的感覺，她像燃燒的仙女棒，每次出現都照亮了我。

因為她，我從此結束空難的噩夢。

剛開始只是喜歡看她笑，後來卻迷戀她的一切，像是染上毒癮。

她說：「我養過一隻老鷹，放在山上的別墅裡。我很愛牠，每天餵牠吃最好的新鮮牛肉，牠似乎也懂得我的關心，常常用嘴喙溫柔親吻我。我怕牠跑走，用不鏽鋼鎖鍊拴住牠的腳，保護牠！某日臨時有事離開，忘記解開鎖鏈，一個月後回來，老鷹已經活活餓死，牠的身體腐爛了，心臟掉出來，掛在我特別為牠設計的人工樹枝上……。」

即使是敘說悲劇，她的嘴角還是微微上揚，不經意露出狡黠的笑容，彷彿在考驗一個人對憂傷的領悟力能有多高。

「忘掉過去。Baby，Say no。」她的聲音極其柔美，如神降臨。

她的眼睛會閃爍一些難以辨別的光芒，不知是淚水還是誘惑；她還有一種頑皮，讓我聯想起那些在小遊樂場裡，不需要安全網的賣命空中女飛人。

經書這樣教導人們，「六十耳順，七十從心所欲不踰矩。」我也常常思考，男人到了像我這樣的年齡，已經擁有高規格的社經地位，有什麼是我得不到的？為何我還會如此鬼迷心竅？每天腦裡、心裡、睪丸裡，想的都是她！

她具備先知般的神祕，孩童的純真，女人的身體。

我渴望她。

她說：「你老婆才剛死。」

我回答：「那女人在我心裡早就死了，她有外遇。」

她露出優雅哀愁的微笑，嘴唇輕啟，什麼話都不必說，我的陰莖又漲起來。

我要為她舉辦最豪華的生日宴，獻上我最誠摯的熱情。上帝安排空難炸毀我過往生命中的妖孽，從今以後，我只想擁有她一個天使。

只是我萬萬沒想到她會認識澤秀，我的炮友之一。

這女人在我有婚姻關係的時候就主動約炮，品質不好。

她竟然帶著澤秀，出席我為她精心設計的生日派對，在千朵紅玫瑰的環繞簇擁中，我們三人共飲一瓶 **Donnafugata** 酒莊的頂級紅酒，這句義大利文的意思是「逃跑的女人」。

「我上次喝這瓶酒是在陽明山，那男人用嘴灌給我喝。」澤秀盯著我，刻意展示媚笑。

她問：「然後妳就逃跑了嗎？」

呵呵呵！澤秀笑到奶頭激凸，沒有戴胸罩。

整個晚上我幾乎不說話。我覺得這是上帝在開玩笑，世界上的賤女人那麼多，我的天使偏偏認識澤秀。

隔天清晨，我收到她的簡訊：「Say no to 女表妹」。

不知道是她中文不好還是什麼意思，澤秀是個婊子，但她絕對不是。

她離開後，我又開始做噩夢。這次不是空難，而是，一隻老鷹的頸部以上長出我的五官，我的腳爪被不鏽鋼鏈緊緊綑綁在樹枝上，無法移動。樹底下，匍匐著許許多多的婊妹們，她們都變成了雞，等著啄食我腐爛的心。

愛情三小

燥熱之夏，最典型的街景是女孩衣服愈穿愈少，正妹辣妹圓圓妹，紛紛細肩帶小可愛，展現頸項間裸露的鎖骨線條。迷你短褲不惜露出屁片，好個青春放縱的風景。

然而，有更多女人總在這個時候，發現塞不進去年夏天的衣服，頓時懊悔邪惡的冬天，為禦寒以美食慰勞自己，養分只進不出，儲備過盛能量，從頭到腳膨脹兩倍大！出門前照鏡端詳，只有一個念頭就是胖！也有人為著健康之故，告訴自己年過四十更應注意體重，衣服尺寸愈穿愈大不是件好事，趁現在還動得了，立志舒筋展骨。尤其是那種超越青春期二十多年的女人，無緣在父姓之外另組一個家庭，眼見已過不惑之年，卻過著自己照顧自己，自己愛自己的生活。一個人上班，一個人午餐，一個人逛街，一個人在床上流汗。最安全的情郎是 18.5 公分長的機器，再仿真也永遠不會說出「我愛你」。關掉電源之後，雙人床另一邊睡著孤單，她睜眼凝望空氣，汗漸漸涼。

黎嘉慧的許多同事去學肚皮舞、拉丁舞、或國標舞。但她認為肚皮舞有點故意賣弄性感，露出坍塌的肚皮扭腰擺臀，像隻瘸腿母海獺求偶。拉丁舞有時要甩頭，恐怕扭得太大力，會像上次練瑜伽的犬後視式而扭到脖子，戴上三個月的護頸套。至於國標舞，這種國際娛樂以形影不離受到注目，你我眼神交融、肢體依偎，然而，這番深情卻只存在於舞蹈的片刻，舞畢之後各過各的生活。黎嘉慧覺得自己玩不起這種上台下台的遊戲。

最後，她選擇年輕時曾經嘗試過的有氧舞蹈。她很高興這個運動到現在還沒有褪流行，當年讓她度過有氧青春的韻律教室還存在，甚至票價也沒有很大的變化。只是，當她重新走進舞蹈教室的那一天，才發現時空轉換的殘酷，現在跳有氧舞的女人們，早已不時興穿著教母珍芳達式的連身韻律服，和亮晶晶的彈性襪。她們直接露出腿部肌膚，讓汗滴滑溜在大腿與小腿的茸毛之間；或者一襲比基尼緊身短上衣，集中雙峰美好弧線，裸露腰身，下著同色系彈性短褲，彷彿跳完舞可以直接去海邊。

黎嘉慧覺得自己好像映像管電視機裡走出來的古人。

與時代脫落的空間，不僅存在於舞蹈教室，二十年的銀行生涯，從辦事員做到經理，旅行的路線都在大台北，東西南北各分行。資歷看起來豐富，感情卻是原地踏步。金融服務業聽起來很時尚，實際生活圈就像黎嘉慧身上的連身韻律服，呆板無花樣。

直到音樂聲響起，老師開始數節拍，所有人的目光聚焦台上人影左左右右移動之後，尷尬才慢慢消褪。黎嘉慧試著安慰自己：「至少我的身材沒有很大的改變，還穿得下當年這件韻律裝。」

負責這堂韻律有氧的老師是個容貌年輕，有著雄厚胸肌、三角肌、腹肌、闊背肌的男孩。他綁著火紅滲青綠的幾何圖形頭巾，黑色的萊卡質料背心與七分長運動褲讓他顯得健康又有個性。黎嘉慧想起年輕時，教課的有氧舞蹈老師多半是女生，尤其是那種愈瘦愈蒼白的女老師，愈是能夠激起學員們減肥成功的願景；沒想到二十年後，變成活潑可愛的男老師最受歡迎。他們使用節奏澎湃，歌聲妖嬈的拉丁樂曲，在韻動時加入拉丁舞元素，抬頭轉身散發濃郁的挑逗，最愛伸展纖纖食指，從嘴唇開始，由上往下輕搔到腰際，突然猛烈前後扭臀，歡呼！從聲音到肉體都在噴灑激情，接著定格，喘息，手指頭再滑過胯下，撫摸至尾椎……。

與音樂做愛。

抬腳，屈膝，張開腿；夾臀，旋轉，前後頂搐。心跳與姿勢纏綿，嘴唇無法合攏，胸腔起伏，喘息不斷，嗲音歌手呢喃嬌語「喔」！「喔」！壯美的男老師聲聲呼喚：「來吧！來吧！」電音搖滾驅逐寂寞，遺忘孤獨，所有的慾望被包裹在音符膠囊，彷彿與猛男老師在同一個時空中流汗，就能享受愛，享受一波接著一波的高潮。

黎嘉慧個性矜持，是個慢熱的人，剛開始還覺得難為情，但是當她發現周圍女性，無論年齡大小，身材胖瘦，一旦音樂聲響起，立即擺出巨星般的身段，陶醉於探索身體的旋律。這股熱情漸漸蠱惑黎嘉慧，她放任自己沉溺洶湧動感。她甚至想像自己變成一條蛇，扭腰、縮臀、伸出雙手，撫摸自己……她是一條自己愛自己的蛇。

距離上次踏進這家健身中心，仔細算已超過二十年。年輕時被幾個女同學慫恿，聯合購買折扣票，才有機會接觸有氧舞。沒有舞蹈細胞的黎嘉慧總是慢半拍，只好趁著喘息時，偷瞄其他人如何抬腿拉筋。這一窺，瞧見女生們流汗後濕透的前胸，兩粒突起的奶頭天真挺立。那是黎嘉慧第一次體會到女人的自信，激凸的雙峰也激起她某種渴望，在一次次縮臀與夾緊下體的動作中，感受到身體深處需要男人的慾念。

而男人又是如何回饋她的熱情？第一次戀愛耗費四年光陰，結果對方腳踏兩條船，大學四年都在劈腿，就算黎嘉慧為他拿過小孩，他最後還是選擇別人。第二個男人戀愛談了一半，原本正漸入佳境，卻突然全家要移民，接著就逐漸消失在這個星球。第三個男人，讓她愛得最心疼，也以心痛收場。

心疼的是身分，心痛的是結局。天底下應該沒有女人生下來就立志做情婦，偏偏走上這條路，怪來怪去，還是怪到感情的壞病毒。

男人從沒抱怨過生活的苦，就是認真工作，為家族事業打拚。他是個沒有表情的人，跨國視訊會議輪到他說話，總是緊皺眉頭，彷若每一項討論的細節，都具備了亡國或興國的影響力，在視覺形象上不太討喜。可是他說話的聲音啊！會吸走二尖瓣膜飛去附著的聲音，屬於真男人的氧氣。無論是開會或用餐，他永遠挺直腰桿，熨燙平整的襯衫與西裝肩線，穩當地撐起整個人的體魄，也撐起公司的一片天。她暗中觀察他飲食的姿態，一切舉措彷彿工程師寫入的程式，規矩，條理，有次序。每一口食物必定是完全吞嚥之後，才會繼續吃下一口或取用飲料，總是做好一件事才會進行下一件事情，絲毫沒有一般年輕男孩子狼吞虎嚥或嘴裡嚼著食物開口說話的陋習。

他不帥，眼睛甚至小了點，額頭的髮際也稍微高了些，甚至他的年紀也大上她許多，幾乎是父執輩的歲數，但是，他斯文有禮，而且，聲音好聽。

怎麼會輕易被聲音迷惑？只透過空氣傳遞的感官訊息，也能滲透著情感。她只想偷偷留住他的聲音，深厚的，蘊含著權力與華美想像的聲音。好幾個與他餐宴的夜晚，她都覺得自己已戀愛了，想像著被愛，也許就是這種共鳴，任憑音波流轉，兩耳之間的高潮，偷偷享受的高潮。因為公司裡每個人都明白，位居高層的他，是有妻有子的男人，當他娶進銀行繼承人的那一天，他已經被賦予了接班的準備，此生唯一的事業，就是為岳父岳母開拓出更龐大的版圖，展延家族的金融帝國。

她也明白，那聲音離開了嘴唇之後就什麼都不是。語言離開了口腔，蒙昧人間，真心的重量，比看不見還輕盈。她更清楚，這種豪門仕紳被賦予了世代交替的任務，他們是種馬，必須小心呵護血脈；黎嘉慧是風，偶然為一句深情的呼喚停留，沒有血液的流動，注定漂泊。

是他突然正視著她，說：「黎小姐，妳是一個很優秀的女孩子。」那一瞬間，彷彿他也以聲音同她交合在一起，是寂寞空谷的獨白回音，在語言的分泌物裡織起天羅地網，她逃不了，他也逃不了。什麼時候開始已經不重要，是他，雙肩壓力大過一座山的他，被風拂過了。

她後來背地裡偷偷稱呼他「老先生」，兩人繾綣戀慕時，面對面則輕聲呼喚「親親」。他外派美國分行，調度國際事務，太太和小孩都住在美國，每隔兩個月隻身回台北視察，兩人只能利用外縣市開會的時機相處。她小心翼翼呵護這段感情，彷彿為了報恩似的，只因為他曾經稱讚她「是一個很優秀的女孩」。

第三次談戀愛，陪伴一個像父親的男人，卻從他深沉的眼神中，看到灰暗的未來。直到他說出在大學畢業前夕，一個人揹著露營用具，從玉山到日月潭，穿越中橫，抵達花蓮的青年探險記。山澗清溪，洗去他的疲累與汙濁；鳥語蟲鳴，陪伴他林中開闢道路；看到感動的風景，便抬頭望向天空，星星與白雲，永遠在那裡聆聽。退伍後，他帶著兩百塊美金到德州留學，住在沒有冷氣的租屋裡，攝氏四十四度高溫連螞蟻都難眠，於是他偷偷留在附設空調的研究室裡過夜，擔心被同學發現，每天早晨四點立刻翻醒，若無其事地端坐在室內表現勤學。為了鍛鍊意志力，他每天游泳一千公尺，冬天也不例外。所以他能撐到現在，遇到真正心愛的人。

喔，親親！

她為他按摩肩頸，從風池、天髎穴一直揉擦到關元俞、足三里、三陰交。一邊觸碰穴道，一邊親吻，偶爾調皮地伸出舌頭，濕漉漉地點狀滋潤他身體，親吻到肚臍眼旁邊時，發現有些散落的紅痣，像座銀河系串連到陰毛深處，她微嗔地說：「小牛郎，你身上有個鵲橋。」他轉身，將她壓到身下，交纏四肢，凝視她的眼睛。

「我月經來。」她說。他的吻不顧一切地落下。她心想：這個人，怎麼連喘息聲都這麼好聽！事後，她說有點冷，他囑咐她躺在床上，為她披上薄被，自己拿起浴巾到廁所裡清洗血漬。她撒嬌說：「退房時多留點小費就可以。」他回來挨著她躺下，緊緊擁抱她，撫摸她的頭髮，沒有說話。

老先生自己買打折的衣服，使用十多年化纖材質公事包，他的開銷都被老婆嚴格控管，卻還努力從零用錢裡攢出幾千元給黎嘉慧。她好幾次拒絕他的好意，說：「我又不是為了這個。」「那是為了什麼？」老先生問。

「傻子！」她回答。這個傻子又把她緊緊摟在懷裡。

她要什麼？很簡單，就是愛。從老先生直視她的第一眼，兩人便淪落成為鬼影，雙雙陷入情感煉獄。她想跟他手牽手逛街，想跟他一起出國旅遊，想在臉書上炫耀自己的愛情，昭告天下人她交到了知心男友。可是，這一切，因為愛他，她不能想，更不敢說，她不願意讓自己成為麻煩，增加老先生的負擔，即使是身為敗德的情婦，也要做一個有格調的情婦，祈望當這條路走到盡頭時，回首闌珊，兩人還能相視一笑。

黎嘉慧最後做出結論：原來真心愛一個人會激勵自己變得高尚，為了愛的精神勝利，自願服輸退出戰場，不與另一個女人計較爭搶，一切敗戰之計，只為了換取愛人的平安；只要愛人幸福，也就是自己的幸福。

然而，她最終還是徹底失敗。

原本一兩個禮拜會互通電郵的老先生，突然斷絕訊息，兩個月一趟的台灣考察，也不見他的人影。辦公室裡悄悄傳出耳語：老先生死了。在一個晨起慢跑的途中，他心肌梗塞，當場就過去了。高層擔心影響股價，一切後事低調處理，反正老先生也沒有直接掛上執行長、幕僚長、或財務長的美名，他就是一個最高級的幕僚，工蜂之首，為這個財閥貢獻出最後一滴血的家奴。

做小三做到這樣沒出息，黎嘉慧忍不住佩服自己的窩囊第一名。沒有人祝福的感情，沒有任何承諾的戀愛單行道，沒有房子車子銀子，沒有照片錄音錄影，唯一能證實這段回憶的只有多年來信件裡的隻字片語。深深愛過纏綿過的人，連一聲招呼都不說，就死在異國街頭，到最後連靈堂祭拜一炷香的機會也沒有，只能抬頭仰望天空，默默在心中呢喃著：「嗨！你在那裡好嗎？我很想你……。」

●

「恁姻緣路歹行，這攏是名號了毋好，啥物黎嘉慧？就是離家出走才會成功，離家出走就是無厝，無厝就是無翁的意思。」

號稱通靈的濟公先生如是建議，讓黎嘉慧一度想要改名換運氣，後來對濟公批核的「美惠」、「雅惠」、「佳穎」之類的名字都不滿意，這事也就沒了下文。四十歲以後，還有什麼疙瘩？也許只剩下心裡最留戀的人影，曾經讓他疼惜過呼喚過的名，如果換掉了，哪天相遇，還會記得彼此嗎？

「手再舉高一點，感覺妳的背部在溜滑梯！……Come on！I need power。」男老師高分貝的聲音把黎嘉慧帶回現實，她的動作還是慢半拍，而且年紀愈大腦力愈差，剛剛教過的動作一甩頭全部忘記。

但是她身旁的女人們都變成了舞孃，跟隨老師做出猛浪的蛇扭搖擺。她們臉上展露狂熱，魅惑的陶醉，也許，隱藏著飢渴。

女人們的身體裡暗藏堡壘，護衛著肥沃豐腴的濕地，誘惑他者覬覦入侵。肉身堡壘在每一次的愛情戰爭中抵禦撞擊，或迎合撞擊。無論贏或輸，撞擊之後都是殘破的基地。

四十歲左右還有幾次戀情，維持最久的那男人，每天早晚打電話來耐心問候。長期單身的精神官能症狀之一，就是遇到有人持續關懷，便忍不住鼻酸；最寂寞時深夜獨行暗巷有流浪狗靠近聞聞腳踝，都想帶牠回家取暖。年紀四捨五入，說得好聽是接近不惑中年，既然不惑則凡事可以重新啟動，輸入幸福快樂方程式。可歲月遲暮就像地球公轉，人人都見過夕陽下山，天地說黑就黑，哪有狡辯的餘地。

情人節送上九十九朵紅玫瑰。辦公室裡同事們羨慕的眼神，讓黎嘉慧虛榮飄浮，決定再給自己機會嘗試感情的水溫。那人剛開始還會認真選餐廳，校園散步又談心。倚在湖畔欄杆，趁她轉過頭看星星時親吻後頸。他的唇如此柔軟，耳鬢廝磨彷若千千萬萬個邱比特舉起箭弓竄入淋巴液，直奔肚臍眼下方，那兒藏匿了維納斯的奧祕，溢出母愛的汁液。

他總是將門禁的理由塞給母親，晚上九點要回到家看顧老母並安全鎖門。黎嘉慧天真地揣想，自己只比灰姑娘少了三個小時，也許，這樣才能珍藏仙履奇緣的玻璃鞋。

在大學任教的他，熟悉校園裡每一棟建築的幽徑，文學院的長廊盡頭，古老的日式建築有著膝蓋高度的木櫺窗台，他背靠窗戶屈膝而坐，從拉鏈中露出陽具，誘惑著她用外套遮住掀起的衣裙，跨坐他的褲襠。暗夜裡遠望是學生情人卿卿我我的慾望探索，只有他們明白，這是以戀愛的障眼之姿行交媾之實。

因為疼惜孝順的男人，黎嘉慧自願買衣服送他，甚至幫他付信用卡款，有時看到帳單明細中出現「兒童育樂中心」或「台北故事館」的消費，心裡雖然覺得怪怪的，也當作他童心未泯，未加追問。比較奇怪的是，兩個中年未婚男女交往半年多，做愛無數次，除了嚴守「門禁」的紀律之外，那男人始終沒有帶她回家拜訪母親的意圖，總在相聚時便猴急地去賓館開房間，到後來連晚餐下午茶都省略，手機裡直接傳來「我在XXX號房」的訊息。

當初介紹「門禁男」的媒人，是朋友的朋友，完全不熟識，平常只靠臉書了解彼此的動靜，偶爾在LINE裡面分享一些笑話。某天這位媒人突然傳了電話訊息，寫著：「黎小姐，那個大學教授已經結婚了，還有兩個小孩，妳要留意。」

連一聲對不起都沒有！

最後一次和有婦之夫去賓館開房間，她拒絕再扮演曖昧無能的第三者，決定進行一場偉大的性愛告別式，竭盡所能，讓他永生難忘。她把所有A片裡的動作完整拷貝，在妖靡諂媚的氣氛中，她的身體像複製人，心卻是個觀眾。當她垂眼凝視男人欲罷不能的神情和一戰再戰的勇氣，更加清楚馬賽克的背後，男人的死穴就是兩腿之間的陽具，而不是兩耳之間的真心。

整晚的挑逗讓男人第二天無法正常上班，他甚至還傳了簡訊要求再度春宵。而黎嘉慧則是寫了一封電郵，直接陳述他的床上功夫非常普通，陰莖甚至比一般人短小。而且，他從來沒有讓她達到高潮，每次都趁他淋浴時自慰才能完美成就性愛。她希望他好好檢討，並祝福他努力健身，不要讓下一個女人忍氣吞聲這麼久才敢說出心底的無奈。

這封信，讓她再斷姻緣路。無品男人到處在業界耳語，甚至寫匿名信，發表匿名文章卻指名道姓她是母狗。每次黎嘉慧與那些鼠目對望，總是不由自主嘴角冷冷一笑，心裡想著：卑賤的男人，最廉價的跳蛋都比你們強。以前還要等待寬衣解帶尷尬三分鐘，男人那玩意兒看到女人裸體本能立正敬禮，他們的手卻只會粗魯地在女人肛門附近搓來搓去。現在省事多了，當慾望來臨，自行脫下內褲手指頭三秒鐘立刻攀到G點，輕重得宜探觸全身最搔癢的那塊聖地，時間長短不再依賴男人的射精，而是自己決定享受多久體內猛浪來襲。

四十出頭的黎嘉慧，資深的銀行客服部經理，有穩定的收入，正常的社會地位，高水準的ＥＱ，偶爾有點小小遺憾，就是聽到同事們談論悲喜交歡的媽媽經時插不上嘴。另外剩下一點點無奈，則是雙人床的另一半，何時才能熨燙真正的體溫？

漫長的等待像是愈描愈厚重的油畫，黎嘉慧已經把自己的感情路畫成荒蕪，她必須更謹慎選擇構圖。繼續單身的她，現實生活中的每一個夜晚，只能依偎枕頭，幻想男人寬厚的肩膀。今晚，就選擇男韻律老師的四頭肌吧！在夢中讓他擁抱，閉上眼睛才會有幸福。

●

「我今天教的動作在上一堂課已經教過囉，還不會做的同學要檢討一下唷……如果跟不上進度就要考慮還要不要繼續上課喲……。」說這話的同時，渾身淋漓大汗的男老師，正靠近黎嘉慧的身邊，距離不到十公分，輕輕用蓮花指矯正她將近癱瘓的手臂。跳了四十分鐘的熱舞，貼近黎嘉慧耳鬢吐氣的男老師完全沒有起伏不定的喘息聲，她只感覺到他的熱，融合了草本沐浴乳與古龍水的汗香，一顆心臟卡到喉嚨，差點要休克。

早知道就不要選這堂名師的有氧課。身材單薄比不過同教室的學員也就算了，現在連差勁的運動細胞都要被老師嘲笑，昨天還在夢中與他神交，現在卻被提醒「要不要考慮繼續上課」。黎嘉慧悄悄地瞪了他一眼，即使如此，在奔放激盪的旋律中，沒人有時間注意到她的小小委屈。

「Come on，再來一次，加油！」男老師剛剛像是開玩笑，轉身又變成青春洋溢的大男孩，和這群老女人一起玩著團康遊戲：「認識妳的身體，開發妳的能量，享受妳的舞蹈！汪！汪！」年輕男老師突然學小狗叫，引得全場哄堂大笑。一個健壯的男人，一會兒像可愛的小狗，一會兒又像蝴蝶般輕盈彈跳在花叢間，他旋轉著小巧圓溜的臀部，幻化成拉丁舞中的女郎，踢跳、轉頭、扭臀、昂首，他示範的舞姿帶領女人們進入瘋狂，跟著他的動作揮舞，吶喊，在奮力搖擺下體的同時，激凸的奶頭如晚春綻放的花蕾，企圖勾引到處留情的蝴蝶，共享一時恩愛。

音樂聲戛然而止。

「今天上課到這裡，下個星期要記得再來唷！……我剛才說的話沒有惡意，只是希望大家加油，認真記動作！如果妳們覺得太難，我會教一些簡單的舞步。」黎嘉慧覺得男老師說這些話的時候，明亮的眼睛一直盯著自己瞧，剎那間紅了脖子耳根，有點難為情。好在韻律教室裡到處是臉紅心跳的女人，稍稍掩飾尷尬。她拾起毛巾，刻意保持冷靜走過男老師身邊。

「妳……還可以嗎？」沒想到男老師突然笑瞇瞇的對著她說話，黎嘉慧怔在原地不知該如何回答。此時，立刻聽到後面一個中年婦女扯著宏亮的嗓門說：「你今天教的動作真的很難耶，偶跟著你一直扭一直扭都頭暈了。哈哈！」

原來他是在問別人。

「要再來喲！」男老師調皮地眨眨眼，黎嘉慧總覺得他那眼角如彎月的視線，始終繞在她身上。

跳舞教室裡，黎嘉慧是靜默的；然而在工作上，她必須能言善道。

身為信用卡客服部經理，每天要解決溝通的案例太多，她早已經學會冷靜溫柔，應付各種複雜的卡務糾紛。

「先生，您在做代償的時候，合約書上已經設定還款順序是代償金、年費、一般消費款；所以您溢繳的金額會按照比例分配先沖銷代償本金，其次才能償還消費款。也就是說，代償部分按照本金金額收取12％的利息，可是消費款部分就要收取 19.97％的循環利息了。」黎嘉慧熟練地在電話上，與看不見面孔的陌生男人對話。經過這麼多年，現在即使對方的聲音再好聽，也引不起黎嘉慧的任何遐想，更何況大部分會發生信用卡爭議的客戶，多半是理財觀念貧乏的年輕人。

「可是，我不知道耶……我以為我上個月刷了七千塊，這個月只要準時還款七千塊，就不會收我十九趴的循環息。那照妳這樣的說法，除非我把目前代償的二十萬先還清，要不然，只要我用你們的信用卡消費，我就一定會被強迫收取消費款十九趴的利息，這實在很沒有道理耶！」男人的措詞有些憤怒，但語氣還算和緩，尾音中提高的聲調，有點像鄰家青春期不知所措的大男孩。

「那我是不是不刷你們的信用卡，就不會有這些問題？」到了最後，他的表達能力甚至有點像在撒嬌。

「很可能是這樣的情況。」黎嘉慧平靜地回答：「不過，先生如果你真的沒有詳讀合約書，我們對於像您這樣不了解合約內容的客戶，可以有一次機會更改電腦設定，只要您在下一次繳款日存入 8450 元，等於還清消費款，我們將不再收取 19.97% 的循環利息，也請您了解合約內容，刷卡時特別留意。」

那男人不再說話。黎嘉慧在這一行的專業，讓她習慣默默等待對方回應，時間一分一秒過去，她只聽見男人在電話另一端的呼吸聲。

「先生，還有什麼地方需要我為您服務嗎？」黎嘉慧問。

「……小姐妳的聲音好好聽，也很熟悉，我是不是在哪裡跟妳說過話？」男人的聲調突然放輕鬆，傳來了甜膩的想像。

「謝謝！嗯……我想我們應該沒有機會見面。」

「我在忠孝東路的健身中心教有氧舞，妳有興趣也可以來試試！像妳們這樣整天坐辦公桌很辛苦，應該多動一動。我叫 Eric，有空來玩玩，跳舞真的很有趣，剛開始妳可能會覺得有點僵硬，但是習慣就好了，我們班上很多 Late Bloomer 唷！就是漸入佳境的新手，愈跳愈開竅，好像晚熟的花一樣，在舞蹈中發掘到快樂與自我，真的很棒耶！」一說到跳舞，他的聲音就出現莫名的高亢，他一定是真心熱愛律動這回事，才會在形容任何跟舞蹈有關的事時連聲音都在跳躍。

「喔……謝謝！有機會我會去嘗試。」黎嘉慧有點心虛的回答。

他說的那間健身中心，就是黎嘉慧重拾舞衣，硬著頭皮去學拉丁有氧的地方。

Late Bloomer……。

中年才學會奔放。情海浮游，黎嘉慧一次比一次放任感官享受。她一直以為自己有機會成為一個家的女主人，布置出屬於兩個人的房間，選擇自己喜愛的床單顏色，成雙的漱口對杯，最好連拖鞋都穿同樣的款式，大小尺寸依依相伴。燈光要局部照明，絕對不掛俗豔的賓館式水晶燈。為了把握每份情感，和男人相處時，她毫不猶豫奉獻出所有的自己，沒有顧忌地在沙發、在浴缸、在任何可以挑戰界限的地方釋放慾望，將對方淹沒。愛的浪潮滾滾侵襲，最終淹沒的還是自己，海底深呼吸，湧進身體的只是沉淪，孤獨的夜晚，抬頭仰望，天空一片黑。

晚熟的花！是讓滄桑變成美麗的正當理由？還是明知命運凋零，也要把握晚霞再度輝映殘華？愈晚愈開花的嫵媚，會讓她得到遲來的幸福嗎？或者默默等到落花敗盡，化做謳歌的春泥。

現在，恐怕只有小狗有心情去戲弄春泥。

小狗！黎嘉慧忍不住噗哧一笑，那個在跳舞時學小狗汪汪叫的四頭肌猛男，與欠下二十萬信用貸款和七千元消費循環息還會裝可愛的男客戶，會不會是同一個人呢？黎嘉慧心想，下次去韻律教室，如果她趁著音樂聲響起之前，先開口說句話，年輕男老師會不會回憶起這段線上邀約？

抱著枕頭，新買的被套尚未經過漂洗，有一股漿過的布香，讓她回想起小學第一天上課時穿著的新制服。而如今，腦海裡浮現的面孔都是背影，那些人來來去去，在漆黑的深夜，影子愈拉愈長。絲質睡衣的胸口鏤空繡著成雙綻放的忍冬花，細肩帶掉了下來，黎嘉慧低頭一看，唉！肩膀上被蚊子咬了一個腫包，癢癢的，輕輕一搔便印上紅色的爪痕。她想起了老先生，以前最喜歡囓吻她的肩膀；也想起了門禁男，這件睡衣是他挑的，結帳時卻要黎嘉慧自己付錢買單。最後想起了渾身肌肉的男老師，也許熱愛舞蹈的他還能在律動中保留最初的天真。黎嘉慧嘴角一揚，心想：「愛情啊！剩三小。」「小心」呵護它，即使沒人保證絕對綻放美麗的花。其次必須「小氣」，以免被騙脫光衣服連口袋也空得徹底。最後，把它當成可愛的「小狗」，摸摸頭，牠對妳吐舌微笑，雙方都歡喜，片刻就是美好。

新聞電影

開麥拉（一）

事件目擊者相當仔細地陳述他當時所看到的場景：

「我真的以為他們在拍電影！」

這是他驚魂甫定之後，脫口而出的第一句話。

「那個人全身著火，從街角那家 7-ELEVEN 便利商店側門，有一根電線杆，旁邊有個賣蚵仔麵線的攤子，我認識那個賣麵線的老太婆十幾年了！她的麵線是這附近唯一沒有加味精的，然後，就『哇！……救命啊！救命啊！……』，你說我難道不會以為是拍電影嗎？大白天，一個火人，全身著火的人，像個火球一樣，好像是用滾的滾過來，邊跑還邊叫，然後，後面還追著一個，全身綁著繃帶的人，真的，我沒有騙你，我剛看完《神鬼傳奇》這部電影，那個人就像埃及木乃伊那樣，只是繃帶比較新，比較白，我想應該是 Made In Taiwan，才有這樣的品質！那個綁繃帶的人，手裡拿著一把水果刀，我告訴你，要很仔細看才能看見那根水果刀喔！那是因為我沒有近視，才會看得這麼清楚，換作別人，不可能告訴你這麼詳細的內容；總之，後面那個木乃伊，一邊跑也一邊叫：『哥哥你不要跑！哥哥你給我回來！』你說，這不是拍電影，又是在幹什麼呢？用屁股想也知道，正常人是不會做出這樣的事情，太奇怪了！」

目擊者說得太激動，汗如雨下，他認真嚼了幾下口裡的檳榔，接著朝地上吐出一口檳榔汁之後，又開始津津樂道！

「那時候，說實在，我們也不知道該怎麼辦，人家在拍電影，總不能害他們 NG！我看一整條街的人想法都跟我一樣，我們就看著他們一直跑下去，直到，你瞧！前面那家檳榔攤有沒有？那是我開的，但是我沒有用檳榔西施喔！都是我老婆在賣，來買的人都是熟客，大家都知道我順仔不會騙人，都是新鮮的。咦！我說到哪裡去了？不好意思喔！因為那個大火球跑到我的檳榔攤門口，突然倒在地上，不動了！木乃伊追上去，在他旁邊看了一眼，竟然又繼續往前跑，頭也不回，一下子就看不見人影。那時候，大家都在等，等導演出來喊『卡』！等了好幾分鐘，根本沒有人理他，我老婆忍不住，走到他前面問：『啊你是不是在拍電影？』沒想到那個人已經沒有聲音，整個人的臉都被燒焦了！我老婆嚇得大叫：『救人啊！救人啊！』我們才知道事情大條，隨便拿草蓆衝上去包住那人，幫他把火撲滅，又開車把他送到醫院。」

目擊者吃完了口中這顆檳榔，將整個殘渣吐了出來，他拿起一顆菁仔，在往嘴裡送之前，還很熱情地邀訪問者一塊兒品嘗。

「還好那個人後來沒死，只是一張臉黑得像關公，聽說還要給他換一些豬皮才能治好，是不是真的？我後來有看新聞講，原來那是一個謀殺案，可是你們兩台說的都不一樣，那個Cable說，都是為了錢，兄弟要分財產，沒有分好，那個弟弟又車禍受傷，一氣之下，從醫院衝到哥哥家裡要錢，結果哥哥不給，弟弟更生氣，就隨手拿了旁邊的汽油潑向哥哥，說要燒死他，威脅他拿錢出來！結果哥哥就這樣全身著火！可是那個三台說得好像又不一樣，雖然也是為了分財產，可是好像兄弟約好要談判，結果談判破裂，弟弟拿出預藏的汽油桶，要和哥哥同歸於盡，沒想到哥哥也準備了水果刀，以防萬一，兩個兄弟就這樣從家裡打到街上。是不是這樣？」

「反正都是為了錢。」

目擊者皺起眉頭，彷彿自言自語：「啊總是自己親兄弟，何必這樣呢！……記者先生，啊你知不知道真相究竟是什麼？」

「真相？你親眼看見整件事的經過，你認為呢？」

目擊者認真想了半天，臉上浮現出那種只有參加大學直考的考生才會有的專注表情；他一邊嚼著檳榔，一邊抓抓頭，最後回答：「我還是覺得很像是在拍電影！」

開麥拉（二）

電視螢光幕上看起來不超過二十歲的妙齡女郎，染了一頭小玉西瓜黃顏色的頭髮，似乎很不適應地穿著整齊的西裝外套，想要模仿專業記者的口吻，推薦付錢給她的電視台正在播出的一個新節目。

「《目擊熱線》提供您全新的現場資訊，以及正在發展的新聞事件！收看《目擊熱線》，告訴您，新聞在哪裡，我們關心就在哪裡！新聞在哪裡，我們的『勢力』就在哪裡！」

「卡！」導演說：「是『視線』，不是『勢力』。妳這樣一講，好像我們是黑社會一樣無孔不入。」

「不是嗎？」女演員趁這個空檔點了一根菸，貪婪地迅速吞了兩口：「要不然這個節目怎麼做出來？人家家裡死了人，你們記者追問得比警察還凶……人什麼時候死的？為什麼會死？是不是感情因素？還是債務糾紛？有沒有遺言？他死前說了些什麼？有沒有可能是自殺？死成什麼樣子？讓我們拍一下……」

呼……一口煙徐徐自女郎口中再度冒出。

「我們也有一些很有深度的報導，像上星期那條『尋人啟事』，就獲得廣大的回響！」

「喔！是嗎？你放出來給我看看。」

導演將錄影帶放進剪接機中，在快速的倒帶畫面裡，隱約出現了一個人的赤色肉體。

「我們在華江橋下發現她的時候，她可是什麼也沒穿。」

畫面上果然出現一個身材姣好的女郎背影，明顯的九頭身比例，玲瓏的腰身配上一雙絲毫沒有贅肉的細長雙腿，如果再加上36E的胸圍，那就真個是魔鬼身材！這個小魔鬼不知為何搖搖晃晃的走在路上，鏡頭從她的背部開始攀起，漸漸追上她的步伐，女郎似乎也察覺到後面有人跟隨的腳步聲，猛然一個轉身，當觀眾正要瞧見她明白露出的三點時，一個認真的工作人員立即衝上前去，用夾克包住了重點。

女郎的胸前果然偉大，對開的夾克拉鍊剛好夾在兩個肉色水球形成的溝中，她一路搖搖晃晃，三點若隱若現，還不時以濃濃的鼻音，發出類似「啊！……啊！……」的聲音，簡直吊盡觀眾胃口。

終於，在《目擊熱線》的工作人員陪同下，女郎安全地來到警察局。這名忘了我是誰的美麗尤物必須做筆錄。

「小姐，妳叫什麼名字？」

「啊！……啊！……」

「小姐，妳這樣很難辦事唉！妳是不是有吸毒？如果這樣就要送妳進監獄。」

「沒有啦！」一聽到監獄兩個字，女郎似乎有一點恢復清醒：「你問我什麼？再問一次！」

「妳叫什麼名字？」

「次鳥。」

「什麼？」

「次鳥。」女郎更加堅定的回答。

「『次鳥』是姓還是名字？」

「都是。」

「什麼啦？小姐妳這樣很不合作唉。」

「次鳥伊莎貝拉小丸子。」女郎堅定的說：「我叫次鳥伊莎貝拉小丸子。」

警察搖搖頭，接著問：「妳家住哪裡？」

「快樂天堂。」

「那是酒家還是賓館？」

「是……我……家……嘻嘻！」女郎輕佻的回答，身上的夾克又在這個時候脫落，露出了半截酥胸，還有一部分粉紅色的乳暈，就是剛剛好適合電視分級，不需要打馬賽克的程度。

「我受夠了！」

這個聲音同時來自於電視中的警察和電視外的女演員。

「這個白癡要鬧到什麼時候？這樣子搞也可以當節目呦？」

「這就是新聞現場，就是觀眾要看的新聞！上星期這則尋人啟事播出後，收視率進入當天全國有線電視節目排行前三名，證明了《目擊熱線》的製作方向是正確的，我們絕對是跟觀眾站在同一邊的。」

女演員忍不住又點燃了一根菸：「那最後到底找出真相沒有？那個什麼……鳥丸子……到底有沒有問題？」

「妳說呢？」

女演員一邊吐出煙圈一邊回答：「我怎麼知道？你們都可以找我這個臨時演員來演新聞

主播，我怎麼知道你們會不會花錢請一個酒家小姐來演一段失蹤人口？」

開麥拉（三）

這是一段真實的紀錄片，題目叫做《不可思議的串連》。肌肉發達的男主播，渾身上下散發著猛男的無限魅力，他正在努力字正腔圓，搔頭弄姿的播報新聞。

「行政院長蕭萬長此行最大的意義，就是成功的拓展了我國在國際上的能見度，以及在兩岸關係上獲得更多的……」

猛男突然伸手接過一張紙，接著支支吾吾地說：「……在這裡為您插播一則最新消息……桃園縣觀音鄉在中午十二點三十分……」猛男還低下頭看一下手錶，假裝很有臨場感：「……也就是剛才，發現有一對老夫婦在家上吊自殺，後來鄰居發現向警方報案，詳細新聞內容請繼續鎖定XX新聞台各節的整點新聞報導。……我們繼續關心另外一起搶案，三月份發生的一起銀樓搶案，銀樓老闆楊圭八被歹徒打成重傷，現在他傷勢已經好轉，雖然搶劫的歹徒已經落網，但是回憶當時搶案發生的經過，當事人還是心有餘悸！楊圭八今天接受我們XX台的獨家專訪，在稍後的新聞中會為您播出……。」

顯然主播已經念了新聞稿引言，但是這條新聞還來不及完成，只見猛男流著冷汗，想辦法過場。

「……事實上，在台灣，獲利最高的無本生意並不是搶劫，而是竊盜，我們現在就來看一下，這些竊賊是如何靠『智慧』累積了上千萬元的財富？？？？」

VCR。

鏡頭又回到了猛男主播。

「四月八號有一名男子，涉嫌在小貨車上殺死自己的女友後自殺，結果被警方救了出來，送往醫院急救，在醫院住了十天之後，突然趁機逃跑不見了，警方出動大批人馬到處搜尋，結果在四月十八號，有人發現這名男子在一處工地跳樓自殺，被發現時已經氣絕身亡多時，真是令人『不勝唏噓』！」

主播一副悲天憫人的表情，彷彿真的要為這名「不勝唏噓」的男子掬一把廉價的同情之淚。

當初意外拍攝這部紀錄片的導演，後來不知為何消失在茫茫人海。當年的這名猛男，靠著他勁爆的火辣魅力，如今還依舊安坐在主播台。曾經看過這部《不可思議的串連》紀錄片的觀眾，在多媒體的衝擊之下，已經被更新的資訊洗去了記憶。

新聞電影教會我們什麼？

在真相與謊言之間，缺乏一個臨危不亂的司儀，因此沒有人可以把劇情說個分明！凌亂的場景，荒謬的對白，錯置的環境，虛妄的人性，並非考驗導演的功力，而是挑戰觀眾的智慧，只可惜古今中外始終沒有歌頌「最佳閱聽人」的殊榮嘉勉，民智無法獲得證明，這個世界也只有無奈地任其混沌下去。

親親小花帽

婚姻像一頂帽子，不是每一個人都適合戴上它。

有些人天生就長了一副適合戴帽子的臉，不管那臉型是方的，圓的，鵝蛋或菱角；也不管那帽子是歪的，斜的，有花邊的，無帽沿的，甚至是繡上骷髏頭圖案的，戴在一些適合的人們的腦袋上，都變成恰如其分的裝飾品，就是那麼剛剛好，剛剛好到是他們與生俱來的一部分，彷彿是出生時就跟著從娘胎裡一塊兒蹦出來。

然而，偏偏有另外一種人，只要在頭上放了東西，總像突然冒出一隻犀牛角，或一個雞冠，左看右看都奇怪，無論他多麼用心地搭配顏色，選擇款式，總會令人不由自主地，聯想起一種會走路的水牛或公雞，或是一具配備引擎的行動藝術品。

張慈常常覺得，她和帽子之間的關係就是屬於後者，當然，經過這種比喻，她和婚姻之間的關係也可想而知。

●

張慈是個從小就愛做家事的孩子，她會自動自發地清洗全家人飽餐後的狼藉杯盤，還會順便倒垃圾；冬天來臨，頂著寒流刺骨東北季風，她到陽台上修剪植物，除去老舊殘枝，布置萬花迎春的榮景；至於她的房間，當然永遠窗明几淨，排列整齊。若遇長假，溫柔的她還會在家裡，一針一線，繡出可愛的抱枕送給左鄰右舍，偶爾也幫忙長輩鄰居修改衣服，另外，她也曾經手作一個背包在爬山的時候裝水壺。

「誰娶到張慈真是誰的福氣！」

這句話她從六歲聽到四十六歲。第一個這麼讚美她的人已經死掉了，剩下幾個還在重複這句話的人也老得差不多失去一半的記憶。

而張慈呢？她的生命裡最重要的動作，非常簡單，就是坐在郵局的櫃檯後面蓋印章。她從最基本的郵務士做起，二十年，終於升到組長，也記不得當初是誰鼓勵她來考郵政特考，只記得人家說這是金飯碗，要趕緊抱一個安身立命，將來找丈夫的時候，才容易找到金龜婿。結果金龜婿沒有著落，倒是這金飯碗，獨自緊擁二十年。

「愛情」對張慈而言，或許已經成為一種比買部賓士車還高級的奢侈品。

可不是嗎？那一段小邱曾經出現的生命，深刻讓她領悟金錢比愛情萬能的古訓。

那年她三十六歲，孤鸞年，未婚。張慈決定放棄對愛情的奢望，轉念讓物質享受滿足寂寞的心。因為，在她生命中的前些年裡，世界五大洲，分別各自去過三遍，貸款買房子的債務即將還清，換句話說，她又要再度面臨沒有寄託的空虛。於是，她決定買一部超級豪華又全新的進口賓士車安慰自己，至少，在往後幾年的生活中，她可以忙著規劃月薪，嘗試固定支出的樂趣。

小邱，是個賣車給她的年輕業務員。剛剛退伍的他，據說因為父親經商失敗，在高中畢業那年，放棄繼續升學的志願，決定遠離家鄉北上來打拚。小夥子相貌清秀開朗，工作也非常認真，雖然車子的價位確實高了點，但是配上頂極功能，又有品牌保證，張慈決定買一輛慰勞自己，偏偏命運作弄，她屬意的香檳色目前缺貨，讓張慈在展示中心裡有點心灰意冷，難得的熱情彷彿被澆熄，不知道什麼時候才能找到寄託。

一開始小邱每天打電話給她，報告新車送廠的進度，這樣聊著聊著，他開始約她出來吃飯看電影。

小邱的殷勤舉動，開始令她心情激盪，再加上，他真是個長得挺可愛的男人，口才又機伶，很會說笑話，張慈常常被他逗到開心大笑，嘴唇激動得合不攏，露出粉紅色的上牙齦和偏黃的巨大門牙，像隻突然被電擊張嘴的兔子。

她開始在上班的時候思念小邱。想著他的酒窩，想著他拿湯匙喝咖啡的俏皮樣，想著他連珠炮的說話速度，想到心不在焉，自顧自一個勁兒地抿嘴傻笑，即使桌上堆有半人高的存摺簿，櫃檯外的客人排隊排得繞了彎，她仍能仰躺在椅子裡神遊太虛地笑著，兩隻眼濛濛瞪著天花板，這種近似精神自慰的方式，經常為她帶來一種生理上的快感。

三十六歲了，沒有被男人愛過呵護過的靈魂，像朵早衰的野草，從來沒有美過，也逐漸忘記美。

她曾經與同事們湊團購，去練瑜伽或跳拉丁有氧，在那彷彿選美擂台的舞蹈教室中，張慈總是目不轉睛地看著年輕女老師均勻修長的身材、滑嫩的肌膚、圓潤的小腿、性感的腰肢……這才是美啊！張慈忍不住這麼想！於是，她拚老命賣命配合演出，跟著老師的口令做動作，努力搖擺或伸展，渴望在不久的將來，能夠拾回年輕，還有那些無邪笑靨……。

苦盡甘來這句成語似乎從未出現在張慈的辭典，她是三十六歲的人間薛西佛斯，推石上山又翻落，徒勞無功是最仁慈的獎賞。青春期過了就是過了，她應該認真預防更年期。第二天起床，全身上下的骨頭重新易位，就像是給拳頭重重打過，痠痛難捱。囤積整夜的尿水在膀胱裡發漲，而她就是沒有半點力氣爬起來上廁所，頓時才發現自己的無能，簡直自討苦吃。

於是，大筆學費捐給健身中心與瑜伽社，買它一次覺醒。

一個女人，活到三十六歲，從來沒有交過男朋友，人生還真是乏味啊！到後來，張慈也忍不住這麼質疑自己，她四肢健全，長相也不嚇人，為什麼就是沒有緣份？當年一起畢業的同學，孩子都念到國中，而她，還是個如假包換的處女。從前，街坊鄰居的長輩阿姨，個個大膽預言她一定會嫁得最好，因為她是一個很乖很懂事的女孩……。

「女孩」？她可以使用這種形容詞已經是二十年前的事了。

小邱第三次約她出來喝咖啡，都說：「妳真的是個很好的女孩子！」

為什麼？張慈忍不住問。

「妳個性溫柔，脾氣又好，腳踏實地，而且任勞任怨，勤奮工作，不怕吃苦……」小邱興高采烈地描述，只是形容詞太豐富，彷彿是背好的台詞。

張慈心裡突然有一個念頭，這樣的讚美讓她覺得很熟悉，感覺上好像跟什麼動物有關，特別適合用在十二生肖中的任何一種禽獸身上，尤其是牛。

所以她活著和一隻動物沒有什麼兩樣。

但是，也不知道為什麼，這些話從小邱的口中說出來，就像是歌詞配上音樂一樣動聽。暈眩又昏沉的張慈，不但因此買了更高級的賓士車種，又多加上二十萬元的裝潢費，使得這輛擁有冰箱，立體環繞音響，以及窗簾的車子，就像個會走路的公寓。

只是裡面什麼都有，就是缺少男主人。

車子開回家，剛開始還沒什麼機會使用，倒是小邱，三天兩頭就跑來向她借車。她心底竊喜小邱總算沒有忘記她，也不計較這部汽車的價值，大方借給他。不了解內情的人以為張慈終於交了男朋友，不但長相體面，還富裕的開起進口轎車，只是那男人看起來也太年輕了些，而他們兩人之間的舉止，說實在的，總是不太像一對情人，因為太客氣了。不過，換個方向想，也許是張慈年紀大，談戀愛也就不會那麼血氣方剛，反而像做學問一樣用心。

無論如何，張慈的人生彷彿配合新車來臨，重新出現希望。

張慈是個好女人，非常好，好到缺乏女人該有的妖氣。例如她曾經為了讓自己看起來像個貴婦，按照時尚雜誌裡的名人穿衣鏡，模仿那些藝人或名模，花大錢買奢侈品，像是路易威登的名牌皮包，一個八萬多塊錢。結果她歡天喜地帶去參加同學會，好久不見的朋友第一句問候語就是：「妳這個皮包在哪裡買的？仿冒得跟真的一樣！」

她頓時領悟，這輩子，她就是個次級品。

小邱的出現是奇蹟。

雖然沒有一見鍾情的火花，但是張慈的心，已經無法克制地被他牽引。賢慧的她，又開始織毛衣送給他禦寒保暖；天氣一冷，人參枸杞雞立刻送到公司給他補中益氣；她為他心甘情願償付汽車超速的罰單，即使車子撞壞了邊，刮了傷痕，她也沒有怨言。

三十六歲的她，終於歷經生命中第一次的「戀愛」，她幻想小邱會向她求婚。尤其當小邱總是口口聲聲的說：「妳真是一個非常非常善良的好女孩！」

張慈認真以為這是一種暗示，暗示善良的好女孩必定會得到美滿的姻緣，這是千古不變的定律，就像所有人從小到大都聽過的「善有善報，惡有惡報」一樣。由此可證，善良的張慈終會嫁給一個很好的老公，就像她小時候那些長輩鄰居所預言的，以及現在小邱如此溫柔說出口的語言。小邱！小邱！他笑瞇瞇的眼睛中，散發真善美，總讓她情不自禁地解讀成某種英雄般高貴的人格。「他」就是令張慈這個好女人應該得到善報的王子，「他」將會珍惜張慈敦厚的性格，關愛她，呵護她，終其一生……。經過推理，張慈認定小邱終有一天，一定會向她求婚，更何況他已經牽過她的手，還在某個夜裡親吻她的臉頰。

戀愛。

為了婚禮必須具備的典雅穿著，就像當年黛安娜準備嫁給查理王子時的造型，張慈開心地到處逛街，終於挑了一頂有著淺淺帽沿的粉紫色編織帽，帽邊搭配一朵紫羅蘭，花蕊用幾顆亮片點綴，並繫上一條紗質絲巾，沿著帽緣貼過去，在交叉處串連蝴蝶結，剩餘的雪紡紗輕輕垂下，清風徐來，微微飄懸彷若畫中美女圖。張慈愛透這頂帽子，她覺得粉紫色恰恰好適合她的年齡，不會太輕佻，也不至於老氣，所以她對價錢一點兒也不在意，滿心歡喜地請售貨員包裝好，準備拿回家當結婚禮物。

這頂帽子的命運就像主人的初吻，在那個忘記日期的深夜，小邱低下頭用鼻尖貼著張慈的鼻尖，輕輕吐氣在她的嘴唇，滑過，最後貼上她的臉頰。紫羅蘭小花帽，也把它的第一次獻給精美的包裝禮盒，再也沒有機會離開。

小邱說他家裡有急用，向她借了兩百萬。那是她很多年前就放入定存的結婚基金，她認為這是賢妻良母應該做的，毫不猶豫解約提領，隔天立刻匯到小邱指定帳戶。然後，小邱這個生物，沒有任何理由地人間蒸發。

他在哪裡呢？電話換了，工作辭了，更糟糕的是，沒有人知道他住在哪兒？都說是南部上來台北打拚，南部那麼大，是高雄還是台南屏東？南到難以猜測。

當初一心懸念接受求婚的張慈，完全沒想過結局竟是如此！事件過後，唯一稍感安慰的，是不多話的張慈，從來沒跟別人提過借錢給小邱的事。旁觀的好事者只以為這兩個人可能因故分手，比起那些做人家小三或鬧上法院的八卦，似乎也沒什麼了不起。就算想說些閒話，只要一看到張慈那張比實際年齡還要蒼老的臉，難免有些惻隱之心，不知道是感慨她老處女的事實，或是被她人如其名的慈祥面容所感動，總之，不到一個星期的時間之內，關於張慈還是嫁不出去的事實，因為當事人的沉默而自動銷聲匿跡。

再過不了多久，當所有人都淡忘初戀，只有張慈記得，那輛男人曾經撫摸過親近過的進口轎車，在現實生活裡，還剩下兩年的高額分期付款，有足夠的空間和時間，讓初戀情人陰魂不散。

●

張慈終於在四十六歲這一年，結束處女生涯；從此以後，寒夜裡有個相依相偎的暖和胸膛，即使對方比她大了二十歲。

結婚之前，張慈年近七十的老母親帶她去量身訂做一套嶄新鮮豔的旗袍；所有與婚禮有關的事宜，都由意志力旺盛的母親包辦，彷彿這場婚禮的女主角是母親而不是張慈。她不斷遊說張慈穿上顏色如新鮮紅辣椒的旗袍，象徵婚禮的喜氣和吉利。然而，當張慈低下頭，瞧見胸前那一大塊老師傅手工刺繡的鸞鳳和鳴圖，再抬頭望向鏡中長滿皺紋的老臉，剎那間，好像是一部老式的黑白電影放映機，勉強輸出彩色畫面，只落得斑斑駁駁，恨不得絞帶，不想再看下去。

唯一的憧憬，是她那顆不聽使喚的心，飄啊飄！飄向了典藏在家中櫥櫃裡的紫羅蘭絲帶小花帽。這麼多年，唯一陪伴張慈度過寂寞的寄託，每年除夕夜前的大掃除，她會把小花帽拿出禮盒，拍拍灰塵，重新繫一次雪紡紗，想像著將來有一天，在自己的結婚典禮上，戴這頂高貴的帽子，再配上剪裁合身的淺紫色套裝，這畫面，會不會像黛安娜王妃一樣高雅又令人喜愛呢？

「高雅又令人喜愛」也是張慈的老母親同樣的願望。只是兩個人對「高雅」的定義，有非常大的差距。

「小慈，妳穿旗袍真是漂亮極了！」母親說。

四十六歲的張慈，輕輕地回答一聲：「啊！」在母親的面前，她永遠只是個孩子，沒有意見，也沒有自己。

「陳先生是公務員退休，品行很好。唉！現在年頭不一樣了，社會這麼糟，大家都想盡辦法往國外跑，還好陳先生他有綠卡，妳跟著他，將來生活一定有保障……」

張慈仍然惦念著那頂小花帽。她有好幾次幾乎脫口而出，想詢問母親，有沒有可能讓她戴著紫色帽子出席自己的婚禮？有沒有可能用一句話說服母親，讓張慈在屬於自己的日子做真正的自己？這是一場十年未竟的心願，那時候，她就夢想著讓小花帽陪著出嫁。但是這一身充滿母愛的旗袍又該怎麼辦呢？難道最終的妥協，是穿上這織龍繡鳳的花旗袍，再戴上她心愛的紫色圓帽？

算了吧！張慈心想，總之她是個次級品，爭出頭也不過就是個山寨。她快五十歲，早已沒有勇氣造反。

結婚這事，本來就不是為了自己，這些年來，親朋好友都比她還著急。以前年輕的時候開同學會，人們群聚在一個特定空間裡，好像共同演出一場舞台劇，不分角色和性別，在屬名江湖的戲劇中，演員們背誦的都是同樣的段落，每一年都差不多，唯一的不同處是歲月與孩子們的年齡成正比，妳家小孩多大了？或者是房子又多了幾棟，薪水加了多少？曲終人散時，這群演技優異的臨時演員，不忘背上一段，只要看到張慈就會脫口而出的基本台詞：

「什麼時候喝妳的喜酒啊？」

好多年重複演出的劇本，永劫回歸的同學會。直到那些早婚的同學們，開始為自己的兒女張羅婚姻大事，忙著發喜帖，忙著傳宗接代，屬於張慈的魔咒，才逐漸消失。

婚姻就像是老鼠會的組織，必須不斷吸收新會員，才能繁衍壯大，直到創始會員有了徒子徒孫，聽到有人用童稚嬌嗔的聲音呼喚：「爺爺奶奶」！才是參加這個組織的最終報酬。

張慈的晚年，已經來不及也不想加入這種老鼠會。她賺錢給自己花，喜歡什麼買什麼，日子過得習慣輕鬆。想要湊熱鬧，一年一度的春節全家大團圓，所有親朋好友在一天之內結集，多年不見的哥哥姊姊們，帶著不甚相識卻血濃於水的外甥姪子，蹦來蹦去，一張張陌生又貌似熟悉的臉，占據所有的空間，他們不停地發出聲音，左一聲姑姑，右一聲阿姨，機伶一點的黏在身邊討零用錢，調皮的就在旁邊打鬧打電動製造噪音又擾亂視線，子孫滿堂的歡愉就是如此！張慈經常在這一天裡最肯定自己獨身的價值，由衷感念自己一年只需要過一天這種「家庭生活」就夠了。

直到母親說了一句話：「將來我們死了，誰來照顧你？自己身邊有個伴，也有人陪說話，老了也不會寂寞！」讓張慈點頭。

寂寞？

過去四十六年，早已經習慣寂寞，這跟老不老，似乎沒有關係。

張慈不怎麼與同事說心事，沒有閨蜜也能活下去，還有穩定的工作。多年來獨自旅行，雖然沒有增加品味，國際觀倒是開拓了不少，紐西蘭的綿羊，日本櫻花，巴黎的羅浮宮，比薩斜塔……這些風景名勝除了親眼看過之外，還留下了一張張到此一遊的紀念，閒來無事翻翻舊照片，一邊思索著下一次的海外觀光據點，這樣充滿想像力的日子算不算寂寞呢？以後身邊若是有個他，還能不能像現在這般隨心所欲？

這樁婚姻，張慈做出判斷，其實，不是她想要的，而是她應該要的。

「陳先生雖然年紀大了點，可是長得算是相當英俊，人也老實。前妻死了以後也沒有再婚，兩個孩子就這麼被他一個人撫養長大，現在都在美國工作，等再過一陣子，也要把他接過去養老，到時候妳也跟著一塊兒過去，不就跟著享福了？」

老年婚姻的目的，原來已不在愛情，而在利益。除了有男人發洩情慾，還附送美國居留權，長輩鄰居這次又羨慕地說長道短，以為張慈終究得到幸福。

陳先生長得是好看，廢話也不多，四十六歲的張慈和六十六歲的他站在一起，也看不出實際年齡的差距，只覺得是一對老夫老妻，構成一幅寧靜又安詳的畫面。結婚之後的張慈，連婚假也沒有請，就去郵局繼續上班，繼續蓋章，逢人問起，便說年底再和先生一起去美國看兒子。

說起這兩個兒子，只在老爸爸結婚時，用LINE語音說些祝福的話，就再也沒有訊息！做了媽媽的張慈，只看過照片上兩個男孩與各自的家庭合照，笑著的一家人，看起來都很快樂，彷彿美國真是一個好地方，人們到了那裡都不由自主地心胸寬大，再加上吃得又營養，個個長得身肥體壯，陽光下那家人個個都像桶裝雞蛋鮮奶豆花，白膩膩肥滋滋，令人忍不住想含上一口，分得一些甜蜜。

陳先生退休後，整天靜靜地待在家裡，他的生活像時鐘一樣慣性運轉，蒔花弄草，洗衣燒飯，樣樣都行。

這樣的婚姻對張慈來說，和單身時沒什麼差別。過去的日子是下班回到家，和父母親一起看電視；現在是下班回到家，和陳先生一起看電視。星期天去市場買菜，或爬山，然後還是回家看電視。原來的那個家和現在的這個家，除了人數不同之外，好像也沒什麼改變，剛開始看到陽台上曬著陌生男人的平口內褲時，還覺得怪怪的，久了之後也就習慣。什麼事情久了之後都會習慣，喜怒哀樂對張慈來說，也就沉澱為一種慣性，而非絕對的必要性。

就像廁所裡老是瀰漫著一股怪怪的尿騷味，聞起來有點甜，又有點腥，繼續聞著會噁心，令一向熟悉自己體味的張慈感覺很不適應。起初她一直認為，可能有人用完廁所後，沒把大便沖乾淨，或是哪件衣服上的汗漬久浸，揮發出這股臭臊味。愛乾淨的她把浴室洗了又洗，刷了又刷，但是那股味道，每天就像幽靈似地神祕冒出，最後，她從馬桶邊緣攀爬的螞蟻群中發現，原來這是那罹患糖尿病多年的陳先生，製造出來的現象。

這件事令她興起強烈反感。習慣獨居的張慈非常不習慣這樣的情形，另一方面，她又擔心與陳先生溝通後，會傷害到陳先生的自尊心（他在結婚之前就說過他有幾十年糖尿病，一直服用藥物控制健康）。張慈只有不動聲色地買了一堆芳香劑和明星花露水，用來掩飾那令人作噁的腥味，時間一久，竟然也就再度習慣了。

這樣的日子過了一年多，陳先生突然說，他要去當大廈管理員，找份差事忙忙，打發無聊的時間；只是這工作必須輪值大夜班，他直接解釋，為了對工作負責，值大夜班時，他就睡在大廈門口櫃檯後方的行軍床，不回家了。

「哦！」張慈輕聲回應。她想，這意思就是，她將要重新適應新生活，也就是每隔三天，就恢復一天單身。

結婚之後的變數，怎麼比從前獨居的時候還多？近兩年來，她唯一的願望就是請個年假，和陳先生一起去美國看他的兒子。張慈心裡明白，他兒子不會這麼快就叫她一聲媽，但好歹在法律上，他們總是一家人，一家人就該選個時間聚聚，其樂融融一番。張慈甚至連見面禮都準備好了，孫子們的金鎖片，誰都少不了，只是，陳先生卻提都沒提過全家大團圓的事，好像在美國的兒子不是他的親人，他忙著想著，都是臺灣的人事物。

「美國有什麼好？吃又吃不習慣，出門也不方便，電視、報紙，沒有一樣看得懂，聽得懂的，我實在不覺得那裡有什麼好！」

張慈心裡想：「你不覺得好，但別人可都羨慕著我這份福氣呢！」雖然結婚結得晚，可是車子，房子，金子，兒子，一個也沒有少，最後還有個美國護照，比起那些拚命想投資移民和技術移民的親朋好友，這個近親移民的方便，可真叫別人忌妒得不是滋味呢！

每念及此，就是張慈最大的快樂。對她而言，美國並不陌生，但是遊山玩水的樂趣畢竟短暫，現在即將成為美國人，那可真是神氣的不得了！聽說拿到美國護照，到全世界各個國家都方便，萬一不幸台灣政治前途起了變化，美國還會派飛機來保護「美國人」，這可是做了一輩子的台灣人都得不到的保障！除此之外，美國還有許多好玩的地方，像是佛羅里達的迪士尼樂園，聽說那個樂園大得像個天堂，還有尼加拉瓜大瀑布……現在她不但有個「兒子」可以去依親，還能夠名正言順地在美國待上半年一年，看著四季轉變的風景，北國楓紅，冬日雪景，湖上溜冰，耶誕節……。

「我兒子住在舊金山，那裡從來不下雪。」

陳先生最無趣之處，大概在於他缺乏作夢的本領，更別提幫助張慈圓夢的心情。

有時候張慈會一廂情願的替他想，這實在也不能怪罪老頭子，二十幾年沒有女人，他哪裡懂得女人的心眼？再加上年紀又大，萬事更是鬆弛。一張端正的臉雖然讓人瞧得舒服，但那沒情調的言語卻也容易令人生悶氣，直在心裡嘟嚷這男人的沒腦沒眼睛，為何總是不懂得說些好聽的話哄哄她，哪怕是虛情假意，只要能讓她享受到做女人的虛榮，即使是片刻也行。

無論如何，美國之行在張慈心中的影像愈來愈清晰。她開始上英文課，看英語新聞，為的就是將來在美國生活沒有障礙，這樣的熱情……好像……很久很久，沒有在她生命裡出現了。上次有這樣的活力是十年前，為著一個年輕大男孩的笑容，她可以一夜未眠為他織毛衣……。

又過了一年，陳先生仍然沒有準備去美國的動靜，張慈有點沉不住氣，究竟這老頭子心裡在想什麼？他是否曾經計畫去美國安享天年？雖然說日子已經簡單到產生慣性，不過慣性也有不甘的時候，即使是週而復始的慣性，也應該要有彈性的出現，這種彈性決定極限，喜歡或討厭，要容忍到什麼程度的極限。

張慈的慣性持續五十年，就算在後面兩年，無法容忍另一半的某些缺陷，也因為她奴於慣性的性格自動沖淡厭惡，嘗試另一種務實的夢想，那就是去美國生活。但是陳先生不但隻字未提，甚至帶來更殘酷的考驗，就是快速老化。從前上班時在辦公室還可以瞎忙，退休後這幾年，為了延緩老化去幫人家看房子，每天卻是發呆，記不清楚進進出出的人，信件投錯郵箱，管委會決定不再續聘，使他連寄託心情的閒差事也沒有了，落得每天從早到晚看電視，彷彿電視機才是他的親人。

這年入秋之後，陳先生一直咳嗽，如果是輕咳也就罷了，偏偏他咳個不停，有時咳聲急促，連莊似地飆高音，伴隨甩不掉的濃痰，光聽聲音便覺烏煙瘴氣，彷彿這口痰已經堵住氣管，即將汙濁斃命。求生存的本能，讓他用盡肺活量吸氣，愈咳愈用鼻腔，愈咳愈是缺氧，最後氣若游絲，換得三秒寧靜，突然集中火力猛地刷啦啦把那口濃痰吐出食道含在口腔又嚥回去。

每次張慈都被這驚悚的咳嗽聲嚇醒，醒後很難入睡。她第一次感覺到死亡的陰影可能離她很近，近到無法再按照從前的慣性過日子，因為她的另一半，老頭子已經七十歲，而且出現愈來愈多的問題。

陳先生的老化，就像他不能控制的肛門括約肌一樣鬆弛。不知道從什麼時候開始，張慈早晨起來上廁所，會發現馬桶內緣有一些殘餘的糞跡，這很明顯是有人拉肚子。更甚者，還有噴灑到馬桶外的糞便，令張慈愈加難以忍受。也不知從何時開始，早上起來沖洗馬桶竟然成為每日首要的工作。更別提陳先生其他的小毛病，像是洗碗留有殘渣，或是在炒菜時弄得滿廚房的菜屑，以及他常常分不清楚室內或室外的拖鞋，穿著走來走去，搞得室內到處是汙泥，使張慈除了正常上班的工作之外，還得每天拖地，打掃環境。

她不禁開始懷疑自己，為什麼要選擇婚姻？在往後的日子裡，她是否能夠繼續堅強考驗人性，克服後悔的基因？

臘八剛過，農曆春節前夕，寒流接著來襲，陳先生在廚房裡昏倒了。這是他第一次心肌梗塞，送醫急救後，他在加護病房裡醒過來，神志不清，頭上身上插滿管子，不能開口說話，直到第二個禮拜，情形才有些好轉。躺在病床的他奄奄一息，那模樣和張慈第一次見到他時完全不一樣，陳先生突然變成陌生人，而且是個快要死的陌生人。

唯一熟悉的部分，竟是這個陌生人用溫柔又充滿依賴的聲音，緩緩安排後事。

「我老了，沒用了，不能照顧妳，妳如果怕被我拖累，無論妳做什麼決定，我都不會有意見。」

「你說這什麼話！」張慈回答。

「我說真的。我所有的退休金都給兒子拿去了，只剩下一棟房子。過去妳對我這麼好，房子應該留給妳，只是妳還年輕，我也不想拖累妳，萬一我不能動了，就把我送到養老院去自生自滅吧，我還有一些股票，把它賣了換錢，送我去養老院……。」

相較於安排後事，更殘酷的現實是，張慈竟然對此無動於衷。四年夫妻，恩愛過後，究竟留下什麼？陳先生老，一開始就明白，再老也曾經是張慈美麗的夕陽，現在這老人油盡燈枯，連遺產都準備好，張慈卻覺得冷。她不想要這種冷，她想留住體溫。

衰老是令人心煩的事，雖說這情形同樣會發生在張慈身上，等到她走上時光的不歸路，又該如何自處呢？百感交集，張慈也慌張了，一時之間沒有主意，只能無言以對。

現在才來懊悔自己當初為什麼答應結婚，是不是有一點自私？張慈拿出幾年前兩人合拍的結婚照，奇怪陳先生那時候看起來一點也不老，兩個人配在一起剛剛好；除了年齡的差距之外，陳先生這個人挺好相處，他性格恬淡，對吃穿用住之物完全不在乎，也不是奢華的人。每逢農曆七夕，各式各樣被媒體廣告炒作的情人節禮物，從鮮花到巧克力到內衣褲都成為表達心意的媒介，看多了電視的陳先生，也會去買上幾朵昂貴的玫瑰花送給她。送花時，他也沒有別的廢話，頂多說聲：「過節嘛！大家開心一下。」回想這幾年的婚姻生活，有個人整天陪伴她，開心或不開心都是他最先知道，偶爾還會以長輩的口吻勸勸她做人處事的道理，兩個人你一言我一語，對話幾個回合就把一天過去，繼續同床共寢，天大的煩惱，睡一覺醒來後，似乎也沒那麼要緊。就分憂解愁而言，陳先生確實用心。

如果失去陳先生，張慈會思念他。只是很不幸，他老得太快了。醫生說，心臟動脈硬化，最好還是動手術，手術一旦成功，最少可以多活十年，但是現階段陳先生剛剛復原，還不適合動手術，先回家療養一段日子之後再作決定。

「你覺得呢？」在出院那天，張慈問陳先生。

「總得把身體養好了才能開刀啊！」陳先生回答。這一個月生病的折磨，使他瘦了不少，張慈扶著他走路的時候，才發現他的骨頭那麼細。就算沒有愛吧！惻隱之心還是有的，張慈攙扶著他的手，唯一的念頭還是希望他健康，長命一點，不管是誰陪著誰，總是要把這段路給走完吧！

經過生死關頭，陳先生終於自己說出口，要去美國看兒子。他說兒子欠他的，不只是退休金，還有一份情。

「我不願意去跟他們算計這麼多，他們跟我拿錢也不是第一次，只是無論如何，也該見見妳這個後媽吧，將來萬一我走了，妳至少還有個親人可以相認，這樣去美國也方便些……。還有，妳不是練習了很久的英文嗎？這下子可以派上用場了。」

這幾句話倒是說中張慈的心事，剎那間，她別過頭去，不敢直視他的眼睛，害怕自己早已被陳先生觀察得仔仔細細，無處可以逃避。

是不是真的無處可逃？逃得了婚姻，又如何逃過猜忌？人的一生，這樣算來，總是為別人活的時間多些，為自己活的時間少些。

出院回家，第二天清晨，陳先生起床後就換上球鞋說要去爬山，張慈不放心他一個人去，教他等等，她換了衣服陪他一道去，匆忙之間找不到運動衣，卻不小心把衣櫃深處的小花帽翻了出來。陳先生看一眼這頂圓帽，用一種好奇又深沉的語調說，他看這帽子放在衣櫃很久了，也沒見她戴過，到底是做什麼用的？張慈簡單敘述她和這頂紫色小花帽之間的關係，卻故意省略小邱那一段。

「我也覺得這頂帽子比妳那件旗袍更適合我們的婚禮！」陳先生回答。

張慈盯著陳先生瞧，希望他說的是真話。

「這小花帽……」陳先生說：「我們去美國的時候，妳可以戴著它，一定很漂亮！」

張慈微笑著，輕輕牽起他的手，答聲：「好啊！」

安全需求

巨大的孤寂愈來愈巨大，它抱怨我將它隱藏
在衣服下，縫在口袋裡，坎在心眼深處。

夢想大郡

男人睜眼時一片黑，陰闇若汞，侵蝕著來不及反應的恐懼，滲入口耳鼻舌，無嗅無明，肉身解離。他強壯的軀體，此刻癱縮在崩塌的建築物底層，斷牆傾斜在他腦門頂，距離十公分，身邊盡是碎瓦礫，一條暴露的赤色鋼筋穿透他的小腿。他感覺自己正在流失身體的某個部分，那部分溫熱黏稠，與呼吸相同頻率。

距離男人身邊幾公尺，毀陷的落石疊錯，一個小生命也在喘息。

新生嬰兒赤裸身體，粉嫩嫩的小屁股旁，散落淺藍色睡袍，和式剪裁，像個小武士裝。嬰兒圓滾滾的腳趾頭，有著粉紅色的指甲，這雙小腳正不斷地懸空踢弄。嬰兒似乎回到母親的子宮，只是滲透的雨滴泥漿代替羊水，傾石纏繞，只容口鼻呼吸的狹仄空間，嬰兒放聲大哭。

他的左手腕上，還繫著一條金鎖鏈，黑暗裡爍爍發光，上面清楚刻畫篆體「平安、吉祥」。而嬰兒只剩下這隻縛著金鎖片的小手，還有力氣向四方揮舞，小小頭顱散布細微茸毛，淡淡咖啡色，長大之後應該愈來愈濃密。但是，嬰兒的另一隻粉紅色小手，從手腕處之後，被壓碎在一面倒塌的水泥牆下，新鮮的血液緩緩釋出，如同嬰兒離開母體時莊嚴。只是當時慶生，如今瀕死。

不過就是個中度颱風嘛！那時還在為上不上班猶豫。天剛亮，妻抱著嬰兒，在浴室裡洗泡沫浴，輕盈的白色泡沫伏貼在妻與嬰兒的肌膚之間，他好想吻他們，卻因為害羞而遲疑。嬰兒呵呵笑著，啊啊啊發音，還不會叫爸爸。一轉眼，莫名的土石流改變泡沫的顏色，天地闇黑。

男人漸漸恢復意識，他們剛剛貸款買下郊區的新屋，老爺車內新添嬰兒安全座椅，最近老闆還稱讚男人工作很努力，允諾年底讓他升遷。男人隱藏這個祕密還沒有告訴心愛的妻，他想要在一切確定後才讓她驚喜，他承諾過要給他們一個安全的家，他要好好保護他們……。

耳邊隱約傳來敲打聲，沿著建築物脈動，似乎還有人講話。男人想喊救命，但是喉嚨只能勉強發出微弱的咻咻聲，流動的空氣愈來愈稀薄，男人試圖用手敲打牆壁，製造聲音。他不確定發生了什麼事，眼睛看不清楚，四處漆黑，只有妻與嬰兒的影子是明亮的，像天堂一樣明亮。

5：00 AM‧清晨

收音機裡不斷傳來颱風的消息，這個命名溫蒂的中度颱風，不知為何帶來比氣象預報還要強烈的暴雨，大雨從昨天下午開始洗刷整個城市，流水般的韻律彷彿來自地獄的管風琴，錚錚鼕鼕撞擊出陰森的忘川回音，又像是鐵珠兒斷落了線，滑颼地隨風四處奔散，敲打著男人家裡全新裝潢的落地玻璃窗，叮叮淙淙，彷若有話要說。

「今天是不是該放颱風假？」

男人睜開眼時，披著睡袍的妻站立在他身旁，懷抱安靜的嬰兒，輕輕拍打背，讓剛剛喝完奶的嬰兒排氣。妻柔聲質疑晨間的天氣，似乎也擔心嚇著嬰兒。

「也許吧！外頭風雨這麼大……」

「你再睡一會兒，我幫寶貝洗個澡。」妻溫柔的說。

男人轉身翻向床的另一側，看一眼鬧鐘，他還可以有九十分鐘的睡眠。今天是星期一，又到週而復始，勤奮工作的開始，朝九晚六的上班族生活，換來這棟位在山郊的衛星社區，建商口中造鎮計畫裡的千人「夢想大郡」。

以及二十年房屋貸款。

呼嘯整夜的風雨聲讓他心緒不寧，空氣中瀰漫的濕氣帶來沮喪，像是成群死螞蟻纏身，凡事總覺得欲振乏力。上個星期老闆私底下告訴男人，年底要升遷他的職位，另一方面又放話要精簡人事，暗示大家可以準備捲鋪蓋走路，當時辦公室的氣氛很詭異，每個人都擔心自己的名字出現在裁員名單中。後來男人才明白，原來升遷的代價是教他扮黑臉，希望由他處理這波人事異動，如果沒辦法讓員工滿意，那麼，也有可能作更大的調整。男人心裡面五味雜陳，他和同事的感情不錯，大家一起為公司賣命近十年，曾經盤算將來領退休金，也許還能組成長青團一起去旅行。當時沒人想過會落得今天這種局面。老闆這招實在高明，用升遷作誘餌，唉！有口難言。

男人決定起床，停止胡思亂想。他經過浴室，瞥見妻與嬰兒在浴缸周圍嬉戲，嬰兒呵呵個不停，振作男人的心情！剛才的焦慮瞬間清除，嬰兒臉上的笑容，比泡沫還要潔白，洗滌男人久陷職場的算計與機心，他跟著微微一笑，嬰兒彷彿透視男人的善意，笑得更開懷，嘴裡還不停地「啊！」「啊！」發出聲音。

「叫爸爸！叫爸爸！」男人說。

妻回過頭來，輕輕搖著嬰兒的手，柔聲對嬰兒說：「叫爸爸！寶貝，叫爸爸啊！」

嬰兒睜大眼睛瞧，他還不會說話，呵呵笑是他唯一能夠與人溝通的方式。

「別洗太久，小心著涼。」男人關心的說。

「馬上就好了，你看！小寶貝今天真乖，真開心！」妻子滿意地說。

窗外，風雨交加。

浴室的窗戶，正對著整個社區最邊緣，一座切開山壁興建的巨大水泥擋土牆，足足有五層樓高。乍看之下，角度與地面幾乎垂直的擋土牆，彷彿是逆天閘口，封死水泥牆也封死蠢蠢欲動的山林，山就這樣削開一半，另一半闢為建地，彷彿在山的胸口挖洞，怎麼看都不太和氣。

當初購買「夢想大郡」預售屋，只參考設計平面圖，男人和妻子就選了這棟最邊間的建築，原因無他，只為安靜和安全。他們滿心歡喜地聆聽房屋仲介推薦，也看過設計師手稿，將擋土牆邊預留的空地，規劃為休閒娛樂設施。夫妻倆期待孩子在綠意中成長，還能擁有任意奔跑的小花園，遠離大馬路的車陣和汙濁空氣。當時設計師拍胸脯保證：「擋土牆邊還有一些空地，你們如果想種一些蔬菜，我們也不會反對，總是綠化環境嘛！」

只是沒想到，房子蓋好之後，公園消失了，休閒設施也不見蹤影，原本按照法規，特別設計用來間隔擋土牆的六米大道路，不知何故也縮小為三米，只能提供輪椅和腳踏車通行。

建商說：「我們另外規劃室內的綜合運動中心，這樣對你們來說不但更方便，而且不分晴天雨天，隨時都可以使用。」

於是，住在邊間的住戶，只要打開所有面向東側的窗戶，就會發現三公尺外，赫然矗立的水泥擋土牆，與屋內的人們冷漠對望。

原本男人準備帶著合約書找建商理論，這樣的設計不符合擋土牆安全規定，也讓居住環境變荒唐，打開陽台的窗，就是一座牆，彷彿逼人走進絕路。還沒見著建商，已被管委會攔下，主委送來水果禮盒，說一堆沒人聽得懂的法律，總之就是社區已經興建完成，要不然你想怎麼樣？

都是搞政治的。男人忍不住抱怨。

「算了吧！我們鬥不過他們的。」妻說：「大家都這樣住，也沒見人家要去找人申訴，我們自己想辦法吧！」

因為妻的安慰，使男人放棄爭訟，決定自行綠化環境。他在陽台種些黃金葛，蝴蝶蘭，沒多久，陶冶出興致，每天早晚澆花弄草，做得挺開心。偶爾還會自嘲：小人物的生活樂趣，原來這麼容易被滿足。

「在想什麼？」妻子突然湊過身來問。

「沒有。」男人靦腆一笑：「我在想，今天到底要不要上班。」

7：00 AM・早晨

「溫蒂颱風帶來比預期還要多的雨水，台灣北部山區要嚴防山洪爆發，沿海地區則是要防範海水倒灌……」電視機裡的新聞轉播，不斷報導著颱風消息，所有的畫面幾乎都是暴風雨肆虐的場景。

「好可怕！」妻說：「幸好我們已經搬進新房子，你還記不記得？以前我們住的那棟公寓會漏水，每次颱風一來，客廳裡到處擺滿水桶？」

男人點點頭，表示記得。

此刻他正在享用豐盛的早餐，有著他最喜歡吃的太陽蛋，和妻拿手的煎鬆餅；一杯剛煮好的咖啡，溫暖香醇，甜度剛好適合血糖戰力，讓男人在一天的開始，再度充滿勇往直前的朝氣。

雖然窗外的風雨愈來愈劇烈。妻子說，剛才她打開窗戶，發現過去半年種植的植物已經全部都被颱風吹走。

「再種就有了，那是小事情，別擔心。」男人只能這麼安慰她。

轟隆隆的呼嘯聲，夾雜著一股莫名的低壓，籠罩在房屋內外。也許是因為這雨下得實在太大，大到集體穿越建築物，滲透每個角落，祕織隱形水網，侵蝕每一件受到沾惹的人或物，不安的氛圍愈來愈凝聚。

地板突然傳出隆隆聲響，又是樓下鄰居在抗議。

男人一家只有三口，最小的還不會走路。樓下鄰居一天到晚嫌男人家的腳步聲吵，不甘願時就拿竹竿戳屋頂，也曾三番兩次上樓按電鈴抱怨。樓下鄰居是個未婚宅男，聽說是父母希望他早日成家娶妻，房子已經預先買好，但是宅男從未交過女朋友。

地板響了幾下便恢復安靜，宅男今天很客氣。男人全家搬來這座市郊新社區不到一年，認識不少新鄰居。樓上老奶奶養了一堆狗，在樓梯間大便從來不清理，男人忍耐好久，原本打算在週末去跟老奶奶聊聊，卻被颱風擾亂計畫。那些練鋼琴練小提琴的學生，天天聽他們有進步的演出，不失美事一樁，只是唱卡拉ＯＫ的社區阿公阿嬤，非常有活力，每個星期天早上七點準時打開擴音機，高歌歡唱！

妻正在餵奶，嬰兒表情滿足，男人看著這一幕，暫時忘記生活中的不如意，心底湧出暖流。

「怎麼了？」妻子輕聲的問。

「我想……」

他微微張著嘴唇，嘗試說出一句最簡單的語言，表達心中所感。腦海裡不知為何又翻騰出家庭，工作，房貸，還有接下來一個月，岳父岳母，自己的父母親生日，都要包禮金。

妻子帶著善體人意的笑容，默默坐在男人前方，嬰兒依偎在她飽滿的胸膛，嘟著嘴，快要睡著。男人發誓保護這個家，不管將來有什麼變化，如果年底升遷不成，失去工作，他會賣勞力，擺地攤，開卡車，只要雙手能動，他願意做任何工作來養活這個家。

「我想……就這樣，一輩子，看著妳和孩子，看著他長大，看著他也能娶到一個像妳一樣的老婆。」

妻子靦腆一笑，臉頰暈紅。

男人陶醉了，有股微醺的滋味。

就在這時候，耳邊突然冒出刺耳的轟然巨響，所有人都來不及分辨狀況，一陣夾雜著褐黃泥巴和水泥磚塊的巨大土石流，在剎那間襲入這個新家。男人本能地立刻站起身，欲用身體去抵擋突如其來的危機，應變莫名的災難，只是他還來不及飛奔至妻兒身邊，他的肉軀已經率先被這座崩塌的山洪捲入最底層。

一座高達數公尺的擋土牆，因為建商沒有固牢地基，排水設計不良，又在最重要的回填土工程偷工減料，經過一天一夜豪雨侵蝕，終於承受不住大量雨水滲透，造成牆內頁岩滑動擠壓，超過擋土牆的負荷，瞬間解體一座山的底部，爆發強大的洪流，衝向距離最近的幾棟建築物。崩潰的泥與水，形成密度極高的土流，混合著破碎牆塊，夾雜樹根，撞斷建築物的樑柱，推翻遮蔽風雨的門窗，淹沒了一切，家，與夢想。

9：00 AM・上午

女人清醒時，首先嘗到來自於天空的雨水。

她掙扎起身，腦海裡唯一的念頭是找到丈夫和孩子，然而任憑她多麼努力嘗試爬起，卻只感覺到腰部以下冰冷的回應。

她沒有腿的知覺。

女人不放棄希望，她咬牙轉過身，顧望四周，已是一片斷垣汙泥，心頭浮現不祥的預感，她不願意多想。她用兩隻還能夠活動的手臂，面對眼前比她的身軀龐大數十倍的土石，開始奮力挖掘，她的手掌被銳利的石塊割裂，手指頭反覆摩擦泥塊，已經脫皮滲血，身上盡是汗水雨水，她只剩下本能，渴望再見家人的本能。

「叫救護車！快叫救護車！」

鄰居們循聲來到女人身旁，大雨中看到女人已經被壓碎的下半身，她只剩下兩隻手拚命與上蒼搏鬥。聽到救援的聲音，女人勉強吐出話語：「求求你，救救我孩子，我老公……」

有人先將女人揹到避雨的地方，用乾毛巾為她止血包紮；另外還有幾個人，爬行到女人剛才的位置，用兩隻手挖掘泥土，希望還有機會救出深陷土石堆中的其他人。

「用臉盆，用臉盆挖！」有人說。

有人立刻回家拿臉盆，大的小的，花的素的，一人一個，繼續挖掘一堆又一堆的土石瓦礫。

「救護車進不來，社區大門也淹水了。」說話的人，正是住在男人樓下的宅男。他原本心情躁鬱想離開社區，卻在大門口被困住，人工河堤無法擋禦暴雨，溪水漫延狂溢，瀰漫在外圍低地，將整個社區圍困成孤島。

宅男默默拿起臉盆，蹲在人群邊緣跟著挖土。一切都是那麼凌亂！早晨九點的天色，像塊發霉的巧克力蛋糕，令人隱約作嘔。傾倒的建築物底，不知埋藏多少生命。一整排原本排列整齊五層樓的公寓，最靠近山坡擋土牆的那一棟建築，已整個傾塌，瞬間崩潰的土石貫穿公寓的地下室與一、二樓，衝斷鋼筋，粉碎牆壁，使得建築物像是懸空似的，重重地壓扁下面兩層樓，地面上只剩扭曲變形的三層樓，和旁邊其他幾棟半傾斜的五層樓公寓，形成歪折的末世異境。曾經寄託所有希望，期待規劃未來，錙銖必較善盡每一分儲蓄，才換得這塊需要花費二十年貸款來償還的樂土，已化為人間煉獄。

埋藏在地底下的男人，隱約聽見重重土石之外，倉促的雨聲、人聲、腳步聲。然而，更多的時間裡，他清晰可讀的是自己的心跳，隨著嬰兒淒厲無助的哭聲，一陣陣抽痛。

到底發生什麼事？為什麼突然之間，一家人就被拆散了？為什麼自己會被束縛在這個暗無天日的地方，只能利用聽覺感應親愛的家人？嬰兒還在哭，男人開始擔心妻子的安危。她在哪裡？她是否與嬰兒一同受困？她是否和他一樣努力保留呼吸，只為命運可能安排的生機再度來臨？

男人的意志堅定，他告訴自己，絕對要活著出去！等到他獲救之後，他要協助妻子重新建立家園，就像他們過去一同經歷過的困境。為了買這棟新房子，他與妻很久沒看過電影，也不敢買新衣服。小寶寶出生之後，生活更加拮据，但是小倆口還是覺得一切付出都是值得的。男人渴望，親眼看著孩子，一天天長大！

伸出手指，碰觸大石塊，黑暗中，他分辨不清這些石塊究竟是傾軋的牆壁，還是山中沖刷出來的巨石。他只希望能夠移動身體，接近嬰兒，找到嬰兒，將他抱在懷裡，哄他入眠，告訴他不要害怕，不要哭！

可是男人的小腿，已經被一條扭曲的鋼筋牢牢釘在地底，他只要試圖挪動身體，即使是輕微的轉身，都會感受到無比強烈的痛楚。縱然他情願不顧一切，漠視肉體上的摧殘，讓冷酷的鋼筋活生生撕裂他的小腿，只要能夠與嬰兒再靠近一點……可是，比流血更無情的是，男人根本沒有足夠移動的空間。他的四周，已經被碎裂的牆壁團團包圍，一個曾經用來支撐整棟樓層的大樑柱，不偏不倚地，跌落在男人的左邊，只差一公分，就會把他的整條左手臂壓成肉泥，而他的正上方，一片殘垣橫傾，像是棺材，覆蓋他的身體。

嬰兒哭聲依舊，只要還能聽到聲音，男人絕不放棄。男人強烈而堅定的告訴自己，他要活下去！

他要活下去。

舉起右手，觸摸到一塊磚牆，憑藉著瓦礫堆中曲折滲透的光，隱約看見牆上新漆的粉紅色乳膠漆，那是為了寶貝誕生，夫妻倆親手粉刷的牆壁。如果確定是這片牆，那麼希望它還能夠連結到其他結構，這樣一來，男人只要不斷地敲擊牆壁，就能夠讓搜救人員依靠聲音，找尋到他的位置，而不至於浪費太多時間在錯誤的方向。為了存活，為了讓救難人員迅速搜尋到他們一家人的蹤影，男人握起拳頭，開始朝牆壁用力敲擊，一次一次，用規律而穩定的撞擊聲，發出求救的訊息……。

11:00 AM・上午

大雨漸漸止息，烏雲依舊密布。

靠近擋土牆這一排建築物，摧蹂出新的結構。原本住在三樓的老奶奶，現在不必使用樓梯，走出大門，眼前就踏上平地。一樓二樓早已不知去向，不敢想卻也猜到七八成，這些住戶，可能埋到了地底。

房塌，地板也歪向一邊，家，已成危樓，斷水斷電。老奶奶中風過，行動不便，外頭依舊有風有雨，她沒有地方可以去，只能繼續蜷坐在這棟傾斜的建築物裡。祈禱樓下鄰居莫成為腳底的無辜亡魂。她握著平常慣用的收音機，老舊收音機使用電池，不受停電影響，她調頻到新聞台，內容持續報導災情與天氣概況，收訊有時清晰，有時沉寂，穿插廣播之間，她似乎聽到一股不尋常的聲音，規律不斷，重複著低沉的回音，彷彿是寄生在牆壁裡的時鐘，滴滴答答，又像是有訪客敲門一樣，因為等待不到開門的人而固執地堅持到底。

老奶奶和壯年的孫子同住，災難剛發生時，所有人都慌亂失措，孫子首先安頓好奶奶，確定家裡的狀況還行，就拿著臉盆到外面幫忙，直到三個多鐘頭後，他疲倦地回家喝水，忍不住憤慨地說：「到現在，還沒看見那些該負責的人，連消防車都還被困在外面淹水的地方，進不了這個社區，這是什麼世界！」

他生氣地走向沙發椅，那是在大清早發生的災難中，唯一能夠保持原狀的物體。

老奶奶連忙拉著他，說：「你聽聽，牆壁有聲音！」

孫子猶豫半晌，他原本以為奶奶過度害怕，以至於產生幻聽。然而當他將耳朵湊向牆壁，認真聽了一會兒，臉上露出重燃希望的表情，興奮地說：「奶奶，下面還有人活著，我們去把他救出來！」

他頭也不回地直奔門外。

12：00 AM．中午

社區管委會主委在一群人簇擁下抵達災難現場，他首先面對各電視台廣播電台的麥克風，調整衣領準備發言。媒體在第一時間冒險穿越淹水的社區大門，連SNG車都能夠克服重重艱難駛進社區。

「現在救人第一！好吧！不分黨派，救人第一。」主委面帶微笑，左右巡顧，雙手握拳，好像在競選。

他身上，還穿著代表某政黨顏色的背心。當記者問到，災難發生的第一時間，主委人在哪裡？

他回答：「第一時間，我就去向主席面對面報告。」

「您不覺得救人比向主席面對面報告更重要嗎？」記者問。

「主席很關心災情，更關心災民，已經囑咐我要在第一時間來關心。」

「所以第一時間的救援進度如何？」

「我們在第一時間就已經掌握了災情，紛紛投入救援。」

攝影機轉到社區居民自力救濟，拿臉盆挖掘土石救人的畫面。

「所以，請問主委，第一時間的救援，就是靠臉盆這些工具？」

「是的，我們在第一時間充分運用人力物力……」

一位滿身泥濘的中年男子正經過主委身邊，他的手上拿著一只破掉的臉盆，他的頭髮都是泥漿與碎石，嘴唇乾涸脫皮。他剛好聽到最後一句話，隨即開口大罵：「幹！講什麼肖話。」然後轉身，換個新臉盆，繼續回去原來的地方挖掘泥土。

此刻，禁錮而安靜的地底，男人掉落了生命中第一滴眼淚。

還能看見蔚藍天空時，都在想些什麼？這一生，二十歲以前要作的事只有專心讀書，服完兵役後要做的事就是努力賺錢，然後談戀愛，成家，立業。好像沒有讀過幾本書，也許讀過幾本書，也是為了抄襲嘉言名句寫情書給女友。也沒吃過幾頓美味大餐，電視上吹捧的米其林，他曾經允諾會邀請女友慶生時享用，結果還是省錢去吃便宜的牛排。時尚名媛常常消費的百貨公司，買一個皮包用去一個月薪水，他也想買來送女友當情人節禮物，可是女友都說：不需要，錢省下來，買間房子，兩個人好好的，安安穩穩過日子，一起活到老。於是，女友成為他的妻子，生了兒子，買了「夢想大郡」的房子。

嬰兒的哭聲正在衰竭……。

喔！不！

男人開始慌亂，他的手急促敲擊牆壁，懊惱加上憤怒讓他情緒失控，他已經無法理智期待救援，隨著嬰兒傳來的哭聲逐漸停頓，他忍不住焦慮，開始氣憤詛咒。

救救我的孩子！求求你們，幹！老天爺！

男人的拳頭摩擦出血，空氣中凝結愈來愈濃的寒意，時間與空間逐漸被絕望封鎖，他的腿還在流血，碎裂的是心，比身體更加殘暴。

嬰兒發出最後一聲嚶嚶啜泣，之後，彷彿繡針落入水裡，再也沒有任何聲音！

一切戛然而止。男人屢次呼喚寶貝嬰兒的名，得不到任何回應，地底空盪盪，最後的溫度已消失，他的心結冰。隔著厚重的土石，大雨已隨颱風過境而逐漸消退，消防車與救護車隊終於陸續駛進社區，帶來一批批穿著鮮紅背心的救難人員。這群人集合在原地，還在等待遲到的長官指揮調度，才能依照次序開始發揮救人的天職。

豪雨乍歇後的寂靜，男人彷彿聽到更接近的腳步聲，他只剩半閉的眼眸，鎖住零星記憶。嬰兒剛出生時，軟綿綿、輕柔柔的像極水蜜桃，男人每次只要將他抱入懷，忍不住又咬又親，在他粉白的小手指頭上囓下幾個淺紅齒痕，嬰兒只會睜著無辜的眼睛，好奇猜測男人強烈的愛意；男人依稀聞到嬰兒身上的奶香；因為新生兒的來臨，為了孩子的成長，夫婦倆決定利用僅有的儲蓄，買下這座位於都市邊緣的新興社區，希望看著孩子在青山綠水間，快樂成長……。

但是他的呼吸已經愈來愈微弱，有好幾次，他甚至是在恍惚中醒來，以為自己只是做了一場噩夢，直到他用力睜開眼，發現前景一片黑暗，才認清無助孤立的現實。原本握緊拳頭，拚命敲打牆壁的手，已經沒有力氣，他現在大約間隔十分鐘，才能移動手腕，再敲一次牆壁。

男人感覺到喉間嚴重乾澀，他想說話，卻發不出一絲聲音。還有沒有機會，再說一次：

「我想……就這樣，一輩子，看著妳和孩子……」

求求你，老天爺……。

13：00 PM・下午

救難人員在下午一點二十五分，挖出男人的屍體，他的右手仍然握緊拳頭。

「好可憐啊！」鄰居說：「我們一直聽著他敲到中午……但是我們盡力了，沒有人，沒有工具，還能怎麼辦？」

「那個嬰兒，也哭了好久好久……他還那麼小，也撐了這麼久……」有人忍不住啜泣起來。

「有沒有通知他的家人？」警察問。

「他太太，兩隻腳都斷了，現在還在醫院裡……沒有人敢跟她說這件事。」望著荒廢的家園，有人按捺不住，開口問：「警察先生，這到底是怎麼回事？如果說是建商偷工減料，我們可不可以要求賠償？」

「要賠償有什麼用？都死了那麼多人！」人群裡傳來聲音。

警察低下頭，沒有回答這個問題。

暴風雨過後，天氣逐漸開始放晴，山坡後縷縷幽暗的光芒悄然升起，宛轉穿越傾頹的樹木殘枝，墜灑在毀滅的建築物，有幾道光束，聚焦似的，正映照男人全家福的放大相片。

視覺

安蒂喜歡對著窗戶抽菸，彷彿那兒還有一絲殘餘的新鮮空氣，供人呼吸。

這樣的矛盾，也交叉在「視覺」與「感覺」的神經中。

與患有潔癖的男人共處，廚房成為唯一可以讓安蒂的菸牌高高舉起的空間，而且那兒有一扇大窗戶，除了讓空氣流通之外，還能夠開闊安蒂的視線。

什麼視線呢？緊臨著不到一米寬的防火巷，是對面一棟老舊公寓的後陽台，斑駁脫落漆色的水泥牆上，懸掛著各式排油煙機通風口，老朽壁磚上唯一的色彩是數年未曾清洗過的黃濁油煙，間隔在一條條，飽受歷史風霜摧殘的鐵窗，留給牆壁作紀念的鏽落水痕之間。被遺忘的曬衣架上，殘餘著不知從何而來的破抹布，因為風向的戲弄，逐漸集中在一起，也不知道還要再飄零到哪裡去！陽台上偶爾會有一些比較花俏的新事物，像是男人的平口內褲和女人的胸罩，巧合的是，這兩樣東西經常同時出現，很難不令人聯想到傳宗接代的祕密。

在安蒂開始整理這些視覺之後，才發現，安蒂從來沒有在城市的公寓裡，發現過青青樹葉，唱歌的鳥兒，或是其他種種具有生命的玩意兒。

於是安蒂開始假裝自己看見了大海。

若是將建築物的垂直角度倒下，就成為一望無際的海平面，斑駁的傷痕粉飾了碧海藍天，像是微風吹襲而起的瑣碎波浪，因為逆光，才彎曲變形；不過，乘風飛翔的白色海鷗，自在依舊，即使不知牠從何而來，但是由心駕馭的翅膀，卻可以帶牠翱翔到任何牠想要去的地方！

這是安蒂第一次發現，視覺與感覺，是兩個完全獨立的個體。

●

辦公室裡，意氣風發的長官，不只一次退回安蒂不眠不休數個禮拜，絞盡腦汁的企劃案；他只有一句話：「沒有創意，無法充分發揮理念！」

望著他無情的雙眼，冷酷的批判，不斷開閉的雙唇，吞吐出無數如何使明天會更好的偉大藍圖；他夢想中的每一個字都是安蒂能夠理解的中文，但是不知為何一旦拼湊在一起，就變成無法駕馭的外國語言，安蒂的腦海裡竟浮現出那片後窗中的汪洋大海，卑微的安蒂，在暗夜裡漂浮，擺盪，沒有方向……，直到，一粒像乒乓球那麼大的口水噴到安蒂的眼球中心，使安蒂在瞬間眨了眼睛，才恍惚發現自己，從一段身心分離的意識中清醒。

身心分離，成為安蒂在辦公室存活的工具；面對庸擾人群時，身心分離，竟也成為一向不善官場辭令的安蒂，用來保護自己的面罩。

還可以相信眼睛裡看見的東西嗎？

男人壓在安蒂身上，狂索他需要的慰藉，開啟了她最私密處的肉體歡愉，酥麻她的意識。此時男人不斷呢喃著他的愛，要不是因為做愛，男人在平日是不可能如此釋放感情！也正因為如此，他口口聲聲重複著沒有變化的愛情，對於安蒂來說，就像是百貨公司季末大拍賣，大方送贈品一樣廉價。要不是百貨公司希望出清存貨，吸引顧客上門買東西換現金，唯利是圖的生意人怎可能另外花錢準備一堆便宜的贈品送給客人？同樣的，要不是男人此刻需要女人溫暖他的胸膛，滿足他的飢渴，安蒂也不可能得到這麼多的愛……口語的愛，身體的愛，在這互相需要的片刻，得以安撫慰藉禁慾已久的肉體，互相探索生命的泉源，攀登感官高潮，直到累積數日的能量獲得釋放為止。

心，卻不一定跟著身體。

在男人與安蒂互相交換愛的過程中，安蒂的腦海裡，不斷湧現那片大海。

海的波紋，像露西亞的頭髮，像露西亞的肩膀，像露西亞的聲音。

「小貓咪！妳的魂兒在哪裡？」

辦公室裡，露西亞放肆的眼睛，經常尾隨著安蒂的蹤影，只要見到她，露西亞就會這麼打招呼。除了露西亞，沒有人會這樣叫她小貓咪。除了露西亞，也從來沒有人發現過她身心分離的祕密。

安蒂總是低下頭去，害羞的微笑，不敢說話。

「為什麼？」

露西亞說：「安蒂，妳不要老是讓頭髮遮住了眼睛。」

即使沒有眼睛，安蒂也可以看得見東西。

她用她的心，用感覺。

那一次在狹小的茶水間，安蒂剛剛用濾紙沖了一杯咖啡，斗室裡瞬間充滿了熱帶風情，濃郁的咖啡香，芬芳了空氣，溫暖了心房，幻想中的椰子樹搖曳生風，日落前的陽光點滴灑在樹葉上，穿透了時空界限來到安蒂身邊，熱舞女郎搔首弄姿，渾身散發原始魅力，一雙雙透露真情的眼睛，豐潤的雙唇裡朦朧呼喚著愛情！

什麼是愛情？是看得到的還是感覺得到的？是男人帶給她肌膚接觸上的熱烈高潮？還是

露西亞玩弄語言和眼神的神祕暗示？

只要閉上眼睛，露西亞就立刻浮現，她像幽靈，剽竊了安蒂那顆曾經自由自在的心。沒有翅膀的肉體，留在原地，等待枯萎凋零。

「不要動！」

露西亞在安蒂的耳邊輕聲說：「妳的頭髮上有一根羽毛！」

空間不大的斗室裡，露西亞貼近安蒂身後，用她的雙臂，將她團團圍住。比安蒂還要高出一個頭的露西亞，輕柔地將她抱起，露西亞的另一隻手，伸到安蒂髮上，撫摸著她的頭髮，找尋那根失落的羽毛。

兩顆心，從來沒有這麼近，隔著相似的肉體，心與心之間交換著同樣的節拍和韻律，這麼熟悉！

安蒂一直沒有睜開眼睛，因為她不敢相信視覺，只有任憑感覺繼續！

露西亞摸到了她的眼睛，鼻子，嘴唇，她溫暖的手繼續向下探索，撫到了她的胸口，潮濕的唇也在這個時候跟進，無聲無息地配合她的心跳，加速而劇烈。

直到咖啡冷卻，心依舊狂熱不已；露西亞臨走時，小心翼翼地舉起那根被找尋到的羽毛，問她：「這是妳偷偷藏的翅膀嗎？小貓咪，妳要飛到哪兒去呢？」

她能飛到哪兒去呢？

為著露西亞那充滿挑逗卻朦朧的慾望之眼，安蒂再也無力振動那雙渴望隨風起舞的翅膀，隱藏在她與她之間的感覺就像空氣一樣無形，卻也純潔如空氣般透明！她們的愛撫，毫無忌憚地傳遞在無國界的空氣中優游任意。

露西亞翩翩在辦公室裡走進走出的身影，露西亞面帶微笑卻透露倔強的表情，露西亞在公文上字跡端正的簽名，露西亞……。

直到有一天，露西亞身邊多了一個比她更壯碩的男人。

「她是我先生！」露西亞說。

熱情的露西亞送上妻子的吻。

安蒂正面瞧著他們在眾人面前擁抱，凝視，親吻；然而呈現在安蒂面前的視覺，卻是一片乾旱的熱帶沙漠，兩頭正值發情期的公獅和母獅，拚命散發荷爾蒙誘惑對方苟合，企圖持續繁殖弱肉強食的森林國度。

露西亞！曾經用眼神交換愛的露西亞，也因為視覺裡盤桓不去的沙漠烈陽，毒颼颼地將感覺縷縷蒸發，消失殆盡。

廚房裡的窗戶，還是原來的樣子，安蒂在這裡，重新尋找她的天堂。嘴邊徐徐吐出一圈又一圈的迷濛煙霧，忽隱忽現地徘徊在安蒂與窗戶與男人的三角關係之間。

男人進入中年微微發福的身軀，他鼻樑上數十年如一日的金邊眼鏡，從未令人看清他深情的眼神；吝嗇的嘴唇，輕易令人回憶起只會在做愛時吸吮乳房的印象。

年輕的時候，也愛過他的謊言；只是人都會長大，年齡老化，身材走樣，當所有事情都變得不一樣時，也不能全部怪罪感官的變化，就是無情無義的證據。

誰願意做無情無義的羔羊呢？

對安蒂而言，無情無義與有情有義之間，就像是身與心的分離，是逃離敗德的藉口，是遏阻審判的閘門，是良心抵禦良知時，用來宣洩對命運無可奈何的控訴。

男人靠近她身邊：「妳這封寄給露西亞的信，沒有地址。」

「她沒有家！」安蒂說：「她是一隻鳥，已經從陽台上飛走了。」

男人當真探頭望窗外瞧了一眼。

「牠跟妳說話了嗎？」

安蒂閉上眼睛，嘗試感覺出那段露西亞曾經存在的時空，是否只是視覺裡不幸輸入錯誤的程式。

「牠什麼也沒說！」安蒂這麼回答：「因為牠沒有神經。」

在視覺與感覺分分合合的灰色地帶，沉默是不知所措的良藥；正如同心靈的翅膀羽翼未豐，無法負荷身體的重量飛向遠方，只能選擇留在原地，徘徊躊躇一生逐漸凋零的短暫生命。

為何我總是感到巨大的孤寂

乘坐在車上，向外面觀望，浮游城市裡的人群彷若生產線上的幽靈，接觸卻無感動，相遇卻不相知，擦身而過的軀體散發出物以類聚的訊息，生命因無知而膨脹，愈來愈無處遁形，孤寂壓迫我的每一寸神經，沒有人願意親近閱讀我乾涸的心靈，生理時鐘所控制的氣管從此難以呼吸。

穿梭不息的人影將我囚禁，自由像脫線的氫氣球飄向太空離我遠去，為何？為何？我總是感到巨大的孤寂？

他們笑著！鬧著！喧譁著！移動著！

他們是一家人，弱小而分不出性別的娃娃斜掛在爸爸的肩上，微笑的唇角旁滴落著一串腥白的鼻涕，沿著父親的軟呢毛衣肩線漸漸延展，不知情的父親還笑著，絲毫沒有意識即將被流不停的鼻涕淹沒外衣；大腹便便的媽媽拖著沉重的步伐，凝重的眼神無法令人察覺她真實的歲數，僅能從外表上刻意追隨流行的銀灰色人造化纖背心裙意識到她應該不算年華老去，但是錯誤的服飾美學卻將她巧裝成為一座具備移動功能的鋁製水桶。

他們是一對情侶，男人手上的行動電話響個不停，中英文夾雜的對話中，全部都是吃喝拉撒睡的瑣事，也許是為了彌補男人的「胸無大志」，他所選擇的女伴似乎也配合演出「胸大無腦」；濃豔的眼影睫毛下覆蓋著與東方人膚色極不協調的藍色琉璃眼，波斯貓般的蜷曲長髮飄著叢叢反光的金絲線，她笑起來像修圖網美，瞪大眼又噘嘴時像鬧劇，超高跟鞋讓她走起路來扭腰擺臀，似乎音樂總是自心中升起，好動的她必須隨著節奏跳舞，唯一美中不足的是女郎令人垂涎欲滴的唇裡永遠只能發出單一音節的聲韻，就是：「啊！啊！對啊！好啊！是啊！」

他們是一群同學，旁若無人的追逐，彷彿整條街只為他們打造，女學生嬌羞的臉頰泛著處女般的潮紅，手臂上雕琢著一朵銅幣般大小的黛青色無刺玫瑰，一點點叛逆，一點點孟浪，隱藏在更多的青春期朦朧壓抑的情緒下，成就了美少女天真嫵媚且滲有稍許世故的面具。

他們是一群同事，嘻笑的身體語言中斜睨著觀察的眼神，挑剔著別人話語中的漏洞，像隻獵豹嗅食著機會，隨時準備以利齒撕破落難者的喉嚨。故作爽朗的笑聲中隱藏著鋒利的匕首，一旦出鞘，不舐血它絕不痛快。

這就是我厭惡人群的理由，一直以為疏離可以治癒這個毛病，沒想到只是讓我不斷獨自咀嚼幾乎淹沒理智的巨大孤寂。

最近，發現身與心恍恍惚惚地密合又分離。特別是有一種奇異的經驗是過去未曾感應過的，那就是讓自己沒有嗑藥，還能夠進入彷若嚴重嗑藥才會發生的精神恍惚。

尤其是，一天的開始，時鐘的步伐若是沒有進行到中午十二點三十分，我的視線絕對不會清醒，眼睛一定看不見東西。

那天在一間豪華五星級國際連鎖大飯店的咖啡廳，雅緻仿古的紅檜木，雕鏤出晦暗頹靡的古典氣息，一整排黑色牛皮壓花的沙發椅，讓我因為久坐辦公椅的彎曲背脊自然習慣深深陷入其中；瞳孔的方向明明朝著設計師精心製作，如百合花盛開時豐腴蕾瓣的造型檯燈中，那一抹最清晰的鵝黃燈光，然而我的視線卻愈來愈模糊，連帶著影響到意識功能。

「想吃什麼？要自己去拿。」我的愛人，他殷切的說。

「我只想喝咖啡。」

「這是不健康的，而且沒有禮貌，妳必須先吃飯才能喝咖啡。」

「那麼你陪我去拿。」因為我看不見，我必須這麼說。

愛人陪我走向吧檯：「要從開胃菜開始用餐。」

我像影印機一樣拷貝他的動作，手上的盤子，裝了三片煙燻生牛肉片，和兩片mozzarella cheese夾番茄，還有進口的lettuce淋上心愛的oil and vinegar醬，旁邊散放著幾個從什錦沙拉盤中刻意挑出的去殼大明蝦肉做擺盤裝飾。但是突然間，一件更重要的事襲上心頭，我說：「我現在想上廁所。」

「不行，妳手上拿著盤子不能去廁所。」

「可是我已經選好我要吃的東西了，可不可以，一下下？或者你就幫我拿到座位上去？」

「那是不禮貌的，乖！自己先拿回去。」

我像個女侍，小心翼翼地捧著佳肴回到座位，剛才的對話讓我開始懷疑來自愛人的愛情是否和他所保證的一樣純粹？巨大的孤寂像撒旦揮舞的斧頭逐漸劈裂我的肉體，我不由自主的開始覺得心悸，頭暈，噁心，和戰慄；我看到去殼的蝦肉長出眼睛，生出睫毛，甚至有眼皮開開閉閉，驚慌的我跳上沙發大聲廣播求救的訊息：「不要吃我！不要吃我！我求求你！」

接著四周全部充滿了人群的眼睛，他們行動一致的開開閉閉，像是軍隊操演校閱進行式一般整齊，在開閉的同時，我還聽到了腳步聲，踢噠！踢噠！如臨大敵。

直到我在乾淨潔白的醫院裡清醒，我才終於脫離一雙雙地球上無法逃避的眼睛所判下的精神死刑。

●

「記不記得？以前我總是跟你說，我總有一種感覺，我應該是個被鎖在宮廷裡的人，可能是個王妃，可能是個公主，可能是個失寵的皇后，總之，寂寞經常跟隨著我，相處久了，寂寞竟然成為我最好的朋友。寂寞……有時候是圓形的，有時候是菱形的，有時候還會散發出味道，你知道嗎？秋天裡的寂寞最堅強，正因為萬物逐漸蕭索，它反而更清晰的獨立出來，就像你在茶藝館裡使用中國古典茶具喝茶，但是桌上突然出現一只凡爾賽皇宮中珍藏的碧葉白珠骨瓷咖啡杯，這是視覺的獨立，更是意象的獨立，而且是個體的獨立。」

我的愛人勸我多休息，他說我生病了，才會做出這些異常的行為和說些沒人聽懂的話。我堅持我是健康的，只是擺脫不掉龐大的宿命包袱，而顯得有些失意罷了。

他們傳說著我的種種，有些甚至是我根本不知道的事情；像是在辦公桌上跳舞，對著主管說一連串唧唧咕咕的西班牙文，還有在餐廳裡，咬著鄰桌夫婦嬰兒車中小娃娃的手指頭，整整十分鐘都不願意鬆口。我買東西不付錢，自願留在店裡打工賠償；我去市區裡最精華的區域訂購了一棟價值上億的豪宅，爽快領出銀行裡僅有的二十萬元付了建商頭期款。這還不包括，我牽著一個計程車司機的手回家，跟我的愛人說我要結婚了。

他們再度把我送進乾淨整齊的醫院，這次，我對於空間變化的感觸愈來愈深，同樣是整齊乾淨的空間，我彷彿置於其間沉淪數百回。

我每天按時跟醫生報到，吃藥，休息；正因為始終擺脫不掉如影隨形的人群，巨大的孤寂愈來愈巨大，它已經成形到隨時可以跟我產生對話。它抱怨過去我將它隱藏在衣服下，縫在口袋裡，坎在心眼兒深處，它說：不要聽信別人亂無章法的哲言，它的存在才是唯一的真理。

我不斷想起一些浮光掠影的片段，挑高長廊中不斷奔跑的瘦弱身影，拖曳的綢緞蕾絲長裙橫掃紫檀木地板，皮底高跟鞋敲擊出具有節奏的咯咯聲，回音餘繞在花崗岩樑柱雕砌的城堡中，金色的銅製吊燈映照出慌張的陰影，燭光中拚命逃跑的我，就是因為害怕背後緊追不捨的孤寂。

在雕龍畫鳳的建築與建築之間，人造庭園山水縮影了大自然的尺距，花園裡的潺潺溪水中鋪滿煙彩雨花石，獨飲流觴清酒的我，將暈醉的腳趾頭探入水中，初春乍融的冰涼雪水浸濡軀體五官，一片晚歸的落葉悄然飄落，滑過我的眉梢、鼻樑、輕輕貼過從未被人碰觸的嘴唇，繼續完成一片落葉該有的生命旅程，它迎風而起，利用嫩綠新發的樹木枝芽作背景，枯黃的葉色被放大成死亡美學，緩緩在空氣中起舞，翻轉，直到孤寂從葉脈中逐漸展現它毫無顧忌的笑容，大聲告訴我，孤寂無所不在。

褪色的藏青瓷磚間隔著條列式不鏽鋼柱，我伸出蒼白的手指，青筋像蛇影盤旋在無肉的臂膀；微啟的喉嚨不願發出聲音，失去了對人性的愛戀，也關閉想要表達意見的慾望之門。他們說監獄是精神病患者的天堂，因為非理性是唯一的遊戲規則，瘋癲是合法的毒品，耽溺心智不需要藉口，拒絕設限的靈魂親吻著自己的意志，單調的軀體只是一團終將腐朽的血肉，向孤寂的極限宣戰挑逗我的快感，無論閉不閉上眼睛，高潮一波接一波翻湧；巨大的孤寂成為飽暖的藩籬，擁抱我直到感官長眠入夢。

我的愛人為了找出我的問題，他走遍世界各地尋找良醫。

有人以發瘋詮釋我的言行，有人判斷這是躁鬱症的種種症狀，有人試圖用靈魂學為我的前世今生寫下註腳。

來自中亞山區的一個靈媒對我的愛人說：「這是她七世輪迴的宿命，曾經因為孤獨而寂寥死去的女子，也將因孤寂而重生；除非她獲得真愛，否則再過一百年也還是會被人們譏諷為瘋子，導致她抑鬱而終的結局。」

我的愛人為了奉獻真愛，他每天會固定在傍晚時刻陪我漫步在醫院裡的花園步道；雖然他總會央求我再多說一些我所感應到的過去，但是大多數時間我們都保持靜默。因為我知道孤寂像個頑皮的孩子，正跳躍環繞在我們四周偷聽我們說話。

直到愛人的頭髮漸漸變成灰白，身影佝僂，他還是維持著陪我談天的習慣，只是他在園子裡走路的速度愈來愈慢，愈來愈慢，慢到有時候會撫著胸口，停在原地喘息，溫柔召喚我別跑太快，小心跌到。

直到某個黃昏，他問我：「那個叫做孤寂的孩子長大了嗎？有一天，等他長大了，應該就可以獨立了吧！」

我望向天際，尋找孤寂的背影，它在遠方向我揮手，似乎想要說再見。

我的眼睛濕了，緊緊握住我的愛人的手，不願意讓他模仿孤寂做出對我揮手道再見的動作。

平淡生活

昨夜我又夢見他，這一次，他終於大膽地靠近我，用他一貫熱情又無辜的眼神凝視著我，不發一語。但我知道他的溫柔，這不是第一次了，他總是選在我的夢裡，告訴他的愛情。

「喂！孩子上學要遲到了。」說話的是我先生，自從有小孩以後，這句話通常是每天早晨我倆之間的第一句開場白。

然後日子很規律地過著，循環著。看著孩子一天天長大，我也一天天變老。其實年華老去並不是令我變得焦躁的唯一原因，還有其他一些，我也說不上來，就是和從前不一樣的東西。曾經在年輕的時候，看了一些書，幻想過生命中最絕美的終點，當精神的我與肉體的我合而為一激盪出最巔峰的飽和狀態，即使是犧牲生命也要去追尋和實踐的真理，那就是美。而如今，精神的我消耗在日復一日毫無變化的工作中；每天忙不完的家事則同樣摧殘著肉體的我。靈與肉的結合對我來說，就像是沒人理會的夢囈一樣，連我自己都快遺忘了。

直到他的出現。他是公司裡新進的同事，模樣靦腆害羞，清秀俊朗話不多；我從來沒有跟他說過話，更不知道為什麼會夢見他？本來我根本不當一回事的，只是這個夢愈來愈頻繁，甚至，愈來愈激動。有一天他在夢中緊緊抱著我，什麼話也沒說，但我能感覺出他雄渾的肌肉，是個強而有力的年輕男子示愛的最直接表現！醒來之後，身邊是睡意正濃的丈夫，他的一雙肥腿，橫霸床上的所有空間，呼嚕嚕的鼾聲非常有節奏地進行著，絲毫不為所動。

我夢到他的次數愈多，就愈怨恨現在的生活。我開始找機會和現實中的他溝通，接著我們一起去喝咖啡，由於已婚的身分令他對我沒有戒心，使得我們可以像朋友一樣聊天，但是現實中的他比起夢中的他實在乏味太多，特別是當我回到家以後，再度面對另一個乏味的男人時，我就恨不得趕緊上床睡覺去找尋我的夢中情人。

「老婆，我來了！」我的丈夫說：「妳最近都很早上床，是不是暗示我……我知道這一陣子比較忙，所以忽略妳了……。」

「我要睡覺！」我堅決地說。

「那……好吧！老婆……我好久都沒跟妳說了……愛妳喔！」他說完之後輕輕吻了我一下，安靜地翻身睡去。

那一夜，我仍然夢見小情人，我倆終於熱烈的擁抱，互訴呢喃愛語，那種感覺，彷彿就是曾經令我所嚮往的靈肉合一，讓這一切就停留在這絕美的時刻吧！他的意識清楚地傳遞給我，而我們正躺在一個木乃伊棺材裡，周圍有著一群將要舉行儀式的祭司，拿著浸滿藥水的紗布，準備把我們做成木乃伊。

這不正是妳要的嗎？變作木乃伊可以讓我們的靈與肉永恆不朽，永遠停留在生命最絕美的狀態中，再也沒有規律冗長的無聊生活，再也不需容忍一個乏味的家庭模式，再也……。

不！將「死」之前，我竟大聲地脫口而出：「我要平凡，我要平淡的生活……」我不要死，我不要成為木乃伊，我不要終生沒有理想，沒有行動，沒有表情，只為了完成那朦朧的慾望。

驚醒之後，身邊依舊是睡得唏哩呼嚕的丈夫，但是這一次他轉過了身，像是說夢話，又像是喃喃自語：「老婆……不要離開我！」

這就是我要的平淡生活。

社交需求

我是個一輩子都在受傷的人，當傷口沉重到無以承受時，最終，會興起一種代人受過的念頭。

賓館之夜

他邀請我走進賓館的那一天，是中國農曆七月七日的情人節。

但是我們並不像情人那樣手牽手，肩並著肩，呢喃依偎，走進需要付錢的房間；事實上，從泊好車直到關上房門，他沒有同我說過一句話。

他小心翼翼地仔細關上陽台窗戶，拉好窗簾，確定屋內沒有點滴來自戶外的光線。

坐在床沿的我，漫無目標地環顧四周，室內糾纏著廉價香水和混雜雪茄與香菸的異味，紛亂中還有一絲絲，前人遺留下來的分泌激素，交合在仿製宮廷色彩的針織花布中，塑造出典型的賓館房景。乾淨的玻璃杯，旁邊有兩個茶包，兩份即溶咖啡，一切都是那麼速食，連拖鞋都是使用紙製的可拋棄款式，床前一張巨大的梳妝鏡，閃爍著一男一女前後走進的身影，在我們之前，鏡子裡不知道吸納了多少曠男怨女的豐富表情。

這家賓館算是高級，音箱裡流露著只有五分貝的古典音樂，普契尼的〈杜蘭朵公主〉，為賓館之夜開啟主客異位的性別角力。

紫紅色的地毯中央有一個焦黑的菸疤，他輕輕走來，鞋子剛好踩在這個明顯的記號上。

「躺下來！」他說。

尚未掀開的床罩旁，是一雙標準的白色枕頭，兩根黑色蜷曲的體毛，說明了床上曾經玩過的遊戲。

「喝水嗎？」

我搖搖頭，心裡卻惦念著，我該不該先洗個澡？或是刷個牙也好。

他站著，就像平時在公司裡發號施令的模樣，這個令人容易產生遐想的陌生空間並沒有讓他表現侷促，身材修長的他，旁邊剛好佇個立燈，兩樣東西的身影恰巧成為一對平行線，彷彿另外一件如人身高般的立燈，才是與他結伴前來賓館的工具。

天花板上的彩繪琉璃，因為粗糙的切割，變成了八卦鏡，我的影像倒映在鏡子裡，碎裂不成人形。

彈簧床的另一邊重重的下沉，他終於坐到我身邊，我聞到了他身上淡淡的古龍水，還有一點，來自腋下，屬於男人在夏日午後輕微運動的體味。

「我喜歡看妳與別人說話的樣子，卻又忌妒妳跟別人說話。」

這就是邀請我來賓館的理由嗎？

「男人到我這個年紀，其實，並不是完全沒有想像力。」

那麼你現在最想要的是什麼？

「情慾和理智之間的戰鬥，是我這一生從來沒有遇到過的挑戰。」

放心吧！賓館無情，它是個空間定義，唯一的功能是提供失樂男女短暫歡戀，交錯生命的祕密基地。

「總以為，事業成功，就是奠定了生命的終極意義。」

我從十八歲開始，就暗戀你，今天，我只想占有你的肉體。

「對不起……我去一下洗手間。」

彈簧床的重量減輕，他起身，緩步走向浴室。

男人的臉皮，比空氣還薄。

仔細聆聽他的聲音，猜他前往浴室的目的。為了提起馬桶蓋，碰撞出一點聲響，然後是噓哩哩的男人小便，不疾不徐地由高處注入水中，我猜他憋了很久，因為他至少對著馬桶尿了一分鐘。按下沖水開關，漩渦咕溜溜地打轉，最後他打開水龍頭，洗手，從水龍頭開關兩次的聲音來判斷，他應該是抹了肥皂，做了徹底的清潔。

他沒有洗澡，沒有刷牙，甚至沒有整理儀容，因為他又緩步自浴室走出。

如果他等一下要吻我，會不會和我交換那杯滲有肉桂棒子的卡布其諾咖啡香？

「妳知道賓館是用來做什麼的嗎？」

做愛！

「在這裡，人性中最卑微最聖潔的一面都會表露無遺。」

那麼？他是喜歡我扮演處女？還是蕩婦？

「妳戴小紅帽的樣子，至今還留在我的腦海裡。」

跳躍而沒有邏輯的語言，難道是他的前戲？到目前為止，他的身體和我的身體中間，還可以放一條水牛。

「我一直在想，有些話該不該說出口？」

如果這個賓館不會準備保險套，我的皮包裡還有一個。

「極度陌生的空間，非常熟悉的人影，會不會泯滅感情的距離？」

我決定直接拉開他的褲襠拉鍊，縮短我們之間的物質距離。

「經常，閉著眼睛，就想到了妳。」

那還囉唆什麼？

「人活著，卻不能只為了談感情；例如聖嬰現象，造成全球氣溫上升。」

如果女人也有陽痿，就是我現在的處境。

聖嬰現象的出現讓我暫時失去性慾，我決定以洗澡的示範動作，直接切入對話的主題。

我終於開口說：「等我從浴室出來，請你直接告訴我結論，否則我們就一起禱告世界大同直到明天早上的陽光再度來臨。」

因為現在時間午夜十二點四十分，再過八個小時，我又要回到重複單調乏味的單身上班族生活；用來示愛的情人節藉口，也將隨著日復一日的辦公室節奏而消失殆盡。

我故意不將浴室的門上鎖，如果他想進來，我不會抗拒。

浴室裡熱騰騰的蒸氣，勾勒出我與他的處境。

我知道他暗中觀察我很久了，偶爾我會對他笑，但是不認真！愈是不認真的笑容，愈是我展開誘惑的方式；他敢開口請我來賓館，令我欽佩他的勇氣，只是，我們太習慣武裝自己，即使在一個情色濃度最高的賓館房間，還是無法開口說出心裡最想要的歡愉。

很顯然，他想利用哲學概論作為調情的春藥，要不然，不會拖到三更半夜，還在關心地球的溫室效應，只想解放肉體的我，只好黯然地走進浴室陪伴水龍頭，以及意象朦朧的水蒸氣。

十分鐘後，離情人節的時間定義愈來愈遠，我披著浴袍，走出浴室，睜著一張疲累的雙眼，卻故意在梳妝台前整理頭髮，露出肩膀，搔首弄姿片刻，才依依不捨的鑽進被窩裡，專心凝視他。

「妳真的好可愛！」

他伸出右手，我以為他準備摸我的臉，沒想到，他只是將右手放在左手上面。

真的好無聊，我的眼皮開始不聽使喚，一次一次，下垂的速度逐漸加快。

「妳聽過針孔攝影機嗎？」

如果真有這個可憐的攝影師，到目前為止，他看到的畫面一文不值。

「過去我一直在想，如果這些輕易將愛情當作消費品的人，在賓館裡看到我們之間的關係，會不會受到感化？」

他們會得到教訓，對於這種進入房間五分鐘之內還不脫衣服的房客，下一次將不再浪費底片。

「感謝妳，讓我在情人節這一天，了解自己的人格，還是有高貴之處。」

你又要如何解釋，如果有人瞧見我們一同走入賓館的不當聯想？

「當理智強烈到輕易戰勝情慾，我明白，這輩子我什麼都不怕了。」

成為一隻被實驗的愛情白老鼠，我也明白，這輩子，再也沒有比這個更無情可怕的事了。困頓無力的我，在熟睡之前告訴他：「請你在離開房間之前，記得留下 Morning Call，通知櫃檯早上七點叫我起床。」

我在真正入睡之前，又想到了一句話：「還有，我覺得你可以不必再穿西裝去上班，你有沒有想過，你真正的身分可能是上帝，明天起，你應該挨家挨戶去傳教，這絕對比在賓館裡測驗我的人格會有收穫。」

戀屍狂（愛）

小白四年前皈依某種宗教之後，真的和從前判若兩人；他變得非常非常有「愛心」。

這種廣泛而無邊際的大愛讓人有點恐慌，除了他開口閉口少不了那個字之外，他還要我們學習去付出大愛，愛一切的人和東西，愛這個世界的骯髒汙穢，愛流浪在街上的癩皮狗，愛公司裡處處打壓排擠你的同事和上司，愛百貨公司裡給你臭臉看的售貨員，愛一片無聲無息從街樹上飄落下來的枯葉，愛傍晚時分淪陷這個城市的汽車和摩托車。

當時我曾經提醒過他，這樣的「愛」會讓人起雞皮疙瘩；他不語的臉上，只淺淺得展現出一個溫柔的笑容，就像一個剛剛睡醒的人這般迷茫。

後來我們失去了聯絡，直到不久前，我在街上偶然遇到他。

他說他現在沒有固定的工作，不過他更虔誠專注的學習付出愛。

我問他：「那你怎麼過日子呢？」

他說：「我現在專門在街上尋找死亡動物，幫它們收屍；你知道，那些動物也是有靈魂的，當它們的肉體慘死在這個世界，尤其是被汽車撞死的，體無完膚，身首分離的動物，最可憐；有的時候，那些一而再，再而三被汽車輾過的屍體，就像一塊新鮮的生肉泥，夾雜著隱約還看得見顏色的體毛，碎裂的骨頭、指甲，緊緊貼在馬路上的時候，它們的靈魂，依舊感覺得到痛！那個時候，我會帶著我的工具，小心翼翼地將它們的屍體，一片一片，從地上刮起來，裝進一個塑膠袋中，再拿去火葬，然後安置一個牌位，給它們另外一個家。」

他說，他曾經在街上拾獲腦袋扁得像紙一樣薄的大型秋田狗，成為肉醬的三色貓，只剩下翅膀和腳的斷頭鸚鵡，分裂成一節一節卻還在搖頭晃腦的大肥蛇，夏天裡被太陽曬成皮包骨的乾燥變色龍標本，兩顆應該屬於兔子的紅眼睛，一隻像嬰兒般細小瘦弱的金毛猴子手，失去肉身的烏龜殼，脖子上還纏著一根童軍繩的窒息白老鼠。

「這個城市裡的人……」小白嘆息的說：「都沒有愛。」

我望著小白削瘦的臉龐，不知道是我的心理因素，還是小白長年與屍體相處所造成的改變，我發現他的氣色蒼白，眼眶深陷，他的腰身，已經瘦得比女人還要纖細，在他那灌了風的褲子裡，隱約可以看見兩根骨頭勉強地支撐著一個人形，而且他身上散發著一股，我也說不上來的怪味兒，有點像檀香，有點像消毒水，又有點像菜市場裡豬肉攤販的腥味。

突然間，小白眼睛一亮，興奮的告訴我：「可是我戀愛了！他很安靜，樣子又美，你一定也會喜歡他。」

「真的？」我好奇的問。看來我是多慮了，像小白這樣過日子的人，還是有人願意愛他，這麼說來，他比我這個正常的上班族還幸運呢！

「強生！」小白親暱地呼喚著我：「不要害怕去愛，愛讓你充實，美滿；愛的力量，會讓你無論是生或是死，都能感覺到自由。」

我敷衍的對他點頭，不料卻被他透視了我的心機。

「你要相信我，強生！我會讓你相信我。」

四年前，小白曾經是我最好的朋友；但是為了一個不再愛他的女人，我們之間發生了誤會，女人跟我在一起半年後，還是分手了，但是我和小白的友誼卻再也無法彌補回來；尤其是他皈依了那個宗教之後，我們更是逐漸減少來往，直到音訊全無。

第二天，小白打了一通電話給我，他說我還是他最好的朋友，他希望我能見見他的女朋友。

我按照他所指引的方向，來到了市郊一處荒僻的山上，這附近連一塊人工種植的菜圃都沒有，讓我感覺到似乎脫離了文明。

小白住在一個用鐵皮臨時搭蓋的工寮裡，這裡沒有門牌號碼，我完全是按照他口述的地圖，才能找到這個隱藏在深山裡的住所；想當年，小白顯赫的家世曾經培養出他超凡的品味，那時，他開著進口跑車，住在精華地段的大廈裡，讀一流的大學，簡直是天之驕子，無所不能。

我始終無法理解，為什麼一個變心的女人會帶給他這麼大的打擊？

那件事發生之後，小白就變了！他拋棄一切，追隨他的宗教付出大愛，拯救世人；只是我沒有想到，他真的可以讓自己住在這個沒水沒電的爛房子裡過日子。

我在停車時，瞧見小白在屋門口對我招手；下了車，我直接走向那棟屋子，還沒有推開門，就聞到一股惡臭，這種味道就像急著上廁所時，卻衝進一間剛剛才有人拉過肚子的馬桶前，狹小的空間中殘餘的濃重屎糞味，無處可逃地直接竄襲所有的感官，直達腦門，想躲都來不及。

我下意識的用手摀住口鼻，走進這個陰暗狹小的鐵殼；裡面一張櫻桃色的棉布沙發上，坐著一個年輕女孩，她的眼睛閉著，像是睡著了。

剛剛才和我打招呼的小白已經不見蹤影，我走向女孩兒，想看清楚她到底是閉目養神還是真的睡著了；只是愈靠近她，一股揉合濃馥香水和詭異惡臭的味道就更強烈。我發現她化著很厚的妝，像麵粉一樣白的粉底，把她的臉幾乎塑造成石膏像；誇張的黑色眼線塗在她閉著的眼睫毛上，筆觸粗糙隨意，倒彷彿是孩童的惡作劇；鮮豔的口紅是她臉上最有活力的部位，只是嘴角一塊脫落的皮，破壞了這份美感，那塊皮的面積不大，顏色卻與整張臉極不協調，那是一塊紫得有點發黑的皮膚，再瞧仔細一點，那塊皮上還流著水，剎那間，一滴帶著血色的水液就這麼流了出來，緩緩的滑過女孩兒的下巴，流進了胸前粉飾的豐滿乳溝。

「這根本是一個死人！」

我才意識到這一點，後腦勺就被人重擊而昏了過去。

●

醒來的時候，我被人用繩子綁在女孩的身邊，動彈不得。

女孩的頭顱就垂在我的肩上，像是依偎在我的懷裡熟睡，也只有這麼靠近她的我，才能真實感受到一具冰涼的女人屍體，髮際裡散發出陣陣令人作嘔的腐臭，即使她再美麗，再肉彈，卻再也無法引人遐思。

小白靜坐在我的面前，他雙手抱頭，留著眼淚。

「強生！這輩子，就讓我們三個人在一起，不要再分開了好不好？」

「你瘋了！」

「相信我，這個世界上，只有我，愛到死，都不變心。」

小白空洞的眼神中，流露著神祕的哀怨和渴求；這樣的眼神，很久以前我也見過，只是當時毫不在意，只以為那只是他紈褲子弟的脾氣作祟，壓根兒就沒和他被壓抑的情感聯想在一起。

這個屋子裡，堆滿了許許多多的動物屍體，小白陸續將它們一個一個，拖到屋外空地上自製的焚化爐裡去燃燒。

煙囪裡傳出一陣陣燒焦的怪味，從狹小的鐵皮間隙中傳來，竟成為屋內唯一新鮮空氣的來源；我來到這裡大概有十天了吧！小白依舊早出晚歸，繼續他在城市裡付出大愛，收拾流浪動物屍體的行動；依偎在我身邊的女孩屍體，也隨著晨昏的變化起了反應。

一開始僵硬的身軀逐漸軟化，接著流出大量血水，臉上曾經塗抹的濃妝已經潰散糊爛，我看到她的手指甲牽引著指頭的肉絲，滾到了地上；第二天，她的一絡束著僵紫頭皮的長髮，也整塊掉落在我的皮鞋上；到了第三天，她的一顆眼珠，從眼眶中跳了出來，直愣愣地彈到我的褲襠，黑眼珠無神的望著我，我從黯淡的瞳孔照映中看到了自己慘無人形的模樣。

今天小白回來的時候帶了一個錄音機，放出貝多芬第九號交響曲的音樂。

「你知道貝多芬創作第九號交響曲的原始動機嗎？」

未曾進食的我，已經虛弱得無法搖頭或點頭。

「那是為了紀念他的父親，從小對他的暴力和凌虐……直到他創作了第九號交響曲，才紓解了這份怨懟。」

「這也是愛嗎？」我用盡力氣開口問他。

「是，愛。」

「放了我吧！」我說。

小白沒有回答；倒是女孩的手肘，突然在這個時候與整個手臂，從關節處分裂脫落，腐爛汙濁的半條手，就這麼滾落到我和小白的中間。

「那個清晨，我在街上撿到她，當時她還擁有著令人驚豔的美麗；突然間，所有的塵世記憶都回到了我的心田，我想起了你，想起了過去那段日子。」

我不語。

「強生？當時你真的沒有感覺嗎？你到現在還不明白我的愛有多麼強烈嗎？」

我閉上眼睛，還是一句話：「放了我吧！」

我聽到小白哭泣的聲音，他從以前就是這樣，哭起來唏唏吁吁的像個得不到心愛玩具的小女人。

「強生！我會證明這一切，只有我才能夠連死了的你都愛著。」

他說完之後，頭也不回地出去了。

我的心情一凜，這是我認識他這麼多年以來，他所說過最嚴重的話；我知道這一次，他是真的不會放我走了。

身邊的女屍腐爛多日，幾乎已經分解崩潰，我利用剩餘的力氣稍稍移動身體，竟然可以有轉身的空間；只是這樣一震動，一同綁著女孩和我的麻繩，竟然就像一把利刃般的橫切過女孩的腰身，砍進了她的脊椎骨，只聽到「嘎咂」一聲，女孩的脊椎骨從接縫處應聲斷裂，她的上半身還和我沾黏著，下半身卻已經分離，留在沙發上像個被頑童撕裂的破布娃娃。

因為女孩碎裂的屍身，無法繼續支撐繩子的緊密，我終於得到了自由。

拖著疲憊困乏的身軀，勉強走回車上，找出行動電話，立刻撥了119，請求協助；我只有一個念頭，讓我活著離開這裡。

「強生！」

小白站在焚化爐旁呼喚我。

「為什麼要這樣？為什麼你的心中無法擁有愛？……你根本不必擔心我會對你怎麼樣，

我只希望你能明白，我的愛，無所不在，不管是生是死，我的愛，無所不在！」

小白拿起一桶汽油，朝自己身上淋了透澈，他的眼神，依舊充滿著那股神祕的哀怨與渴求，然後他走進焚化爐，打開點火器。

「小白……」

我用盡最後的力氣衝向焚化爐，希望挽回這一切，然而我只見到一團光，奇異的五彩光束像是某種圖騰，翩然朝天空洋溢，然而這赤紅的金光矇亂了我的視線，無助的我只能趴在地上掩面哭泣。

●

現在我偶爾也會在馬路上收拾一些死掉的動物，然後將它們安葬；小白說得沒錯，過去我是一個沒有愛的人，我現在才要從頭開始，第一堂課就是學習對這些無生命的流浪動物，付出愛。

幸福是一種酖溺

「小姐，妳……的婚姻幸福嗎？」

當我在百貨公司的內衣專櫃試穿胸罩的時候，那個售貨小姐突然問我這個問題。我想，那是因為她看到我的背後斑痕駁駁，而產生好奇的疑問。我只好不厭其煩地解釋，我的婚姻當然幸福，背上的疤痕是我前年去南非克魯格國家公園，不小心被獅子追咬的時候，多虧我先生的奮力相救，才使我只留下這一點可怖的線條；妳沒看到我的先生，他整個背部都像刺青一樣慘不忍睹呢！

「小姐，妳臉上這塊……是胎記嗎？」

賣化妝品的櫃姐看到我眼眶下瘀青，忍不住問。哦！這又得感謝我的先生，當我在洛杉磯的 Magic Mountain 玩 Free Fall 的時候不小心摔了下來，還好是我先生拚命保護我，才只留下這一塊黑青。我真的很愛我的先生，他照顧我愛護我，沒有他，我也不會有白金卡來這裡買這麼多化妝品和任何我喜歡的東西。

「小姐，妳這隻手指頭的關節好像歪了……。」

沒關係，我買項鍊也可以，但是，一定要有鑽石喔！我最喜歡這種透明又亮晶晶的東西。小時候住在孤兒院，我只和星星說話，那時候我就許願，有一天一定要有很多小星星；我親愛的丈夫幫我把這些夢想一一實現，我真的好愛好愛他，沒有他，就沒有今天的我……，關於這隻歪了的手指，又要想起我的先生，那次大地震的時候……。

我在計程車上把一瓶「毒藥」香水都噴完了。以前聽說有一句成語叫做「飲酖止渴」，說喝毒藥可以治口乾，我才沒那麼笨呢！我把「毒藥」噴了滿滿一身，因為我就要回家見到我最心愛的先生，他最喜歡我全身都香噴噴，彷彿被幸福包圍，真的，這濃郁的味道讓我感覺幸福！

「今天去哪裡？」我丈夫關心地問。我一五一十地告訴他今天的行蹤。

「行動電話為什麼不帶？」

哦！我忘了，我真的不是故意的。今天下午我想出去洗個頭，就順便逛到了百貨公司，然後就開始買一些喜歡的東西……真的只有我一個人，沒有別人跟我在一起，我買了新的胸罩，和內褲可以配成一套……哎喲！好痛！我又跌倒了。每一次只要我的先生不相信我說的話，我就會不斷不斷地跌倒，這個世界好像在旋轉，他的影子在我面前晃來晃去又忽遠忽近，我只覺得什麼都看不清楚，又好想嘔吐……。

等我醒來的時候，我心愛的丈夫總會在我身邊，流著淚對我說：「寶貝，妳知道我有多愛妳嗎？妳是我一個人的。妳知道嗎？……我不是故意要打妳的……我只是克制不了我自己，我太愛妳了……」

我知道，寶貝！只是這次我的腿好痛，不過我想這過幾天就會好了。剛才我有一種好像墜機的感覺，又是我的丈夫救了我，他對我真是好，我從心底深深愛著他；沒有他，我就會沒得吃沒得住，又不能買小星星……。

所以我要珍惜我的丈夫，我好幸福，真的，我常常這麼認真地告訴自己，尤其當我噴滿一身香水的時候。

短暫的情書

親愛的葉子：

Weal and woe是我最近從John Keats的詩中學到的兩個字，令我印象深刻。從你的信中，我似乎感覺到某種恐懼與遊戲；你提到人類是最富有進取心（侵略性）的動物，即使敵人在樹上，也會直接攻城掠地。您最近的人際關係受到挫折了嗎？您在恐懼什麼？我的胡言亂語造成您的困擾嗎？是我那些哀愁憂傷的文章，影響了您的鬥志嗎？您會害怕我真的會是一個我所形容的瘋子嗎？喔……請您不要害怕，如果我是一個瘋子，也是一個善良的瘋子，我不會做傷害任何人的事。我是一個一輩子都在受傷的人，當傷口沉重到無以承受的時候，最終，會興起一種代人受過的念頭，讓所有的痛苦繼續加諸到我身上吧，只要我身邊的人能快樂，就當作是我應該還的，只希望這輩子能還得完。

所以我都在已故的死者堆裡找朋友，那些圖書館裡，封塵已久的，死人寫的書。波赫士、瑪格麗特愛特伍這些大作家也是如此，他們的一生都在與死者對話。沒有多久我也會死去，我能帶走什麼？我什麼也沒有，除了曾經撫平我心靈傷口的知識。從以前我就在思考「人役於物」或「物役於人」，一個人要保有自己最純粹的靈魂，是不能被物質的東西牽著走，況且那些物質的東西，又能證明多少愛的成分？我結婚沒有戒指、沒有婚禮、沒有聘金。我朋友都說我很笨，我應該去要，可是我開不了口，我明知道我愛的人不是那麼富有，我何必要他傷腦筋擠出一個鑽戒給我？如果鑽戒可以被量化成時間，我寧願他用行動來愛護我長長久久。

我已經是這樣的人四十多年，從以前就如此，今後也不願意改變。您還會恐懼嗎？還是您只是在玩遊戲？是英文不夠機敏的我會錯了意。也許，我不應該再給您看這些困窘含淚的作品，我應該學那些厲害的大人物，就像環繞在您身邊的大人物一樣，做個有理想、有遠見、積極勇敢，高雅時尚的社會人士。我也會說這種話，但是每逢場作戲一次，我都要休息好久，才能重來。

做一個朋友，又遇到像我這樣的朋友，對您的人生恐怕沒有什麼具體的幫助。無論如何，我很感激您曾經聆聽我孤獨的說故事，如果您會恐懼，我這樣的人，會帶來什麼不幸，我可以安靜的消失，別擔心，我有很多朋友，在圖書館裡，在字典裡，在一本本被人遺忘的書裡。

● 7月30日

這是我們重逢的日子，在為了省電而關掉電燈的走廊，你比預訂的時間提早了十分鐘，在闇暝的盡頭，躑躅是否走向我，輕聲呼喚我的名。

我走向你，帶你朝光行走，確認彼此，不再錯身而過。十七年前，同樣的身影，卻是背對著背。

7月31日

「不知為何，昨夜敘舊後，一直很心疼。這麼迷人的女子，理所當然覺得妳都幸福快樂。」

重逢二十四小時，手機出現你的簡訊。江湖行走，你應該知道，你所想的從來就不是人生的SOP。感情沒有標準作業程序，幸福快樂只是相對論，迷航之人，游不到愛的彼岸。

在泅泳自溺的情海中，我抗拒你的船筏。

●

親愛的葉子：

我讀里爾克詩集，有一首詩是這樣寫的：

在銀色雪夜的懷抱中，
一切都已沉沉睡去。
但是，一種無限激烈的悲傷，
仍在一個孤獨的靈魂中獨醒著。

你所找尋的是——為何那靈魂如此沉默？
為何不將悲傷注入黑夜？
但是，正如靈魂所知，

一旦悲傷冒出靈魂之外，星星就會消失得無影無蹤。

我不懂詩，但是這首詩有點感動我。也許是因為，連續兩天一個人，有一點孤獨，有一點傷感。一個人騎機車在黑夜裡穿梭花蓮鄉村的小鎮，一個人去游泳，挑戰自己一千公尺自由式的極限與耐力。一個人的午後，在鄉間的農舍裡喝咖啡，農莊有個很典雅的名字叫做「荷蘭小莊」，有一大片綠油油的草地，我在躺椅上看里爾克詩集，頭頂上是藍藍的天與抽碎的白雲，漸漸地月亮升起，在灰與藍交接的天空中呈現一片半圓形的瑩白。月亮的另一邊，應該還是深夜，我想著蘇東坡的名句「但願人長久，千里共嬋娟」，突然很想睡，就這樣在一個陌生的農莊裡的草地躺椅上睡著了。

十二歲時曾經讀到一句話至今依舊銘記在心：「孤獨是肯定了真我，寂寞是無依落魄。」若果真如此，這兩天的孤獨應該是一種肯定，即使，另一個我還是很努力地訓練自己快樂。作家張曉風寫過一篇很有趣的散文，題目是「我會唸咒」，她所謂的咒語，只有四個字，就是「我很快樂」，她說就連英文也一樣是四個字「I am so happy」。很有趣吧！我正在訓練自己勤唸這句咒語，就算是自我催眠，也應該是一條快樂的道路啊！

上個星期我終於把輾轉心理許久的主題「水」寫成了文章，可是我覺得我表達的還是不夠完整，大概只有心裡真正感受到的十分之四，文字的困難在於此，書寫的艱澀也在於此。

我一向喜愛水，任何跟水有關的事都誘惑著我，以前玩水是很單純的嬉戲，但是，不知何時起，戲水對我而言也變成一種功利。比方說，以前可以漫無目的的在水裡玩好久，翻滾、跳躍、潛水、靜止、擺動……，可是現在只是為了游泳，挑戰自己的耐力與意志力。最近發現，只要二十五分鐘我就可以游完一千公尺，這對小時候的我也許是很難的事，但是長大之後輕而易舉。這證明了人是不斷在改變的軀體，也是一具漸漸老去的皮囊。

●

12月1日

我已經四十七歲了，從來沒有壯遊過。我一直幻想出走，卻遇見了你。你熱烈的追求，讓我感動，然而沸點的盡頭是乾涸，煮開水的時候我們都遇過。

你迎面走來，冷冷清清，我並沒有「原來你在那裡」的熟悉。等待，並不是為我，因為你沒有為我寫過詩。你等待的人不是我，從你的眼神裡，我明白，每一次相遇，都是擦身而過。你不愛我，我也不像我以為的那樣愛你，我們的人生只剩下陪伴，錯過的陪伴。

所以，你不覺得，人生，就是一場冗長的自助旅行。

12月2日

鼓起勇氣想邀請你一起去旅行，可是你說有門禁。想邀請你去看海，可是你害怕遠洋的風。想邀請你並肩走一段路，你說，行李忘在火車站，要趁來得及時回去拿。遺失的行李，都比我誠摯的邀請重要，那一定是你生命中最珍貴的行李。而我那卑微的，裝著愛戀的背包，早已經在時光的絞鏈中，磨碎了。

●

親愛的葉子：

對我而言，戀愛關係中，新的戀情，其實，只是走向下一次的死亡。

莎士比亞十四行詩集中的第六十四首結語：

毀滅教導我如此沉思：
時間將奪走吾愛。
這種想法有如死亡，無法選擇，
在擁有你害怕失去的對象時，只有哀泣。

我愛著一個人的時候，會變成草履蟲。單細胞的智力，讓我只為他而活。在乎他在乎的事，喜歡他喜歡的人，默記他說過的每一句話，眼神追隨他的瞳孔焦距。他說我抽菸讓他感覺有風塵味，陪他旅行七天我連打火機都不敢碰儼然化身董氏基金會間諜。他說海外邀約的論壇，都是曠男怨女藉著旅行雜交性派對，邀請我的人只是貪戀美色，讓我嚇到立刻貞烈拒絕。他恐嚇我要小心，如果我讓他有疑慮會到處跟別人調情搞曖昧，他會玩得比我厲害，報復更嚴重。

我哪裡都沒有去，什麼都不敢做，化妝被嫌醜，寫詩被罵笨，為他煮五穀飯，他說難吃；為他熬煮的羅漢果茶，餐會中他與另一位優雅的女士相談甚歡，整瓶忘在餐廳裡。

我是個充滿恐懼的草履蟲。

因為我很害怕失去他。

在害怕失去的時候，其實，我已經死了。
我已經不是我。
在戀愛關係中，我從來沒有重生過。
只是循環的死去。

●

1月1日

過去多年搬家經驗，始終帶著走的是那十幾箱書，無論如何加加減減，總維持一片牆的羅列，裡面住著沉默無言的文字，是我永恆的朋友。

我喜歡懶懶地倚靠在沙發上，看書，看累了就睡一下。敞開的扉頁成為小肚兜，覆蓋在胸前，夏天時為我擷取零星的溫暖。我以為會夢到作者或故事中人，然而，在短暫客居的沙發上，經常是空白。

少了一盞燈，這裡只適合白天閱讀。窗外有一棵老樟樹，當風拂來，葉葉婆娑如梵音，午後陽光斜照，點點滴滴似琉璃，眾鳥寂。天地之中，獨我與文字，蜷縮在沙發中的心靈角落起舞，配樂是單調的平上去入，文字與文字牽手演出壯麗的群舞芭蕾，我是人間陰影，潛入書本裡才有伴侶。

就這樣懶懶地依靠在沙發上，拿起一本書，也許這一次會看完，也許不會；故事不一定要有結局，落幕燈熄等不到掌聲也沒關係：「熄滅了吧！熄滅了吧！人生不過是行走的影子，在舞台上比手畫腳的拙劣伶人。」馬克白如是說。

而我，閱讀著夢裡夢外的迍邅，累了，老了，就睡了。

尊重／需求

百科全書裡
從來沒有為「真理」下定義。

汽車旅館

「屌你媽的屄！」

暗夜裡的公園深處傳來這樣一句罵聲。這是個正在變嗓音的男孩，失控的聲帶彷若立志宣戰的甲狀軟骨遇到好脾氣的黏膜組織，沒有共鳴，卻集體附身在一座很久沒有保養的老舊鋼琴裡，隨時會發生按壓琴鍵之後失去彈性而卡在不上不下的尷尬片刻，讓升A大調摔落，讓降B小調疲軟，小夜曲靜止了它的旋律，而變奏尚未揚起。

「我媽已經九十歲了，還是別屌吧。」

另一個男人的聲音從男孩的背後幽幽響起，在農曆七月的深夜裡，這種閒情逸致反而讓人有點焦慮。

剛剛還義薄雲天一鼓作氣要與別人的媽媽相幹而粗狂嘶吼的男孩，這下子也突然涼了半顆心，他回想起不久前衝進公園時雖然很生氣，從直腸到頭顱都塞滿了雄雄的大便與憤怒，但是他還是下意識地環顧了四周，確定沒有人心懷鬼胎跟著他一起走進來。他的想法很簡單，就算要自殺也要符合美學原則，萬一上了報紙社會版也要博得「青年屈原」的美名，為了抵抗這個世界的平庸，讓他選擇在公園裡投湖自盡，而不是被變態剝光衣服千刀萬剮陳屍在陰暗湖底。

然而今晚月黑，風高，公園裡的樹叢婆娑摩擦彷彿無影人兒舉槍磨刀隱喻著肅颯殺意，他為什麼這個時候才發現，入夜之後的公園不再是童顏歡樂的遊戲場，它是亂葬崗，半夜十二點還有活死人出現在你背後要你別肏他媽。

男孩轉過身，背靠著湖邊的護欄，他的眼光在暗夜裡梭巡，這些被主管單位不斷移植的樹木永遠來不及長大，個個都約略一個人的高度，樹影彷彿人影，千萬大軍壓境，簡直是動漫世界裡《進擊的巨人》對抗天敵的迷你殺戮場。

直到不遠處，打火機的火星乍然亮起，有人點燃一根菸，配合著緩慢的肺活量，忽明忽滅地閃爍著。

「你是誰？」男孩鼓起勇氣問。

「小朋友，這麼晚來公園罵人做什麼。」男人回答。

「不要你管。」男孩回答。

那男人慢慢走近，男孩這才看清楚，從他的穿著打扮判斷，他是一個工人，而且是個上了年紀的工人。他的兩鬢銀花斑白，破舊的牛仔褲上有好幾個補釘，短袖尼龍襯衫已經重複洗到顏色掉落，藍不如灰，紫不如青，零星漂染著不知是醬油還是瀝青的黑色汙垢，交織在藍灰紫青的格子中形成另一種落敗的花色。

「小朋友，很晚了，你應該回家睡覺了。」男人的腔調有點奇怪，不像是台灣國語，有點，像電視上，經常被模仿的原住民講國語。就是因為這種奇怪的腔調，產生了某種喜感，悄悄鬆懈了男孩的心防，他不再那麼憤怒，語氣變得平淡，回到了十四歲少年應該保留的天真，回應著：「我離家出走了。而且，我很生氣，今天晚上本來要來跳湖自盡的。」

男人「喔」了一聲，慢慢走近男孩，說：「你有沒有看清楚，這個湖裡面沒有水了。」

「什麼？」男孩露出驚異的臉色，轉身扶著欄杆，探頭往湖裡看。

果然！沒有粼粼湖面映照著月光或燈光，沒有水波浮紋，欄杆之外是一片接近乾涸的湖底，只剩泥淖盤桓，東堆西陷，水與泥巴膠著黏稠如燒焦的紫米粥，這絕對不是個適合青年屈原終結生命的場域，這是男孩家中菲傭經常忘記處理的廚餘大集合之地。

男孩扶著欄杆，低下頭，他竟然哭了。

男人從襯衫口袋裡掏出香菸，抽出一根，伸到男孩面前，示意他可以抽根菸解悶。男孩抬頭看了一眼，晶瑩的眼裡有著朦朧的濕意，他不說話，又低下頭，不理會男人的善意。

「回家吧！我可以開車送你回去。」男人一邊抽菸一邊說。

「不要。你不懂，我已經離家出走了。」

「那有什麼了不起，我一天到晚離家出走。你瞧，我的『汽車旅館』就在那裡。」男人氣定神閒的說。

「什麼？」男孩抬起頭，順著男人手臂指著的方向，遠遠望去，靠山的那一邊完全沒有任何建築物，只有一輛小貨車，小貨車的後車廂門向上開啟，左右兩側的車門也全部打開，露出車廂內繁複零亂堆置的各種物品，一顆只有二十瓦的鎢絲燈泡照耀著車內局部的明亮，在幽黯無人的公園裡，透露出一絲絲昏黃溫暖的光。

「那什麼鬼啊？」

「我的汽車旅館。」男人得意的說：「要不要吃泡麵？我有瓦斯爐，可以煮給你吃。」

男孩仔細端詳男人的臉，他的皮膚黝黑，有著原住民深刻的輪廓，大眼高鼻，薄薄的嘴唇，要不是年紀大了，眼角盡是皺紋，說實話這模樣還挺俊俏的，不輸給外國男明星。只是他衣衫如此襤褸，總教人忍不住產生提防之心，但是他說話又好好玩，完全超乎正常人的想像，每次都讓男孩忍不住在心裡竊笑，因為竊笑的次數多了，竟然也忘記了尋死的念頭，只剩下意氣用事的離家出走，想給父母親一點顏色瞧瞧。

這時候也覺得肚子有點餓了，男孩問：「你有什麼口味的泡麵？」

「什麼是什麼口味？就是最便宜的那種，有吃飽就可以。」

●

男人的名字叫做馬路，太魯閣族的正確發音更接近「媽嚕」，但是他喜歡用「馬路」這兩個字，他說這就像他的人生。

十三歲離開家鄉，到台北當洗衣工，受不了老闆的虐待，不到一年就跟著同伴逃到了彰化，遇到好心的老闆願意收容，便跟著學習駕駛挖土機。這一開怪手就開了一輩子，天天摸著怪手，調度著所有方向，前進後退心有靈犀，怪手儼然成為他的人生連體嬰，什麼樣的機型、地形、氣候、高度、深度都難不倒他。

台北這個公園的湖水每隔幾年總是淤積，一定要放乾之後把淤泥挖掉，再重新灌水維護生態。在軟綿黏稠又不平衡的淤泥上開怪手，藉著厚重的氣墊浮在汙泥表面，難免上下左右搖晃得厲害，駕駛一不小心施錯了力道，整輛怪手會立即栽在爛泥巴裡。早些年剛剛包下工程的老闆就這樣摔掉了三輛怪手，經人介紹找到經驗豐富的馬路，從此以後才一路順風。

「我開了一輩子怪手，本來以為可以安安穩穩地做到老死，沒想到時代變了，現在什麼工作都要執照。老闆找工人，第一個就問『有沒有執照』？我小學沒畢業，很會開怪手但是不會考筆試。要我考試有點難，但是如果你給我一台怪手，我可以立刻表演各種特技給你看。」馬路得意的說。

正在吃泡麵的男孩真的餓了，他喝光了最後一口湯，遞出空碗，問馬路：「還有沒有？我想再吃一碗。」

馬路打開小瓦斯爐，煮著開水，一邊打開第二包泡麵，幫男孩準備。

「你有沒有家人？」男孩問。

「當然有！要不然我這麼奮鬥幹什麼。」馬路笑：「我都做阿公了呢！」

「那你幹嘛還要這麼辛苦出來工作。」男孩又問。

馬路正在煮泡麵，似乎想了一會兒，才回答：「孩子還是要吃飯，我老婆也要吃飯。他們都在跟我要錢，我當然要出來繼續工作賺錢。」

男孩一口氣吃完了第二碗泡麵。

「小朋友，吃飽了就回家吧。」馬路說。

「不要！我，離，家，出，走，了。聽清楚了嗎？」

馬路抽完最後一根菸，說：「好吧，我也管不了你，我要睡覺了。」說完，他側身躺臥在一個用花色棉被鋪成的長方形空間裡，雙手懷抱著胸口，準備閉眼睡覺。

「等等，我睡哪裡？」男孩問。

「你去前面車廂好了，駕駛座那裡是沙發椅，你可能比較習慣。」

男孩走出後車廂，打開小貨車前方車門，鑽進了前座中。這哪是沙發椅？這是一個千瘡百孔的塑膠泡棉包裹鐵架的模組，跟他過往生命經驗中所認知的「沙發」相差了十萬八千里。這個座位瀰漫著濃重的菸味、汽油味、還有說不出來的各種醬味。剛剛走進車廂時，腳底還喀擦了一聲，男孩以為踩到蟑螂，嚇得縮回雙腿，卻又忍不住好奇心低頭探看，藉著後車廂傳來的隱晦燈光，發現這原來是一個免洗塑膠杯，變形的杯裡擠捽出乾掉的檳榔渣，一叢叢開枝散葉，像不知名的乾燥花朵。

即使如此，還是沒有打消男孩離家出走的決心。他橫著念頭，今晚就是不回家了。所謂的母親，是個只會要求他考試第一名的家庭老師，總是為著成績零點幾分的差距，對男孩說盡她一生中認識的所有惡毒成語；她連泡麵都不會煮，卻很會挑剔菲傭的廚藝；她幫男孩報名一堆才藝補習班，自己卻流連在電視機前與咖啡廳裡聊著名人的是非。所謂的父親，是個只認識成績單數字的高階主管，隨著他的年資與歲數愈來愈大，就愈希望孩子在成績單上出現的名次阿拉伯數字愈來愈小。即使教育局已經規定不排名次，這些年長的社會菁英還是會用盡各種方法拉近與班導師的距離或一搏與教務主任的感情暗中打聽著孩子的實際排名，數字愈少愈開心，他們總是擅長在其他家長面前不經意的透露孩子的天賦異稟。

「我只是一個物品。」男孩心想。想到這裡，又忍不住滴落了幾滴眼淚。他就在這傷心與昏寐之中睡著了，直到他的雙腿癢到受不了而驚醒。這時候才發現，他的雙腿，已經被小黑蚊咬得到處都起了紅疹，有些地方可能是因為睡著時不自主的重複搔抓，而留下了血痕。男孩忍不住罵了一聲：「這蚊子是揪團來打群架的嗎！」

他打開車門，翻爬到後車廂，搖醒了馬路，問他有沒有防蚊液？

睡得正熟的馬路，半寐半醒之間打開了一個塑膠收納盒，掏出一罐綠色的塑膠瓶，在自己的手臂上噴了幾下，像是示範著使用指南，又像是確認裡面還有防蚊液，接著遞給男孩，寤寐中自己倒頭睡去。

男孩彷彿得到了救星，急忙打開蓋子，將噴頭對著自己的雙腿猛烈噴灑防蚊液，卻感到一陣燒灼刺痛，他好奇地閱讀瓶上說明，發現這罐防蚊液只能噴在衣服上，不適合接觸皮膚。他不耐煩地搖醒了馬路，說：「埃！這個不是用來噴在皮膚上的，你還有沒有其他的防蚊液？」

「我只有這種，因為它最便宜。」馬路說完之後又繼續睡覺。

男孩無言地回到車廂前座，卯起來噴了全身的防蚊液，也順便把身體周圍的空間狠狠地亂噴一遍，形成防護罩似的。也不知是防蚊液真的有效，還是香茅的味道太濃烈而薰昏了男孩，深夜三點，疲累的男孩終於徹底放棄與小黑蚊的戰鬥，在一陣搔癢與拍打的動作之中，他漸漸沉沉地睡去，那隻原本緊握防蚊液的右手也渾然鬆脫了，一瓶乾涸見底的防蚊液空罐緩緩滾落到檳榔渣的旁邊靜臥。

●

每天都是嶄新的一天，無論是離鄉背井的工作，或是離家出走的憤慨。

男孩醒來時，已是豔陽高照，樹蔭下偶有微風徐徐吹來，「汽車旅館」的後車廂依舊門戶大開，前面車廂的窗戶全部被搖下，一隻黑色鑲綴白紋的蝴蝶停留在擋風玻璃前，一隻蜻蜓優遊自在地從左邊車窗穿越到右邊車窗揚長離去。

公園裡不斷有人經過，或是運動或是無所事事的人們；兒童遊戲區裡的溜滑梯與小吊橋，單槓與木馬，展現了應有的樣貌，與昨夜大不相同，它們都是彩色的。耳邊響起稚齡孩童尖聲嬉鬧的喊叫，伴隨著童言童語之間的旋律是一連串隆隆作響剛強自負的怪手引擎聲。

男孩走出「汽車旅館」，穿上他的夾腳拖，順便整理儀容，他身上是一件印有名牌標誌的白T恤，一條棉質運動褲，唯一的有價物品是悠遊卡，正安妥地放在褲子口袋裡。昨天晚上如果不是這張悠遊卡，他也到不了這座台北市東南方邊陲的公園。本來想往西邊方向直奔到華江橋上去跳河，沒想到搞錯公車專用道的路徑，竟然一路向東來到了這座大公園。他記得小時候曾經來這裡踏青，老師還介紹這裡曾經是濕地，因此興建公園時，規劃了兩個大小不同的湖泊，維持著原本的生態景觀。

投湖自盡也可以，傳說中的李白不就是這樣奔上青天。可是這個湖偏偏在這個時候被挖光到剩下爛泥巴。

男孩想到了汽車旅館的主人馬路，沒有別的理由，因為他身無分文，而且肚子又在咕咕叫了。

走到昨晚的欄杆旁邊，馬路的挖土機果然置放在一個面積比怪手大不了多少的氣墊上方，正在浮沉地運作著。Oh my Good！男孩心想，這可真需要點真功夫。那坨大片湖底爛淤簡直像噬人不眨眼的流沙，或是偽裝成水泥的地心熔岩，誰要是掉下去還能爬起來可得先練上二十年輕功才有機會逃命。這種爛汙泥，若是沾到了不淹死也會嗆死。而坐在怪手駕駛艙的馬路，動作瀟灑意氣風發地使用雙手左右駕馭控制栓，這時，即使是波音客機的駕駛員在前艙中扭旋開關的姿勢也不會比他神氣。男孩終於體會到昨晚馬路說的連體嬰是什麼意思，坐在怪手駕駛艙的馬路簡直與這個機器天人合一，完美搭配，這樣的身影要拍一部台灣版《環太平洋》也綽綽有餘。

男孩專心的看著一台痕跡斑駁又掉漆的黃色挖土機演出泥上芭蕾。馬路的工作就是將左邊的淤泥挖起，堆到右邊，再讓起重機將這些淤泥載入貨櫃車中，分批運送出去。有好幾次在馬路快速旋轉時，怪手下方的氣墊彷彿頭重腳輕，斜斜地向一側歪傾，似乎就要演出滅頂的戲碼，然而馬路接著若有似無輕輕推著遙控栓，彷若一代宗師葉問飛身跳躍後空翻轉揚起一個迴旋踢，又讓氣墊回歸了正統，均衡展演到位的絕技。

直到怪手的引擎聲暫停，馬路步履輕盈地跳下駕駛座，在泥淖上氣墊與氣墊之間跳躍，逐漸接近陸地，踏過湖邊新長出嫩葉的青草地，朝欄杆處走來。

「要不要開開看？」馬路一邊嚼著檳榔一邊問。

「我？我連怎麼爬到怪手那邊可能都沒辦法。」男孩回答。

馬路笑：「中午不吃泡麵，我幫你訂了便當。」

男孩心裡有點彆扭，想著：「怎麼這人就自作主張地認為我永遠不回家？」雖然這麼想，他還是挺願意留下來繼續吃午餐。離家出走的怨氣，經過一夜被蚊子狂咬與泡麵的脹氣已經消弭了一大半，剩下的是他不知道該如何收拾善後。這就像寫作文，破題容易洋洋灑灑掉了半天古聖先賢的書袋，「起承轉合」光靠吹牛就能夠一路暢通直到「轉」處，但是「轉」了之後呢？轉了之後想不出個別出心裁的創意，只會讓評審老師訕笑又遇見了一個不知所云的傢伙。自從「解救大陸苦難同胞」的結尾不再適用於二十一世紀之後，還真難想像有什麼梗最適合作為故事的結局。

凡事結局最難。就像十四歲的男孩不知道該如何面對昨晚被他英勇拋棄的原生家庭，而寧願停留在汽車旅館的庇護下，過一餐算一餐。

「咕咕！」吃便當吃到一半的馬路，突然對著路邊叫了起來。

一隻湯碗大的巴西烏龜，正緩步朝著馬路的方向走來，跟在烏龜身後的是另一個穿著打扮與馬路非常類似的老男人，歲月像刀在他的臉上雕刻著粗糲的光陰，破舊洗刷到幾乎薄如宣紙的 Polo 衫，一條沾滿各種非丹寧布料色澤的牛仔褲，邊嚼檳榔邊抽菸，嘴角帶著笑意，朝著吃便當的馬路與男孩走來。

「你呷啥？便當有好吃嗎。」那男人問。

「難吃到要死！你有帶什麼好吃的嗎？」馬路說。

「『咕咕』給你吃好吧。」

「你不要哭喔。」馬路笑著回答。隨後轉頭對男孩說：「咕咕是我們的好朋友，牠是一隻巴西烏龜。三年前我們在淡水河邊工作的時候挖到一堆烏龜，那時候咕咕還太小，不能吃，先養著，養著養著就捨不得吃了。這隻烏龜也真奇怪，給牠取名字也聽得懂，叫一叫還會走過來，這樣就變成寵物。」

「咕咕！」男孩也試著呼喚烏龜的名字，這烏龜真聽懂了，不但抬起頭，還漸漸朝男孩走近。倒是男孩嚇了一跳，下意識抬起雙腿擱在椅子上，問：「他會不會咬我？」

馬路和咕咕的主人都笑了。

男孩有點尷尬，隨便想個話題轉移焦點，問：「為什麼叫『咕咕』？」

「就是台語的烏龜啊！烏龜的龜念起來像『咕』，就叫牠『咕咕』囉。」馬路解釋。

那男人問：「馬路，這是你兒子嗎？」

「我兒子都生兒子了！怎麼會有這麼小的兒子。」馬路回答。

「那麼他是誰？」

馬路轉過頭來問男孩：「對了，你是誰啊？有沒有名字？」

男孩說他的名字是程凱霖。

「你來學開怪手喔？」男人又問。

「不是。我離家出走。」

「我像你這個年紀的時候也離家出走，沒關係。」男人笑笑，坐在馬路身旁，掏出一包菸，又開了兩罐啤酒，兩人並肩坐著，閒聊對飲。

中午休息時間，其他開起重機的、開灑水車的、開貨櫃車與另一台怪手的人們都暫停了工作，或是默默吃著便當，或是躺在樹蔭下乘涼。雖是農曆七月，但立秋已過，風的溫度已不若盛夏時溽熱，偶爾飄來一陣涼意，陽光穿透公園裡瀰漫枝葉的大樹點點滴滴灑向人間。

凱霖瞇起了眼睛探望著，從小到大活動在「一線兩地」，只在學校和家這兩個地方擺盪，超越一線兩地的距離就是國外：巴黎、紐約、倫敦、維也納。他從來沒有像今天這樣認真見識自己生長的土地，原來家的附近有公園，還有一群人以截然不同的方式生存著。這景象，讓凱霖努力譬喻都還是脫離不了世襲舶來品的況味，彷彿台版雷諾瓦的印象派畫風結合了梵谷的社會邊緣人觀察，這一切好不真實，又這麼真實。

「那個人又來了。」馬路望向公園外真正的大馬路這麼說。

那是一個穿著連身帽運動衣的年輕人，這種大熱天穿長袖外套也就算了，更離奇的是他竟然把帽子的部分套住頭部，還戴著口罩，就差一副墨鏡他簡直可以去搶銀行。這人鬼鬼崇崇地在工地外圍徘徊，雙手插進外套的口袋裡，彷彿那兒隨時可以掏出一把左輪手槍，喊出：「不要動！」之類的通關密語。

「他怎樣？」凱霖好奇的問。

「賞金獵人。」馬路說：「這種人常常出現在工地周圍，隨時逮到馬路上的髒汙就拍照存證，向環保局告發我們，再領取獎金。」

咕咕的主人說：「他們光靠拍照檢舉，一個月賺得比我們還多呢。」

「現在政府規定工地工人一定要穿反光的工作背心，確保安全。我有一次忘記穿，也被拍照舉發，那一天的工錢都沒了。」馬路說。

「怎麼有這麼惡劣的人？」凱霖忍不住回應。

「都是大學生呢。」咕咕的主人說。

「現在很多大學生很會考試，什麼執照都有，也來應徵開怪手的工作。但是他們常常左右邊都搞不清楚，遇到怪手故障也不會修。可是他們有執照，老闆還是會雇用他們。」馬路說。

「我就是這樣沒工作啦！還好還有咕咕陪我。」咕咕的主人笑。

馬路對凱霖說：「小朋友，你們比較聰明才會想出這麼聰明的方法賺錢；我們比較笨只能聽老闆的話每天領薪水。你瞧，那邊停著的就是灑水車，每次爛泥巴運到貨櫃車，裝滿了以後要開走，多多少少都會掉一些泥巴出來，這時候灑水車就要趕緊去噴水，維持路面的乾淨。我們每天要做的事很簡單，也都很專心把它做好，只是不一定那麼完美而已。」

遠處那行動神祕詭異的年輕人探頭東張西望了半天，終於悻悻然地離去。

「這裡做到什麼時候？」咕咕的主人問。

「兩個湖的泥巴都挖乾淨了，就結束了。」

「先回去花蓮嗎？」

「王董那裡好像還有工作可以做。」

「過年的時候，新店溪那邊也是王董的工程吧。」

「是啊！我跟我的汽車旅館在華江橋下住了快一個月。」

「你的汽車旅館真是應有盡有，什麼都有，全部都有。」

「就算什麼都有也會吃光光。華江橋那次最恐怖，半夜還會有人敲門，跟我要東西吃。」

「是人還是鬼啊！」

「當然是人。那裡好多遊民，可能冬天太冷，餓到半夜睡不著，看到我的汽車旅館裡有燈亮著，就跑來敲門，問：『可不可以給我一點東西吃？』我看他這麼可憐，只好把我剩下的最後一包餅乾拿給他吃，結果他一下子就把整包餅乾吃完了，一片都不留給我。接著，又問我：『可不可以給我一根菸？』我拿了一根菸給他，他吸到最後一口，又問我：『可以整包菸都給我嗎？』我只好把整包菸都給他。第二天，我不敢再一個人睡在華江橋下了。」

凱霖聽完這段故事，忍不住噗哧地笑了出來：「你怎麼知道他是不是真的遊民？說不定是跟你玩心理測驗，或者是另一個工地的工人。」

「他是遊民啊！看他的穿著打扮就知道。」馬路回答。

「你是說穿得跟你一樣嗎？」凱霖開起了玩笑，但是馬路與咕咕的主人並沒有跟著笑。這樣的冷場讓凱霖意識到自己的無禮。「善後」始終不是這個十四歲少年的強項，要不然他現在就不會留在這座公園裡進退不得。這個時刻讓他感覺到非常的愧疚，非常的抱歉，非常的尷尬，非常的窩囊，但是他說不出任何一句話，喉嚨裡彷彿壓著大石頭讓他就是無法將「對不起」這三個非常簡單的中文從口腔裡正確無誤地發音出來。

剛好那鬼鬼祟祟的年輕人又出現在工地外圍的馬路上，這次凱霖瞧見了那年輕人已經從外套口袋中掏出數位相機，利用口罩作為掩護，想要偷拍照。

也許是為了掩飾剛才的失禮，也許是想以行動表達對馬路兩餐照顧的感恩，也許是因為血氣方剛的青少年荷爾蒙，也許是伸張正義的動漫看太多；總之，凱霖丟下一句：「那王八蛋又來了，我去教訓他。」之後，整個人起身快步走向工地外，朝著拿相機的人直奔而去。

已經做爺爺的馬路，和退休的咕咕主人，兩個人的年紀加起來早就超過一百歲，這時候哪有體力與凱霖角逐短跑冠軍？只能眼睜睜看著這個小朋友，怒氣沖沖地衝向馬路上另一個鬼鬼祟祟的大朋友，兩人幾句話交鋒後一言不合頓時扭打在一起，慌亂之中也不知道究竟是誰先出手！當這兩個大男孩同時尖聲爆出粗口時，凱霖已經將對方的帽T扯下，露出及肩亂髮，用右手臂將他這顆頭顱夾在腋下，左手握緊拳頭機關槍似的猛敲對方的銳面小頭。賞金獵人這輩子大概從未遇到這種事，倉促之中被痛毆腦袋的他只會以本能不斷開闔大嘴想要咬住敵人。

在一旁原本輕鬆聊天等待出車的灑水車、貨櫃車司機，被這突然間的躁動驚覺，趕緊上前勸說解圍，卻也不幸被波及到這場打鬥，挨了幾個鬱悶的拳打腳踢。還好人高馬大的司機先生們，最後終於用力拉開了這兩個與工地一點關係都沒有的關係人，然而就在所有人以為戰爭已經平息的一瞬間，大家的耳邊都清晰聽見長髮年輕人用一種高於怪手引擎分貝的聲音暴烈嘶吼著：「我要告你們傷害罪！我立刻叫警察來，我要告死你們。」

●

馬路第一次來到警察局，他心裡默默地想：「今天的工錢大概又沒了。」

就法律行為而言，這一切與馬路一點關係都沒有，然而當警察要帶走凱霖的一剎那，這孩子可憐兮兮又無辜的眼神，讓馬路忍不住說出：「不要害怕，我陪你一起去。」可想而知，也讓他一天的工資泡了湯。

雖然如此，看到凱霖被打青了的眼窩，馬路還是忍不住心疼，跟警察要了冰塊，用自己擦過汗的手帕包裹著，做成簡陋的冰袋，遞給凱霖，教他自己先冰敷一下。

那個年輕人因為穿著厚重的連身帽外套與長褲，從頭到尾預先做好了防護措施，完全沒有任何的外傷與損失，只是到了警察局之後因為情緒激動流出了鼻血，順便藉這個理由在警察局裡哀哀叫個不停。

警察從數位相機中，看到最後幾張凱霖局部的特寫照片，雖然那年輕人一直嚷嚷叫著要告傷害罪，但是在沒有任何外傷的情況下，警察大人們私心希望能和解收場，早早處理完這件小事。馬路也以為這沒什麼大不了，就是小孩子鬧一鬧而已，等事情解決了，他還要回去繼續明天的工作，繼續賺錢養家。

直到凱霖的父母親來到警察局。

這對優雅的模範夫妻臉上看不到焦慮與憂心的神情，沒有人注意到凱霖臉上的瘀青，他們忙著跟警察說明已經找好了律師，在律師出現之前不會對案情有任何陳述；其餘的時間，他們不斷詰問凱霖過去一天的行程，當凱霖又因為鬥氣而支支吾吾說不出個所以然時，這對模範夫妻更加認定了凱霖的失語症是因為遭受綁架的關係，而唯一的主嫌就是靜靜坐在長板凳上衣著陳舊的老人馬路。

什麼？

「你不要怕。」凱霖的母親堅定地說：「被綁架之後很容易出現『斯德哥爾摩症候群』，就是對綁匪的情感認同。現在我們都來了，有我們保護你，你不要怕，大膽說出真相。他要多少錢？」

這不是凱霖想要的結局，從一開始離家出走，就不是為了這樣的動機。這對模範夫妻從來就沒試圖想要理解一個青少年的靈魂。他們以為這世界上所有的事情都跟錢與數字有關嗎？他們難道不明白深夜裡的一碗泡麵，或臉部腫痛時的一個冰塊都不是數字可以取代的溫暖嗎！

「你們不要再鬼扯了！我恨死你們了。」凱霖說完這句話之後，轉身背對著他的父母親，把頭埋進雙臂裡，彎曲雙膝蹲坐在沙發裡，肩膀微微顫動著。

「吼！」那年輕人看著這一幕《風水世家》的實境鬧劇，加油添醋跟著杜撰台詞，他悄悄走到馬路的旁邊，低聲跟他說：「原來你是綁匪。」

警察忍不住說句話：「這兩位家長，請你們先冷靜一下。綁架是重罪，不能隨便指控的。我們先來處理傷害罪的部分。」他轉頭看著提出告訴的年輕人，說：「這裡是醫院的驗傷單，醫師鑑定你完全沒有任何外傷，至於鼻血，也是到了警察局之後才流出來的。你要不要想一想，提告這個傷害罪有沒有意義。」

「警察杯杯你不要吃案喔。」年輕人得意洋洋的說。

「你要多少錢和解？」凱霖的父親說話了。

年輕人打量了眼前這位衣裝筆挺的中年男人，從頭到腳細細斟酌了半晌，說：「這位大哥你既然這麼有誠意，我也不囉嗦了。我的數位相機是最新款，經過令郎的破壞已經不堪使用，再加上我受到傷害的精神狀況，需要一段時間向心理醫師諮商與復健。我想二十萬應該勉強可以治療完成。」

「就這麼決定。」中年男人抬頭，剛好看見一群匆忙進入警察局，個個穿黑西裝白襯衫打著高級領帶的人們，便說：「我的律師來了，細節就讓你們去討論。」

年輕人看到對方使出這樣的陣仗，著實吃了一驚，恍惚間還以為惹到了什麼黑社會，他瞠目結舌，心裡暗暗盤算著萬一真惹到了幫派組織，在警察杯杯的見證下求饒，應該還會有一條活路。他心裡這麼想，卻開始默默唸著阿彌陀佛。

馬路始終安靜地坐在長條板凳上，這是一張與家鄉故居很雷同的木製長椅，坐在這上面，總讓他想起了爸爸還在世時，一家人圍著餐桌吃飯的光景。

當所有與傷害罪有關的文件都在警察局裡蓋章畫押雙方保證達成協議不再翻案之後，凱霖的父母親終於忘記了「斯德哥爾摩症候群」這個名詞，準備帶離家出走不到二十四小時的兒子返家。

凱霖默默無言任憑他的母親挽著他的手臂，連拖帶哄地要他跟著她走。這個十四歲的小朋友一直回頭看著他的「新朋友」與「老朋友」，卻屢屢被他的母親半強迫扭轉回頭。

一輛光潔漆亮的進口大轎車已在警察局門外等候，凱霖的父親早已經坐上車，黑色玻璃的車窗內看不到他的喜怒哀樂，只聽見他母親的頻頻催促。

就在凱霖快走到車旁時，他用力掙脫了母親的胳膊，朝警察局裡馬路的方向跑來，馬路依舊安靜坐在長條板凳上。凱霖伸出手，掌心裡握著一個濕透的手帕，他將手帕遞給馬路，說：「謝謝你。」

馬路微笑，收起了手帕，往襯衫口袋裡塞。

「這還是濕的。」凱霖說。

「沒關係，明天一定會乾。」

典型的馬路式幽默，讓凱霖會心一笑：「你說你媽媽已經九十歲了，這是真的嗎？」

馬路點點頭，回答：「是真的。」

「我還能再看到你嗎？」

「這裡的工作結束，我要回老家一趟，去看我媽媽。我也要孝順我媽媽。」

凱霖的眼淚再度不爭氣地流了出來，他低著頭靜默無語，半晌之後點點頭，彷彿自言自語：「我懂了，謝謝你。」

這一次，他不再回頭，朝父母親的汽車直直走去。

天空是一片橘紅色的晚霞，夕陽餘暉從對面的帷幕高樓反射進入警察局的地磚上，鋪成了一束束淺淺的光，彷彿微妙的金色地毯，迎接著馬路回家。

馬路站了起來，伸伸懶腰，心想：「我也該回去照顧我的汽車旅館了。」

位置

放錯位置，什麼都錯了！

我的好朋友夫婦，琦琦和汪汪，是標準的上班族，過著勤勉的朝九晚五的生活，這種勤勉是非常多方面的；像是大清早的第一件事，就是趕緊占領垃圾桶的位置，雖然統一收垃圾的時間是晚上七點鐘，但是自從公寓管理委員會貼出「誰家的垃圾袋丟棄在垃圾桶以外的範圍就要罰錢」的公告之後，整棟公寓住戶丟垃圾的時間不知不覺的愈來愈提前。有一天，汪汪的鬧鐘在五點零二分就響了，他揉揉睡眼惺忪的雙眼，問琦琦：「是不是早上有事？」

琦琦回答：「對！我要叫醒你到樓下去丟垃圾，因為昨天六點出門的時候，垃圾桶裡已經沒有位置了。」

人生的目標當然不只為垃圾桶而活，上班之後，還必須為爭奪停車位而奮鬥。

有一次，為了三公分的距離，汪汪和後面那部喜美車主當場就從馬路邊打進了醫院。

「你再退一點點，我就可以停進去了。」

「笑話，你已經超過了，這個位置是我的，你應該開走。」

繞了半個台北市，好不容易發現這個停車位，怎能說讓就讓？只差三公分而已，這個人怎麼這麼不講理？

「幹你娘！是誰不講理？你沒長眼睛啊？你已經超過了這個位置，應該是我的停車位。」

「幹！我娘不是給你幹的，幹你娘！你這人怎麼這麼不講理！」

「幹！」

話還沒說完，兩個人就扭成一團，打了起來，就差沒像野狗撒尿再度占領地盤，路邊的觀眾噤聲失語，沒有人敢挺身而出保衛公共領域的正當位置，只得默默利用公用電話報警，十分鐘之後警察老大來了，強行將兩個受了重傷的男人送往醫院，沒想到，到了醫院急診室，並排在同一個角落的兩個病床，不知為何又繼續前一場馬路秀的戰局，在醫院裡又演出全武行的鬧劇，最後只好將這兩個壯丁分送兩家不同醫院，永絕後患。

辦公室裡的卡位戰更是精彩，這種不流血戰爭殺起人來更是心狠手辣。

懸缺已久的副理職務，傳言將由空降部隊介入；這件事在公司裡處處議論紛紛，為了這個「位置」，那些流了一池塘口水的人們早已按捺不住，就在謠言無窮止的空氣中，魔掌也滲透其門而入。

其中付出最慘烈的，大概就屬小張，綽號「囂張」的小張，為了覬覦副理位子，不惜和重達九十九公斤的總經理女士上了床。

當然，在這之前，他還花了一大筆錢去塑身中心鍛鍊身體，保養皮膚，終於在一個剛被午後雷陣雨掃過的夕照中，讓總經理不小心瞧見了他透濕的襯衫下畢露的曲線，胸下那六塊隱然突起的腹肌，沿著腹股溝形成流暢的體能動線，直到鼠蹊部為止，讓總經理芳心大悅，立即叫進辦公室，換件新衣服。

這一換，就換出了兩條裸裎相見的肉體。

據總經理辦公室外的祕書透露，當時他只聽見桌椅相撞的聲音，原以為「囂張」說錯了話，惹惱總經理大丟東西；仔細一聽，才發現有人氣呼呼的呻吟，透過蕾絲窗簾向內望，一個不倒翁人形就這麼左來右去，右來左去，搖晃不停；才驚覺到這椿內線交易，原來是一個事先設計好的美男計。

使不出這招的其他男性，依舊想盡辦法旁敲側擊，有人動到總經理先生的腦筋，陪他上酒家找妹妹尋樂子；也有一群人打聽到總經理孝順雙親的祕密，於是買了貴重物品登門拜訪上達天聽；資質下焉者，只好無奈地請總經理的司機看電影，至少預先得知誰是未來的副理，以保證將來貼標籤的時候不會靠錯牆邊，由紅翻黑！

我的朋友，琦琦和汪汪，一年到頭殷實的工作，卻總是喚醒長官失憶症的慢性病。

「哎呀！最近實在太忙了，我又忘了把你的考績加等，現在送上去已經來不及了……不過別擔心，我跟你保證，像你這麼努力工作的幹部，實在是我最優秀的左右手，今年先委屈一下，明年一定升你，我跟你保證。」

長官的失憶症，不用提醒，每一年的年終都會自動復發；汪汪的位置，從十年前進公司時就是如此，過了十年，還在原地。

有一天，汪汪與琦琦心血來潮去約會，經朋友指點來到一家以義式咖啡打遍東區無敵手的卡布其諾專賣店，門前大排長龍，座無虛席，好不容易擠到門邊，一問之下，赫然發現想喝一杯大大有名的咖啡，必須等到日落之後。

「那還要四個小時耶！」琦琦忍不住驚呼。

「那有什麼稀奇？」一位穿著細肩帶碎花洋裝的紅髮女郎回過頭來說：「如果你要買王后蛋塔，必須在凌晨四點去排隊，等到中午才出爐；如果前面的人買太多，你排了一天的隊還不一定買得到，只好第二天請早。」

「什麼蛋塔這麼稀奇？」琦琦和汪汪異口同聲的問？

「葡式蛋塔。」

城市裡的卡位戰，吃喝玩樂，食衣住行樣樣含括，可憐這對認真工作，勤勉上進的夫婦，他們的位置，似乎就從來沒有擺對過。

唯一一次讓汪汪仔細思量位置的時機，是他差點有外遇的那段邂逅。

在美國念完博士的前任女友，單身返台，她在喝完一瓶紅酒之後，微醺著臉龐，輕柔的呢喃：「我到現在還沒有結婚都是為了你……」

這一句話，讓汪汪重拾生命中已經被折磨變形的男人自信，他差一點就要留在女博士的房間過夜，但是在爬樓梯時不慎摔倒，從三樓滾到一樓；女博士高高在上俯視他呈現大字形的糗姿，哈哈大笑；汪汪仰望女博士粗壯的腹圍和小腿肚，一股無形的壓力重疊累積，地形的弱勢讓汪汪自覺沒有玩火的本領，於是當下決定放棄也許旖旎浪漫的一夜情。

在那樣女高男下的位置裡，汪汪若有所思的明白，一個已經被錯置的位置，只可能導致更錯誤的結局；如果要避免位置放錯，只有選擇不動。

周而復始的生活形式，穩定的婚姻伴侶，一成不變的工作內容，日日夜夜，重複再重複的對話內容，就是這對殷實夫妻的一生。

除了，他們丟垃圾的時間愈來愈提前。

失去杏仁核

連續好幾天，Nana在電話答錄機裡不斷聽到這樣的雜音：「喔……愛……」數位式記憶體，連個可以拿出來倒帶重聽的錄音帶都沒有。

千禧年過後的世紀，愈來愈重視服務品質的人類社會，提供了從瑣碎到精緻的各項服務；我們不需要再打開抽屜，打開書櫃，甚至打開洗衣機，到處搜尋保證書或說明書，幫助我們解決機械上的問題，只要輕鬆的向人工管家／智慧型電腦，下達指令，它會立即由千萬個提供五花八門服務種類的公司檔案中，挑選出最適合的項目，然後，「生活替代服務公司」的專業人員，會在客戶無法等待的時間極限之前，即刻抵達，提供迅速又正確，而且面帶微笑的替換服務。

於是，她的科技人性化家庭，不到三十分鐘，已經換裝了一台全新的電話答錄機，以後只要在她的額頭黏上一塊具備紅外線的膠布，新型答錄機可以直接讀取腦波，接受她的命令。

「生活替代服務公司」的服務人員按照執行步驟，不得回收任何訊息資源，必須在客戶面前銷毀舊的答錄機；輕輕按下開關，雷射光束在不到一秒的時間就讓那個「古董」消失無形。

在舊式的電話答錄機被終結的剎那，Nana 彷彿聽到過去留言在答錄機中的點滴溫情，朋友熱情慷慨的邀約，愛人繾綣纏綿的戀語，媽媽仔細叮嚀的照顧，年歲走過幾乎一世紀的老父親，也曾經，在答錄機上留言，說：「孩子啊！妳長大了……但是，不要忘了……今天，是，妳的生日啊，孩子！……生日快樂！」

杏仁核 amygdala

千禧年以後的世紀，人類，只是地球上有能力做出無遠弗屆的移動的生物。

宇宙，是超越空間的移動；歷史，是超越時間的移動。

只要合乎嚴苛的申請資格，不論動機，不論目的，都可以輕而易舉的轉換現階段無法讓人滿足的座標。

人類的「距離」不再受到空間和時間的限制。

但是人與人之間的「情感距離」，卻愈來愈遙遠。

為了有效控制區域人數，新世紀的每一個生物都必須植入微晶片，只要是未經核准，擅自離開限制移動的範圍，中央電腦系統會立即發出警告，並自動釋放電流，讓晶片擁有者變形為頭下腳上的倒立形狀，寸步不移。

新世紀的一切是這麼自由，卻又被緊緊約束！新憲法中沒有任何限制，卻又哪裡都去不得！

我們的女主角 Nana 因此認真工作，堅守崗位。

新世紀的電腦會換算出一個人的工作環境，該搭配多少空間，劃分出適當的距離！對於擔任大樓保全人員的 Nana 而言，一張椅子，和充滿整片牆的液晶螢幕監視系統，就是 Nana 的第二個家。

讓我們回顧過去，Nana 的父母親都是頂尖優秀的科學家，爸爸專攻生化武器，媽媽最擅長的領域是腦神經醫學，他們倆人都是中央科學發展研究院的高級院士。

為了栽培獨生女成為頂尖優秀的人才，他們竭盡心力給予 Nana 最好的教育。十歲以前，Nana 已經精通九國語言，通曉宇宙天文，世界地理，全球藝術史倒背如流，音樂舞蹈功夫樣樣精通；Nana 曾經在父親的山區實驗室裡引爆一顆自製的小型核子彈；也曾經成功的複製出一隻具有人類基因的青蛙；當Nana開始接觸宗教和玄學，想要向人類面臨的終極疑惑——未來——宣戰的時候，這兩位科學家，驚覺到這名年輕女孩可能具有無法管束的影響力，他們以科學家的精神一致決定，讓孩子更加完美的方式，就是不要讓任何情緒和恐懼，成為操縱Nana的幕後黑手。

於是，他們決定切除Nana大腦中的杏仁核。

杏仁核，是一個史前時代就存在於人類腦中的組織，在人類進化史上，屬於比較老的邊緣系統，也因此，它把持住了人類思惟中很重要的一種舊式情感，它，就是掌管情緒的部位。

在千禧年以前的世紀，人類大腦的演化已經愈來愈精細，我們常聽到的「前葉皮質」，是腦中一個掌管計畫，決策，運籌帷幄的最高行政指導中心，它是主宰人類之所以成為其他生物領導者的主要機制，也是主宰人類趨向自我神格化的命運樞紐。

偉大的前葉皮質唯一的敵人也來自於自己，就是過多強烈的心理噪音！

這種心理噪音會不斷騷擾前葉皮質，使它失去既有的規律和理性，這個時候，古老的杏仁核會逐漸甦醒，等待進攻機會；當前葉皮質的作用戰敗，已經被激怒的杏仁核將愈來愈忙碌，直到更進一步讓低等的反應動作接管了高等的理性思考，此時，人的情緒也就隨之失控。

從實驗中發現，唯一能夠限制情緒失控的方式就是切除杏仁核；失去杏仁核的動物將不會再感覺到恐懼和惱怒；臨床病例也證實，失去杏仁核的病人會超乎冷靜的面對親人的死亡，這種近乎冷酷的表現，令專家也不寒而慄。

Nana 的高智商，使她的父母親憂慮理性與感性的失衡，為了讓 Nana 成為一個完美的人格典型，在她十歲那一年，失去杏仁核。

時間不是距離

人類的時間記憶愈來愈往前走，反而愈來愈少人記得「小時候」。

小時候，我們常跟大人說一些事情，他們都不相信，還會駁斥我們是無稽！比方說，如果我們對一個地方，或一個人非常熟悉，就像夢境重演一般，大人總是輕易嗤之以鼻，說：「那些全都是你自己的幻想。」

千禧年之後的世紀，科技帶領我們任意跳躍時空，我見到一百年前的我和一千年後的我，不再是虛擬的想像。

另一個時空中，身為國家領導人的 Nana 翻開歷史，發現了大樓管理員的 Nana 的存在；於是她決定與另一個 Nana 會面。

最巧妙的是，千禧年以後才存在的這兩個人，即使出現在不同時空，卻是如此相像，就連失去杏仁核的腦容量，都完全一樣。

就連一見面的剎那，第一出現的情緒，不是幻想成真的驚喜，不是擁抱的衝動，而是分析，這件事有多少成分的意義？

身為國家領導人的 Nana 說，她是三級貧戶出身，自幼苦讀，什麼執照都考到了，再加上努力奮鬥，才有今天。

印象中，施政最受考驗的一次，是一個飽受熱帶性低氣壓侵襲的夏天。

暴風雨肆虐過後的家園，人民的鄉村淹水了，國家領導人的專車行駛到遠處的高地，幕僚建議，為了保護她身上那件絲綢袍子，和那一雙精心打造的玻璃鞋，只要領導人在高地上揮手，表達關心，民眾就會滿足。

但是 Nana 決定，她要直接走進水淹最深的區域，讓汙水一寸寸浸到了鞋跟，褲襠，腰際，胸口，脖子，她要體驗真實的民意。

山中社區受到崩落的土石毀滅，數百個家庭斷水斷電；Nana 率領團隊，以步行的方式再度深入災區，她親自撫摸淹沒在土石流底層的屍體，祈求死者安息。一舉一動，清楚呈現在電視螢光幕前，讓全國觀眾不斷濕潤眼睛。

熱帶性低氣壓之後的反聖嬰現象，讓島國氣溫在一天之內升高了二十度，南方的一個盆地焚風把全城燒個精光，數千人成為焦屍；Nana立刻放棄領導人專機的權利，指揮這架巨型波音747深入被大自然唾棄的火葬場，救出僅存的難民。同時還呼籲富豪仕紳，共體時艱，將財產捐出來救濟全國百分之九十九受到天災迫害的無產階級。

千禧年之後的世紀，只剩下少數菁英積極為過去遭破壞的環境找尋解藥，多數人的命運仍然無辜的成為贖罪的祭品。

反抗軍逼近

這是一個不管經歷過多少個世紀，只要有人的地方，就一定會產生的問題。「抗爭」，可以容許任何荒謬的理由；曾經有人因為找不到牙線剔牙而在餐廳抗爭；也有人因為踢球扭到腳而前往健康總署丟雞蛋。

號稱「全民教宗」的年輕人，因為不滿意冰箱冷凍食物的溫度，讓他必須多等十秒鐘才能完全解凍，憤而號召與他具有同樣理念的人們，開始叛亂。

沒有任何交集的理由，這支由全民教宗所領導的反抗軍，聲勢逐漸壯大；他們甚至發展出「反微晶裝置系統」，只要經過由全民教宗集團所設計的儀器掃描，原本植入皮下脂肪，用來追蹤人民行動的「微晶片」立即失效。從此以後，反抗軍可以肆無忌憚地游移到任何一塊面積，團結群聚，武裝操演，而不至於形成被中央控制電流命令集體倒立的鬧劇。

民意也許難以泯滅，但民智很容易欺騙；全民教宗逐漸發展出一套怪力亂神的天堂之說，也逐漸吸引了一群在亂世中徬徨沒有目標的人群；他們占領了座標A緯一百二十度，C經九十六度的區域，以市政大樓為中心，放大圓周七十六公里，都成為反抗軍的基地。

這個基地逐漸擴大到，只差十公里，就要與領導人中心警衛隊成員肉搏相戰。

「妳怎麼辦？」像聽故事一樣的心情，大樓管理員的Nana脫口而問。

「妳會怎麼辦？」已經做出決定的國家領導人Nana，想知道另一個Nana的心情。

大樓管理員的Nana，被迫回憶起過去她曾經從事的神聖工作。

那時候，年輕又天資聰穎的她，是全國的最高安全指揮官；在一次反抗軍暴亂事件中，她的決定，毀滅了全國三分之一的人民。

那個指令，就是使用生化核子武器，讓反抗軍總部周圍一百公里的生物，全部化作灰燼。

也因為這個殘酷卻有效的作法，平息了抗爭，然而，Nana也成為前政府領導人的代罪羔羊，從指揮官降級為保全員。

最後一夜

Nana的爸爸媽媽，就住在被反抗軍霸占的城市西郊，屬於生化核子武器的輻射毀滅範圍。

兩個老人家，絲毫不知道死亡將近，此刻正安詳的坐在沙發上，各自翻閱著吸引他們興趣的書籍；客廳環繞音響正播放古老世紀的音樂家演奏名曲，電腦設定三十五分鐘後，當腦波對於同樣旋律的音樂逐漸疲乏之時，又會換成新世紀中期的嬉皮搖滾，但是才過了幾秒鐘，音樂又突然變成舊世紀義大利清唱歌劇。

「爸爸！專心一點，這個機器會讀你的腦波，你這樣想來想去，是不會固定聽一首曲子。」

樂聲戛然而止。

媽媽依舊低著頭，溫柔地透過厚厚的眼鏡片瞧著自己的老公。

音樂聲又響起，這次是一個小女孩跟著節拍唱兒歌，由她稚嫩清脆又不斷忘詞的歌聲中，聽得出來這個小女孩錄音的當時一定沒有超過三歲。

「想孩子啊？」Nana的媽媽問。

「明天就是Nana的生日，我們要不要為她慶祝一下？」爸爸高興的說。

「你又不是不知道Nana的個性！」

「做父母的，總是要表達一點兒心意。」

媽媽跟著思索了一下，說：「明天到她家裡去看看她吧？」

「不能，沒有向中央電腦預約，進不去的。」

「要不然，我們錄段話兒給Nana，她總該有時間聽一段聲音吧！」

「這是個好法子。」

Nana的媽媽在電腦上設定程式檔，只要把聲音錄進去，它可以自己執行成完整的功能，包括封面設計，目錄索引，以及準時在預定的時間寄出物件，讓收信人按照寄信人的旨意，在最適當的時間內收到禮物。

「說吧！」媽媽似乎也提前感染到這份歡愉。

「好……」

兩個人正在測試究竟要說些什麼話的時候，一顆威力強大的飛彈正在擺脫它的整流罩，毫不留情的準備執行毀滅叛軍任務。

●

結果呢？

兩個 Nana 再度不約而同，回到當時的情境。

戰後，她們回到曾經各自庇蔭她們成長的城市花園，每一個映入眼簾的畫面都是過去三十多年來再也熟悉不過的物件，那棵親手栽培的櫻桃樹，比前次看到的景況又高出許多，三歲時利用馬賽克瓷磚拼貼出展翅飛翔的小鳥兒還留在門鈴下方，當時爸爸媽媽就察覺出了小 Nana 的天賦，一起在創作旁邊用雷射光筆簽上名字：「爸爸，媽媽，和他們永遠的寶貝。」

走進屋中，正是一天的開始，標榜科技人性化的「生活替代服務公司」早就寫好了所有生活起居的程式；咖啡機自動磨豆煮好了兩人份的卡布奇諾，微波爐裡定時烘焙出香噴噴的低膽固醇蛋糕，一顆新鮮雞蛋自動從冰箱溜出，彈到高壓蒸汽鍋中數秒就成為健康的有機水煮蛋，還有音樂，古老音樂家韋瓦第的〈四季〉演奏出一天開始的輕快和信心。

地上散落著兩本厚厚的科學字典，一副厚重的近視眼鏡掉落在中央系統音樂處理機旁邊，Nana 走過去撿起眼鏡，輕輕拭去上面的灰塵。

這個時候，中央系統似乎受到了干擾，音樂突然終止，發出一陣刺耳的雜音，接著，斷斷續續地，傳出兩個老人家的對話：「可以了嗎？……可以了嗎？……孳孳孳……可以開始了嗎？……你先說吧……說什麼呢？……想對寶貝說的話！……好吧！……寶貝，爸爸媽媽都很想念妳，妳一定要……正當做人……誠懇待人……規矩做事……切實念書……孳孳孳……老頭兒，這些Nana都懂得，說些……心裡的話……心裡的話？……現在想說的！……好久沒有見到Nana了……對了……明天是Nana的生日……就祝福Nana生日快樂吧！生日快樂！」

留言到此瞬間結束。

兩個同樣理性，同樣聰明絕頂卻失去杏仁核的Nana，不到三秒就分析出所有過程的結論：

「人性玩弄科技，科技玩弄人性。」

死有輕於鴻毛

在我死亡之前，我一定要用筆記錄下我所生活的年代；當存在虛無到比空氣還稀薄，當意識混沌到比膿疽還令人作嘔，媚俗是人性中與生俱來的基因，典範裡的愛情故事淪落為利益交換的肉慾，貼上標籤的聖人將欺騙換來的信任做祭品，救贖是被催眠的廣告名詞，百科全書裡從來沒有為「真理」下過定義。

當生存被科學家和政客擺布成為商品，在市場交易時比尊嚴還要廉價，只剩下天際中偶然飄過的鴻毛，啟示我們一切都是那麼沒有重量，即使從來都沒有人發現，這個所謂的新世紀究竟還有沒有存在著大鴻鳥。

●

在學術界和實務界向來頂頂有名的蔡博士，擔任電視台新聞部總編輯時，都會為黃金時段新聞的黃金主播寫好一段開場白。

「各位觀眾晚安，歡迎收看全國新聞資訊。今天境內一共死了二十七個人，比起上個月的日平均數多了七個人，希望明天能恢復管制標準；今日按照人數多寡，我們為您做了排列，有八個人因為和鄰居，路人，售貨員吵架互毆致死；有七個人在高速路上撞死；五個人不知道為什麼被一發不可收拾的大火燒死；三個人分別住在北中南三區，卻同樣在家裡看電視時被搶匪亂刀砍死；兩個人在鬧區走路不小心掉到地下水溝道淹死；一個人在綠燈穿越馬路時遇到抗議示威群眾，據說是多看了對方一眼而被憤怒的群眾踩死；還有一個人自己打電話向警方求救，救護車找到他的時候已經不幸死亡，法醫檢驗他的身體已經全部癱瘓，唯獨陰莖僵硬挺拔，像顆化石，研判可能是服用某大藥廠的生存幸福丸所導致。」

馬主播唸完之後，非常氣憤，他回過頭去對著副控室大喊：「叫總編輯認真一點，這是什麼內容？觀眾會喜歡看嗎？就憑這幾個死人？根本不夠多，也不夠有趣，這些死法已經是家常便飯，天天都發生，我們要更刺激的，更不同凡響的，更有賣點的！」

工作人員你看著我，我看著你，不知該怎麼辦！這話兒，也沒有人敢跟蔡博士說；擠破頭皮進入這家全國性的電視台工作，不過就是混口好吃的飯，養家活口，總而言之也是為了求生存，誰也不敢得罪誰。

上次小李子的故事還歷歷在目。

曾經是大學新聞系的風雲人物，拿了好幾個獎學金出國深造，滿懷伸張正義，探究真理的抱負，風風光光地發表了好幾篇引起國際間廣大回響的媒體研究報告，順利在蔡博士之前就坐上總編輯的寶座，結果（據他本人表示），因為理念不同而辭職回故里，寧願當個賺時薪維生的老夫子！三個月後，他的嬌妻忍受不了這種經濟和社會地位的落差而自殺，小李子上了社會版頭條，從舉國皆知的媒體大亨，成為被社會學家和病態心裡學家研究的對象，情何以堪？據說他最後抬著一個心愛的鋼琴到處流浪，像個苦行僧一樣行腳奏樂，身材瘦小的他哪能忍受這種困頓勞累？沒有多久，在東海岸無人的沙灘上被人發現孤立著一台斑駁的舊鋼琴，它的主人早已不見蹤影。

「你說的是真的嗎？」

當我每一次重新述說小李子的故事時，一定會有個傻瓜發出這樣的驚呼！這個世界上充滿想像力的人愈來愈少，這樣的疑問就愈來愈多。

青年才俊小李子的消失，成為近代傳媒史上的一則公案，有人說小李子是戰後少數尚存良知的媒體人，是時代僅存的典範！有人將小李子背著鋼琴流浪的哀歌，譜成舞台上海枯石爛的愛情對話；也有人根本就不屑小李子的理念，說這年頭早就沒有烈士，理念只是用來敷衍能力不足的藉口，被競爭淘汰的止痛藥。

不管小李子的選擇在媒體或在小說、在人間掀起了如何的滔天巨浪，唯一可以確定的是，幾十年來的電視圈中，再也沒有出現過第二個小李子。

我之所以對小李子的遭遇這麼耳熟能詳，原因很簡單，因為我是那個見著了他最後一面的人。

作為一個失業的整型醫師，我始終不相信，人類的美貌和長壽竟然可以被藥物所取代。生化科技像海嘯般占領生活品質的空間，連續服用三十天的「厲發」，可以年輕三十歲！只要買一條「美美」藥膏，連黑人都可以變得白皙。雙眼皮，高鼻子，豐頰豐胸，瘦腿瘦臉，用吃的用喝的用抹的，就是不必用刀子！

那晚在無人的海邊，小李子正重複不間斷地彈著蕭邦的雨滴前奏曲，無處可去的我，正好靠近聆聽。他在連續彈了六個小時之後，突然回過頭對我說話：「你認為死有重於泰山？還是有輕於鴻毛？」

我想了一會兒，認為這樣的題目不能作為「是非」的選擇題，而是一個「相對」的選擇題。

「是非？」小李子嗤笑：「對於離群索居的人來說，是沒有是非的。」

於是小李子開始陳述他的一生，我聽完之後，只有一個結論，悲觀一點的說，我們都是被社會淘汰的產物；比較自慰的解釋，是這個社會再也容不下少數擁抱理念的菁英。

「我想再起！」小李子說：「在這個沒有價值的地方，我應該充分發揮自己的無價，既然活著跟死掉沒有什麼兩樣，我乾脆做一個搗蛋的亡者吧！醫生，幫助我，我要在極短的時間，變成另外一個人。」

在小李子的慫恿之下，我重新拿起了手術刀；三天之後，小李子改頭換面；三年之後，小李子搖身一變，成為在黃金時段報導新聞，人人景仰崇拜，視他說話為金科玉律的，馬主播。

他再度成為傳媒史上的教材；一場空難，由他播報的死亡人數一定是其他電視台的兩倍，讓數字和收視一同遙遙領先；大地震，他會強力宣傳記者搭乘直升機，由高空拍攝到家破人亡的精彩畫面，讓觀眾又恨又愛窺視捨不得轉台；他和名模、女明星、世家女的戀情天天見報；冬天到了，他脫光光在溫泉池裡水洗凝脂讓報社拍照，盛夏季節更有理由拿著自己的猛男寫真在各雜誌強力曝光；正當有心人開始拿他的行為大作文章，準備用學院派的教條嚴厲撻伐，馬主播突然宣布他已經皈依主耶穌，有個聖名叫保羅，身為教友，他祝福這個世界祥和，大家都安息，阿們！

●

當我正一步步走向死亡，我知道時間已經不多，在提筆準備書寫這個時代的記憶時，心頭只有一個不斷猶豫難解的疑問，就是當年這場手術，我到底造就了一個重新活過來的人？還是一個靈魂的死人？還是當死有輕於鴻毛的時候，這一切都已經是那麼微不足道。

自我實現需求

驕傲讓他忽視那些比他更強悍的狩獵者，
驕傲為自己造神，在沒有信徒的樂園孤獨。

春藥

一顆小小的藍色藥丸，竟然成為全世界男人矚目的焦點；尤其是在那種有錢卻缺乏文化智識的國度，原本用來作為挽救男人自卑感的信心藥丸，沒想到卻成為人人爭相購買用來展現性威力的春藥。

聰明的的生意人麥克斯，早就察覺到了類似威而鋼這種壯陽藥的無限商機，只是正當麥克斯處於關鍵性的時刻，決定是否要投資一千萬美金，作為開發像威而鋼這類生化科技的研究計畫同時，竟然就在那個節骨眼，發生了喬琪的事件。

喬琪……

縱然為了這個天真不解人事的女孩兒，麥克斯幾乎賠上了家族的信譽和公司的將來，但是，不知道為了什麼，即使在事後再度想起她，心裡頭還是會浮起一絲絲的甜蜜與感動。

當麥克斯遇到喬琪的時候，她還是個企管研究所的學生，為了完成論文中的田野調查，經過學校老師的推薦，她來到了全國第一大企業接班人，同時也是學校兼任教授的麥克斯的辦公室；留著一頭長長直髮的喬琪，笑起來臉頰上有著兩顆淺淺的酒渦，她的眼睛裡透露著不知人情事故的單純與天真，就像她身上穿著的，繡有白色蕾絲布邊的紫色小碎花長裙的老式洋裝一樣，和這個新潮摩登的時代，完全脫節。

麥克斯看著她腳下的粉紅色短襪，坎進一雙不合時宜的紅色膠皮淑女鞋，忍不住搖搖頭，這樣的裝扮，和她絕美脫俗的臉龐，是那麼不協調，上帝怎會這樣安排，讓這樣一個清純如天使般的女孩子，包裹在一堆毫無時尚美感的破布裡，簡直是糟蹋了她的美麗。

於是，這一場男人與女人的對話，並不是從企業家如何經營多元化事業的理念開始，而是，從藝術開始。

麥克斯指著辦公室裡一張林布蘭的素描說，如果沒有光和影，林布蘭就不會成為一代藝術大師；就像一個美麗的女子，如果沒有裝扮，就無法凸顯她與眾不同的美麗，接著，麥克斯談到了自己的美感經驗，對流行時尚的態度，以及，從他的眼中所看到的喬琪，應該是什麼樣子。

那一整個晚上，喬琪都用一種飢渴而崇拜的眼光，直直盯著麥克斯瞧，她點頭如倒蒜，就像小學生聽老師教誨一樣，一句話都不敢反駁，而且還面帶微笑。

清純而善解人意的喬琪，溫暖了這個冷酷的企業家的心。

打滾商場二十多年的麥克斯，早就學會愛情遊戲只能和那些情場老手，玩耍著不留痕跡的一夜情；面對這個新鮮又初入社會的小女生，還不知道她的口風緊不緊？能不能作為情感上短暫的避風港？彌補和年華老去的妻子之間愈離愈遠的肉體空虛？

這一場愛情的騙局，一開始的確是依照著麥可斯打好的如意算盤進行；年輕單純的喬琪，果然掉入了他的溫柔陷阱；每到黃昏時刻，麥克斯那輛氣派非凡的黑頭高級轎車，老早就在喬琪的學校門口等待，迎接這個不解人事的校園美女，走入麥克斯滿腹心機又對愛飢渴的晦暗世界裡。

他們之間，從一個單純的師生關係，沒有多久，就進入了朋友關係；終於，在一個下著微微細雨的夜裡，孤寂的麥克斯，再也不願回去面對空虛而沒有溫暖的豪宅，那個夜晚，面對著低頭默默不語的喬琪，他突然渴望找到一個沒有負擔的人傾吐心事，在她面前完全的放鬆自己，不再武裝成企業強人！

喬琪的害羞，聰慧，安靜，美麗，在那個當下，成為無可替代的唯一；麥克斯帶著她走進飯店，那一夜，他讓她變成一個真正的女人，也成為她生命中的第一個男人。

「作為一個企業之神的兒子，妳知道有多苦嗎？」經過一整夜的情話綿綿，這是麥克斯在那個晚上，唯一說出口的心事。

蜷縮在他懷裡的喬琪，竟然默默掉下了兩行清淚。

「你放心！」喬琪小聲的說：「我一個字都不會說出去的！我只要你心裡有我，愛著我，惦記著我，不要……忘了我，我會永遠永遠，把你放在心裡，也永遠永遠，為你保守祕密。」

喬琪……

麥克斯聽到她這一席話，心裡的石頭更是落了地；閱人無數的他，果然是沒有看走眼，這個從來沒有離開過學術象牙塔的乖女孩，的確就像他所料想的無知又單純，只要唬唬她，她就把他當作神，輕易的被他所收編；從今以後，只要是麥克斯說的話，對卑微的喬琪來說，就是聖旨，不得違抗。

只是他萬萬沒有算到的是，就在他們祕密交往一年之後，喬琪竟然會在研究室裡，被即將退休的生物研究所老教授強暴！

聽到喬琪在電話的那一端哭訴著悲慘的遭遇，麥克斯衝動的忘了自己的身分，親自連夜趕到警察局裡，他一心一意所想的，只為照顧孤單無依的喬琪。

只是沒想到，這樣一件小案子，竟然還是曝了光；眼尖的攝影記者也不知道趁著什麼時候，拍下了麥克斯擁抱喬琪的照片，第二天，竟然就堂而皇之地登上了社會版頭條，造成輿論。

「企業王神的接班人，首富麥克斯，愛人遭強暴，校園戀情曝光。」

麥克斯氣憤地將報紙摔在地上，忍不住口出穢言：「幹！胡說八道。」

報紙上舉證鑿鑿，當然不是胡說八道。只是從小到大凡事都能夠呼風喚雨的麥克斯，這一次，真是踢到了鐵板。

「……不過涉嫌強暴的胡姓教授，堅決否認犯下強暴罪行；該名教授在學校已任教三十年，聲譽頗佳，且廣受學生愛戴。同時，胡教授的多年好友，亦是該校的教務主任XXX在接受記者專訪時也表示，胡姓教授曾經五度獲得優良教師楷模，曾獲十大傑出青年獎章，是一位品學兼優的模範老師，胡教授與其同在大學任教的妻子，時常支援校內外公益活動，並收養國際孤兒，深受全校師生愛戴，不可能會因為一時衝動，就犯下這宗令人髮指的不倫之罪。這件強暴案幕後必有其他原因，警方正深入偵辦，期望能水落石出，將真相還給社會大眾。」

「胡說八道！還不是貪戀美色，天下的烏鴉一般黑，就算是教授也是個男人，色慾薰心時，什麼勾當幹不出來？」麥克斯一邊看著報紙，一邊咒罵著。

自從發生了這件事，膽怯的喬琪再也不願到學校去面對同學，獨自承受輿論；麥克斯便利用這個時機，將喬琪暫時藏在臨時租來的套房裡，和佳人共度暴風雨後的小小的安寧，同時繼續編織著這片殘缺的愛情美夢。

但是傳播界抓住了這個全國最富有的家族繼承人，和校園美女的婚外情八卦題材，又怎會輕易放棄？當然是大炒特炒一翻，坊間所有的大報小報，期刊雜誌，整整一個多月來，不斷的以麥克斯和喬琪的照片作封面，甚至還用電腦合成出了結婚照。更厲害的媒體還挖掘出麥克斯過去一篇篇，包括到澳門嫖妓之類的更為不堪入目的情史，即使是麥克斯的父親，也難逃狗仔隊的扒糞陰影，企業之神如何擁有五個老婆的通天本領，竟然也上了小報頭版，讓全國首富的家族形象在瞬間跌到了谷底。

接著，報紙又揭發了一項更具爆炸性的內容：

「全國最高學府的強暴案，發展出驚人的商業間諜案外案；胡教授坦承他正在實驗一種最新生物科技藥品『威發』；這是一項由美國某州立大學生物科技實驗室，最新研發出，可以提供陽痿男性局部塗抹，造成陰莖勃起的壯陽藥，其功能比起目前風靡全球的威而鋼，不但藥效持續時間更長，體外局部用藥又沒有副作用的疑慮，堪稱是最新的生物用藥技術。目前『威發』已經通過美國藥法規定的第一次臨床實驗，而該項藥物所引起的生物科技震撼，一但實驗成功，合法上市，勢必影響到目前全球其他壯陽藥的市場，想當然，威而鋼的寡占勢力也將面臨新的挑戰，全球五十億美元的大餅勢將瓜分。……」

「據了解，這項新產品原本正是企業家麥克斯，在離開其父庇蔭之後，獨立募資所創立的『恆星生物科技公司』打算獨家收購為亞洲地區總代理，並預料在該項藥物合法上市後，一舉反攻其父企業之神所占有的藥品市場。如今因為一樁意外的校園強暴案，不但使得這項新產品提早曝光，更暴露出全國首富企業之神的家族內部鬥爭，企業家第二代的王子復仇記，對象竟然是自己的親生爸爸，怎不叫人唏噓？更值得觀察的是，『威發』新藥專利，目前仍屬美國某生物研究實驗室主持人江博士所有，本報記者也獨家詢問到江博士並未授權台灣恆星公司合法代理該項產品，目前『威發』還在實驗階段，預料在美國合法上市還須數年光景；因此『威發』的意外曝光，究竟純粹是一場在商言商的交換利益？還是涉及到竊取商業機密？仍有待當事人對外澄清。」

「胡教授……他怎麼可能拿到這個 sample？」

麥克斯忍不住質疑。

他祕密進行這項投資計畫，已經很久了；最初是因為年近五十，性能力逐漸衰退讓他失去了自信，雖然一次又一次用錢買來了肉體上虛榮的撫慰，但是，他知道這一切都是假的！包括父親曾經答應脫離領導核心，權力下放，讓麥克斯真正獨當一面，成為家族領導人，也都是假的！更別提那些辛辛苦苦研究出的轉投資企劃案，麥克斯不只一次的告訴父親，傳統產業一定要面臨轉型才有前景，生物科技就是二十一世紀的顯學之一。

但是，被人們譽為企業之神的父親，根本聽不進麥克斯的建議。

麥克斯活到了五十歲，在父親面前，還是像個孩子；從他一出生，就註定了受父親操縱玩弄的悲劇，海外留學，結婚生子，繼承事業，一件件，都必須按照企業之神的經營藍圖來打拼，萬一不幸出軌了，就像這次鬧上媒體的婚外情，便理所當然的成為父親無法容忍的重大瑕疵。

要情人？還是要父親？竟然成為麥克斯必須選擇的兩難困境。

「我什麼都不要了！」麥克斯心想：「我只要自己的江山，自己的事業，等到我用實力打造出屬於麥克斯的王國時，要什麼還怕得不到嗎？……哼！父親！只怕那個時候還緊抱著夕陽工業的父親，恐怕還要回過頭來求我麥克斯拉他一把呢！」

這就是為什麼麥克斯會積極參與「威發」的研究計畫的關係，因為他已經看準了下一個世紀，必定是屬於生物科技的世紀，只有贏在起跑點上，才有機會成就麥克斯的首富王國，才有可能真正脫離父親那無所不在的陰影。

「威發」的特色，就在於這項新發明是一項革命性的新技術；人的性慾，不只是一項生物性的衝動，還關係到荷爾蒙的分泌，男人會勃起是因為陰莖裡有前列腺的關係，當男人產生性慾，前列腺會促使陰莖中的海綿體勃起，但是隨著男人發生老化的現象，或是有血管疾病，神經因素，內分泌失調，受傷，肝、腎疾病，糖尿病，生殖器官病變或藥物副作用的關係，造成海綿體無法像從前一樣正常勃起，於是陽痿的惡夢就開始了。作為一種壯陽藥，「威發」和威而鋼最大的不同，就是威而鋼必須吞食，它所造成的亢奮是屬於全身性的，因此目前臨床實驗上還是出現了因為食用過量造成心臟痲痹的後遺症；而「威發」，是外用的局部塗抹劑，它本身就是一種前列腺補充劑，過去在一九八六年曾經有人研發出，直接利用針筒注射前列腺素進入海綿體，但是使用不方便，再加上做愛做的事之前，要先在寶貝上面打一針，實在是有點難為，因此這個方式只用於醫療行為，無法普及到一般大眾；但是，「威發」已經克服了這個困難，現在只要將這個軟膏狀的前列腺素直接塗抹在陰莖上，透過皮膚滲透，就能夠使得海綿體膨脹，進一步達到勃起的功能，挽救了男人的自尊。

更重要的一點是，這樣的前列腺素還會影響到腦下垂體的荷爾蒙分泌，刺激性慾的念頭，使得性交不只是滿足生理需要，在心理上，同樣可以感受到性愛的美妙和渴望。

從小就在交織著金錢，情慾，與謊言的財團中成長的麥克斯，當然一下子就嗅出了這項事業裡的無限商機，當時他立刻與美國實驗室的負責人江博士聯絡，並允諾先行投資一千萬美元的研究經費，以及協助前往大陸及東南亞國家設廠量產，一但亞洲地區可以先行通過藥物檢驗，上市發售，江博士必須毫無異議的將「威發」代理權完全委託由麥克斯所投資的恆星生物科技公司，率先壟斷市場，賺取贏在起跑點上的金錢。

這就是麥克斯打造出的如意算盤，而且眼見計畫就要實現，因為中國地區的臨床實驗即將通過審核，預計兩年後可以量產製造，這一來，麥克斯的新生物科技王國的美夢，就要實現了！

雖然現在必須面對著外界的風風雨雨，但是麥克斯已經信心滿滿的準備迎接他的王國，只是有幾件事情還想不太通，對於整個「威發」的投資案，一直是祕密進行的，為什麼會被記者挖出那麼多內幕？而且江博士，他又為什麼要否認曾經與恆星公司接觸？還有，最近喬琪簡直變成了蕩婦，奇怪的是一個剛剛歷經強暴夢魘的喬琪，竟然絲毫不會抗拒麥克斯的求歡，她整個人都變得開竅了，甚至積極主動；她彷彿變成了一隻老虎，日夜需索無度。

「告訴我，那一天，到底發生了什麼事？」麥克斯忍不住問了這個問題。

喬琪的臉突然一陣紅，故意別過頭去，假裝沒有聽到麥克斯的詢問。

「那天到底發生了什麼事？」

喬琪愈是閃避這個問題，愈讓麥克斯起了疑心。

「我們再做一次，好不好？再愛我一次！」

身經百戰的麥克斯怎麼可能察覺不到喬琪詭異的變化？他一把抓住她的手，聲音變得嚴肅而冷酷，他幾乎是一個字，一個字，清楚的開口問：

「妳快告訴我，這到底是怎麼一回事？」

「我……我……我不敢說……」喬琪終於恢復到她過去害羞純真的模樣，一滴滴圓潤的淚珠不斷地從她的眼角流出：「麥克斯，你不要怪我……」

麥克斯等著喬琪說出答案，究竟為什麼從強暴案發生後，她就變成了另外一個人？當初在警察局，堅持不肯去醫院驗傷的也是她，但另一方面又堅稱遭到強暴的也是她，這最初的疑雲，隨著強暴案所衍生出的案外案愈來愈多，也就愈來愈受到忽視，今天，麥克斯終於要弄清楚，這一切，到底是怎麼一回事？

「這一切，都是她逼我做的。」

「他？他是誰？是誰逼你的？」

「她……就是你的妻子，黛安娜！」

「黛安娜？那個什麼都不懂的女人黛安娜，跟這件事有什麼關係？」麥克斯愈聽愈糊塗。

「你錯了！黛安娜一點都不笨，整件事情，完全都在她的掌握之中；麥克斯，我們永遠都逃不過她的手掌心。」

「我不懂！我跟黛安娜結婚二十年，難道我還不夠了解她嗎？」

「沒錯！那件強暴案，是我捏造的，目的就是要讓你的投資計畫見光死。我們第一次在西華飯店約會之後，黛安娜就盯上我了；我知道她一直找人跟蹤我，但是我不在乎，因為我擁有你的愛！三個月前，她突然出現，拿了一堆照片給我看，那是你到英國出差時，和兩個外國模特兒上床的照片，鐵證如山，我當場就忍不住痛哭起來！然後她告訴我，她經歷過比我更悲慘的事，但是她都熬過來了！為什麼呢？因為她一心一意的要報復，現在，機會來了！我們兩個聯手，一定可以把你鬥下地獄！……我當然不答應，可是，一個星期後，她又拿出了你在香港跟空姐一起去酒店過夜的照片，我再也不行了！於是我答應了她，選在你剛回國的那段期間，在研究室裡和胡老師演出一段虛構的強暴案。」

「我不懂！」麥克斯幾近咆哮的吼著：「這對妳，對胡教授，有什麼好處？為什麼你們都甘願做那個女人的走狗？」

「胡教授是學生化科技的，一聽就知道『威發』是非常有潛力的新藥，但是憑他的積蓄，這輩子頂多靠教教生化科技的知識存點老本，想要靠生化科技發財，根本是天方夜譚！但是，黛安娜給了他機會，只要在這齣戲裡暫時充當一下無罪的嫌疑犯，黛安娜答應『威發』上市之後，分給他百分之十的乾股。」

麥克斯聽到這裡，終於明白，這一切，原來都是女人的陰謀。

「那妳呢？」麥克斯的聲音變得憔悴：「這樣做，對妳又有什麼好處呢？」

「說實話，我在你身上學會了許多東西，也謝謝你在這一年裡教會了我許多人情世故，還有進入社會的許多第一次；但是，活在別人的陰影之下的努力，到頭來，一切都是白費心機。」

「妳不再愛我了嗎？」麥克斯只想問這麼一句話。

「什麼是愛情？當你不斷周旋在陌生的女體之間，玩著自以為新奇浪漫的愛情遊戲時，愛情對你來說，比春藥還不實際。……喔！順便告訴你，『威發』的威力不只可以運用在陽痿的男人身上，連女人的性慾，它都可以產生影響力。有了它，我何必還要你？而且黛安娜說，江博士已經簽下授權合約書，從此以後，『威發』也不再屬於你。不過你放心，『威發』在我們的手上不會搞砸的，因為幕後真正的大老闆還是你的父親。」

麥克斯聽完這番話，身子深深地跌入沙發裡；「權力就是春藥」這句名言在麥克斯身上獲得了最好的印證，戰敗的麥克斯失去了權力，再也激不起女人的情慾，現在落魄的模樣，恐怕連世紀新藥「威發」都救不了他了。

美，到這裡為止

魏家第二次娶媳婦，依然是典雅精緻的方式，大約十桌，客人都是雙方的親戚好友。魏家只有這一個寶貝兒子，儀態俊朗，秉性謙良，還是留美的醫學藥學博士，卻不知為什麼，第一次婚姻不到兩年，妻子就意外死亡，讓這個模範家庭蒙上了陰影。所幸，幾年之後認識了現在的女友，具備和亡妻同樣純美天真的特質，兩人交往一年之後便決定互許終身。

最高興的莫過於魏太太！人人都知道她疼媳婦，想當年兒子才準備娶親，就在中正區用媳婦的名字買了間房，給小倆口單獨居住。魏太太說：「女兒上班方便就好，不要太累了。她工作認真，常常加班，晚上都在辦公室吃冷便當，我看了好心疼。」

左鄰右舍也經常看到她拎著一袋袋的鍋子保鮮盒進進出出，每次問她又去哪裡採購了好東西？她總是笑著說：「給女兒做些菜，燉了雞湯，讓她補身體。」

只是沒想到這幅溫馨的畫面出現沒有多久，這個女兒就突然過世了，魏太太幾乎整整一年沒再笑過。到她家作客的人都知道，客廳裡還擺著「女兒」的照片，有時候她望著望著，眼睛裡亮爍爍的閃著瑩光，就怕一喘氣那淚珠兒即刻崩堤潰下。

「誰家女孩兒要是能夠嫁到魏家，真是有福氣啊！」只要是認識魏家的親朋好友都這麼說。

過了幾年，福氣終於來了。這次的婚禮，魏太太同樣準備了一個小皇冠，螺旋與花紋的復古歐洲皇室風造型，底座是純白金鑲嵌水晶與碎鑽。她希望媳婦能夠戴著這頂璀璨發光的小皇冠出席晚宴，這是她唯一的心願；當然，還有一顆一點五克拉的結婚戒指。

新娘子在化妝間裡嬌羞的笑著，平胸蕾絲軟緞的白色禮服襯托出她柔美的肩頸弧度，還有性感的鎖骨。她沒有染髮的習慣，一頭烏黑的秀髮束高盤繞包頭蜿蜒著幾捲浪漫尾束，素雅的她只需瞇眼微笑便讓人著迷於隨和的氣質，她的靈活大眼攀上任何色彩或珠光寶飾都顯多餘。

「一定要戴上皇冠嗎？現在已經不流行了，感覺很老土。」負責梳妝的新娘祕書輕聲詢問。

「我也覺得很奇怪！」新娘子微微聳肩，嘟起小嘴：「沒辦法，我婆婆說的。」

「那她可以自己戴啊！」新娘祕書半開玩笑的說。

新娘子與新祕兩個人透過鏡子，交換了眼神，相視而笑。

皇冠還是穩穩地卡進了新娘子的髮頂，不管是不是褪流行，戴上皇冠的新娘子真像個童話中的公主，彷彿前方等待她的是一座嶄新的琉璃城堡，那兒只有鳥語花香，宮廷歌舞，沒有陰暗的閣樓，也沒有死去的前妻幽魂縷縷。

「那件事，妳會不會害怕？」新祕是新娘子多年的好友，她忍不住問。

「那是一個意外，沒有人願意發生這樣的事情。但是這些都已經過去了。」新娘子用吸管啜飲一口水，迅速吞嚥，彷彿急於安定心情：「從今以後，我要給我先生幸福。」她微笑的說。

魏太太就在這個時候走進化妝間。

同樣梳著聳起的包頭，她卻素淨得像是水墨畫，小小的瓜子臉配上大大的眼睛，纖細的身材，一襲合身的斜紋軟呢鑲珍珠邊抽絲圓領七分袖，搭配同材質窄裙的純白色套裝，乍看之下就像是新娘子的姐姐，一個高階上班族的姐姐，也許剛剛從辦公室趕過來，也許剛剛結束與好朋友的下午茶，也許剛剛聆聽完一場下午演出的歌劇，若不是她的衣襟別著一朵紅綠紫濃豔誇麗的花束，下方有張紅紙條寫著「男方家長」，她這身典雅的裝扮實在很難與喜事臨門的親家母身分產生聯想。

新娘子立刻稱呼魏太太：「阿姨！」

魏太太笑著走過來，靠近新娘子身邊，伸手輕輕撫摸她的耳垂下方直到下巴，安靜認真地凝視「女兒」，眼神游移著從皇冠到眼睛、鼻梁、耳朵、嘴唇，下巴、胸口，像是在審視一件藝術品。許久許久，才緩慢溫柔地說：「以後要改口叫媽媽了，好嗎！」

新娘子的臉頰猝然嫣紅一片，害羞地抿了嘴。

「媽媽好喜歡妳。妳知道嗎？」

新娘子彷彿接收了聖諭，睜開了她的大眼睛，定定凝望著她的「媽媽」，菱角嘴的線條盡頭揚起，剛剛好賞心悅目的角度，不斷點頭，像個被設定程式的洋娃娃，美麗而規律。彷彿人生只要按照程式布局，穩定演算，結局終會皆大歡喜。

魏太太喜歡女兒。

她總是想著，如果有女兒，一定會把她打扮成公主，或是洋娃娃。她會梳理女兒那一頭捲曲如波如浪的長髮，要有一點點工整的瀏海，剛剛好拂過濃密的睫毛，讓大眼睛顯得更清純立體；她會天天燉補品，調理女兒的氣血均衡，讓皮膚光澤亮麗，尤其在稍微做些激勵肺活量的運動之後，小巧的朱唇輕輕喘息吐納，臉頰自然湧現瑰色腮紅，那是最健康的顏色，最純真的激情，也是母親的功勞。女兒長大之後，可以陪著她說些女人之間的心事，她們會手牽著手一起逛街，對服飾店櫥窗裡的模特兒造型品頭論足，也會討論皮包的款式。魏太太品味高眼光準，不迷信名牌卻總能買到質感一流的衣裳，她會把這些戰利品全部傳承給女兒，期望她不要太奢靡。不過她最渴求的是女兒願意與她分享戀情，將來會把收到的第一封情書給媽媽看，也許不會，但是她祈求女兒至少能夠偷偷告訴她，她的第一次給了哪一個男人。

可她偏偏沒有懷上女兒。

生出個小壯丁，所有的幻想都落空。自己的兒子，只有在兩歲左右的時候最好玩，沒有意志力的小肉體，任憑擺布。那時魏太太偶爾會偷偷給兒子穿上雪白蓬鬆的綢緞織紗芭蕾舞裙，鑲編蕾絲的燈籠袖上衣，白色褲襪，再套上一雙發亮的漆皮圓頭迷你淑女鞋，囑咐他安靜坐在沙發上，讓她默默欣賞。

當時兒子還不懂事，只是微微皺著眉頭，不斷伸出雙臂，希望媽媽抱抱。「噓！」魏太太柔聲的說：「我們在玩畫畫的遊戲，現在你是一幅全世界最美麗的圖畫，讓媽媽好好的欣賞一下。」

兒子有幾個堂姊妹，小時候經常相處在一起。魏太太帶小孩的方式跟一般的母親有點不太一樣，比方說從來不會由她口中說出「嗅嗅」這種疊字，如果孩子受傷了，跌到了，或吃東西不專心咬到自己的舌頭，她會說：「流一點血是好的，可以增加新陳代謝。」學齡前的孩童誰聽懂得「新陳代謝」這種名詞？每個人看到她對於疼痛和傷害這種直接剖心砍骨的感官表現出異常冷漠而堅定的態度，便已經嚇得說不出話來了，哪裡還會記得撒嬌求救的本能。

魏太太倒也不是個童話裡的後母，對待非婚生（甚至婚生）子女都這麼沒有慈悲心，她也會製造一些生活中的樂趣，比方說給孩子們戴假髮這件事。

年輕時候的魏太太也是個時髦女性，會買幾頂假髮搭配出門的心情。梨花頭、妹妹頭、赫本頭、鮑伯頭，時常讓人耳目一新，卻也分不清楚哪一次才是她的真面目。

這些假髮直到她生了孩子依然完整保留著。兒子三歲多一點，還是具備可以安靜坐在椅子上的溫柔品性，相較起來他的堂姊妹卻多了一點浮躁，女孩子細高分貝的嗲言嬌語固然讓人耳順，但是毫無忌憚的挪來動去則有失淑女的身分，像隻蜜蜂似的嗡嗡擾擾不停。於是魏太太說：「我們來玩改變造型的遊戲好嗎？」

女孩子對這種讓自己變美變新奇的事物彷若有著與生俱來的天賦，紛紛乖乖坐下等待嬸嬸的巧手改造新面貌。

她將年紀最大的女孩戴上赫本短髮，還配上一條珍珠項鍊；年紀居中的是妹妹頭，裸露的頸項間搭配一條鏤空真絲繡花的粉彩披肩；年紀最小的女生，選擇中長過肩的梨花頭，雖然有些笨重，但髮際上那個鑲滿碎鑽與山茶花造型的髮箍著實令人亮眼。

兒子呢？她將自己最珍愛的大波浪栗色長髮，套在他的頭上，兒子頭顱小，不需費力立刻完成新造型。俏麗的瀏海斜掛在他光潔白皙的額頭，順著耳際形成靈巧的弧度，長度到他腰間的頭髮，蜿蜒成捲曲螺旋的線條緩緩而下，如絲綢般綿延在他圓滑脂美的手臂上。兒子遺傳了媽媽的大眼睛，濃密的睫毛，一雙嘴角上揚的飽滿小嘴，和一個可愛的下巴。他比他的堂姐妹都還要美麗，戴上假髮之後，他比任何人更像童話裡的公主。

那個片刻分外寧靜，彷彿人世間所有的美好，可以永久停留在這個畫面裡。四個還沒有開始讀小學的孩子，在自己的世界裡天真，在家的宇宙中純潔；柔弱的軀體取悅著成人的審美觀，是青澀與老辣的綜合體，她們的月經還沒有來，唯一的男孩朦朧於勃起的慾望，這個社會還沒有玷汙他們，因為他們還沒有玷汙自己。

「好美喔！」年紀最大的女孩不禁脫口而出。

戴上可愛如公主般假髮的兒子，當時還不了解美的定義，聽到這句話之後，也感受不到讚美的樂趣，只是微微皺起眉頭，狐疑地看著母親。

「你好像洋娃娃！」妹妹頭的二小姐跟著說。

沒想到兒子聽到這句話，竟像是聽懂了，開始搖頭說他不要！不要！

一個漂亮的洋娃娃吵鬧著說他不要當洋娃娃，這件事對其他三個真正的肉身洋娃娃來說，感覺異常有趣，而開始大笑起來。或許她們還不明瞭這就是喜劇，建立在諷刺的基礎。她們應該感覺不悅，因為自己才是這場喜劇的主角！

魏太太緩步走向前去，抱起她的「小公主」，將這塊肉牢牢擁進懷裡，輕拍他的背脊，跟他說：「好。美，到這裡為止。」

大凡美麗，應該留駐，讓人片刻欣賞，讓世界承負即使只多出一分鐘的賞心悅目。但是美麗，從來留不住，它常常在被埋葬之後才使人驚覺，如果當初願意施捨一分鐘。

而美麗已經哀亡，殘存的都是複製品，精準卻失去意義！

美男子嵇康「俊傷其道」，廣陵散佚，人亡音不存；聲無哀樂，美即是美，毋須理由，只為停留。

在春花正豔時呼吸。

芙蓉都會成為斷根草：「以色事他人，能得幾時好？」歷史證明了人間沒有一輩子好的事情；但是能有一時的好，便也曾經好過。那麼這算好還是不好？

魏太太時常想像，卻想不透澈。或許也因此她創造了自己的哲學，讓美停留在最美的那一刻，便是好。

最美的那一刻。

游泳池裡青春的女體，三兩成群，穿著平胸荷葉花邊搭配小圓裙與菱格或幾何圖案的泳衣；或是細肩帶緊身萊卡材質短上衣與貼身迷你短褲，都是夏季新款，與魏太太身上一件連身式的泳衣大不相同。這並非魏太太保守不知與時俱進，如果有人仔細端詳魏太太身上這件極薄極貼身的泳衣，會發現它的材質很特殊，異於一般泳衣的光亮，也比萊卡布料透明一些。只有行家才會明白，這是二〇〇〇年雪梨奧運讓澳洲選手伊恩索普勇奪三項金牌的祕密武器——鯊魚皮泳衣。以聚氨酯纖維為主要材料的創新高科技，在二〇〇七年讓全球穿上它的游泳運動員，再度打破了二十一次的游泳世界紀錄。

當運動精神已經不再是純粹意志力與體能極限的競賽，便失去了運動精神的本質，國際游泳總會決定從二〇一〇年開始在正式比賽時全面禁用鯊魚皮泳衣。

魏太太念小學時是游泳校隊成員，最高成績是北市運動會個人四式混合銀牌。她擅長蝶式，但最喜歡自由式。鯊魚皮泳衣在一九九九年剛上市的時候，魏太太忍不住即刻買了一件來體驗，當然她不可能再回到五十米標準泳池裡去競爭那零點一秒時間距離，但是她可以在穿上這款泳衣的時候，暫時回到自己最純潔的過去。

小學畢業典禮的前一天，她的初經來臨，她繼父再也不准她進入游泳池。

曾經，獨自長泳一千公尺二十五分鐘的水世界，是她最私密的浪漫。水流安靜撫慰她的孤寂，包裹她的身體，水底下聽不見嘈雜人語，只有汩汩浪動與心跳的聲音。只要挺直腰桿滑動雙臂就能前進，每一次抬頭換氣再度仰望天空彷彿是光明聖諭，如果還能夠呼吸就要活下去，一波接一波的翻滾水潮不只洗乾淨身體，也洗去了骯髒的記憶。

等到她可以自由作主的時候，她經常回到游泳池。

總是一個人來，一個人去，在更衣室吹乾頭髮的時候，偶爾會瞥視其他的女體。公立游泳池因為收費便宜，大多是上了年紀的老先生老太太來做水療浴，寒暑假比較多學生來練習，魏太太就是在暑假快要結束的時候，開始注意到那個女孩。

一頭烏亮的長髮，玲瓏有致的身材，她的骨架弱小，但是肉質飽滿，有點像長得很高的嬰兒，圓潤卻不嫌胖。她總是大方的在梳妝間裡脫下泳衣，一件一件的脫下，先從上半身開始，擰乾了之後放入塑膠袋中，再彎腰脫褲。那次，魏太太就是從鏡子的映射中，先看到她裸露的上半身，正舉著隱約展現小二頭肌的結實雙臂盤起長髮，接著低下頭去，脫掉下半身的泳褲，霎時完全暴露纖細的腰身和水蜜桃般的豐腴臀形，即使在光線不足的梳妝間裡都可以感覺到她光澤彈性的膚質肌理，縝密的黏附在骨頭上，絲毫沒有那種病懨懨的蒼白少女肉身，平坦無線條也無吸引力；她的身體，是藝術品，是狹暱親吻水紋之後的激昂與亢奮。魏太太能感覺到鏡中身影的血液在沸騰，心臟在跳動，青春肉身的狂野與燦爛，在她放任雍容的裸體之中，完美呈現。

魏太太一直想要個這樣的女兒，純真而自信。

第一個「女兒」只差一點點，就是完美。

魏先生在大陸做生意，一整年都在忙，或者可以這麼定義，他的後半輩子都在大陸忙，忙到什麼都忘記了，唯一沒忘的就是每個月固定的贍家匯款，逢三節，還會加好幾倍。

剛開始魏太太為了照顧小孩，沒辦法跟去大陸。等到孩子念了大學，甚至出國留學，魏太太終於得了空，可以長時間停留在大陸陪著老來伴，卻發現，兩個人單獨相處面對面時，一切都陌生了，連牽手都感覺憋扭，比分手多年的男女朋友意外重逢還要尷尬。比起來，失戀就是感情碎裂之後，切斷所有的人際關係，雙方各奔前程，心無罣礙，再重逢也世故許多年，修養與歷練都到位，優雅的問一聲：「你好嗎？」閒話家常。白頭宮女都把自己化身說書人，故事彷彿虛構，消弭了罪惡的色彩，看別人殺人才是殺人，自己殺人有個藉口叫做正義。滄海桑田，海枯石爛，正義是白堊紀隕石撞地球剩下的恐龍化石，記憶變形，扭曲著老人的笑容。「你好嗎？」「非常好」，說說笑笑之中，江湖便了了。

分而不離的婚姻，形式與感情就像重感冒時總有些原因導致源源不絕的濃鼻涕，從細支氣管糾結纏錯盤延到鼻腔，整個上呼吸道瀰漫黴漿菌，自己咳不出來，也沒有人幫得了你。

那是兩個人之間說不清楚的道理。婚姻中的感情不會碎裂，不會切斷人際關係，它只是漸漸磨練成生活的算計，平淡而真實。過程中沒有人故意做壞人，也就分不清是非，苟合了對錯！唯一有道理的是孩子，他是最無辜的。

其實，魏太太見過魏先生在大陸的小三，有著少女體型的成熟女子，瘦削俐落。唯一吸引人目光之處，是北國地貌讓她的膚色滲透著歷盡風霜的白，遇熱便泛起腮上紅，近看是透明的血絲，密布顴骨狀若紅色蜘蛛網，耐心等待獵物。

她是魏先生的財務長，打從做會計助理的時候就沒貪過錢，這麼多年來幫助魏先生看緊公司荷包，謹慎分配每項支出，然而匯到台灣的贍養費從來沒有耽誤過，只會早不會晚，只會多不會少；小三光是做到這一點，便讓人無話可說。

至於愛情，留給童話去想像吧。魏先生第一次猴急的在魏太太身上辦完事，發現她沒有流血，兩人平躺在學校宿舍的鐵架單人床上，靜默許久。

「我忘了妳是游泳校隊，運動過度有時也會導致處女膜破裂。」魏先生喃喃自語，彷彿說服自己。

年輕的魏太太盯著白色乳膠漆天花板，年久失修的頹敝讓純白褪色為水泥牆的慘灰原色，四方角落裡布滿灰塵，攀懸著一隻張牙舞爪的白額高腳蛛，靜靜的，醜陋的，活著。這裡沒有人會抬頭看，大家都忙著低頭看課本，第一志願的隨身禮物是一只厚重的近視眼鏡，卻看不到天空。

「我還是愛妳的。」魏先生這麼說，轉身親吻魏太太，又要了一次。

小魏第一次蜜月旅行之前，跟他的新婚妻子說：「妳要體諒我媽媽，她小時候很苦，親生父母親過世之後，是被繼父撫養長大的。不過我外公很了不起喔，他是國立大學的化學系教授，後來還進到中研院，我媽媽能考上醫學院，都是我繼父教導有方。不過我那可憐的外公，在我媽媽剛滿十八歲生日的第二天就死了，他來不及看我媽媽結婚，也來不及看到我這個可愛的外孫。」

新婚妻子嘟著嘴撒嬌，伸出食指輕搓小魏的鼻子：「你可愛！你真的很可愛！都三十三歲了還是這麼可愛。」

小魏將新婚妻子擁進懷裡：「我媽媽是個可愛的女人，她不只一次跟我說，她真的很喜歡妳。雖然她念醫學，但是還另外修了藝術行政做輔系，不簡單吧！所以，她跟妳這個可愛的時尚雜誌總編輯，一定有很多共同的話題。我們一起給她一個溫暖的家，好嗎？」

因為這句話，新婚妻子點頭讓魏太太一起跟著去蜜月旅行。常年游泳的魏太太保持著靈敏的體魄，爬山走路對她來說輕而易舉，從來不需要攙扶或導引，反而是沒有運動習慣的新婚嬌妻走到任何一個景點都氣喘吁吁，嗲嚷著好累好累！她只想要坐下來喝咖啡。

回到台灣之後，魏太太經常燉了湯品送到小夫妻的住處，她有一副備分鑰匙，兒子媳婦都知道。只是那一次，他們沒想到，夫妻倆毫無顧忌的對話，不小心讓魏太太全聽到了。

「可不可以叫你媽媽不要再把這些垃圾衣服丟過來給我了，好嗎？」

結婚一年之後，新鮮與甜蜜早已消融於生活的平庸，媳婦終究難成為親生女兒。她有委屈，兩面做人，如果是自己的親生媽媽這樣做，她大可以直接把衣服丟回去，爽快說聲：「媽！我有自己的品味，妳不要再浪費錢買這些我不可能喜歡這輩子也不可能會穿的衣服。」

但是面對婆婆，這一年才認識的家人，這種作法就是魯莽沒家教沒禮貌沒水準，還會傷害了心愛伴侶的親子關係。她已經不只一次偷偷把婆婆送的衣服包進最大型的垃圾袋全部扔給垃圾車，但是婆婆還要買，還要送，對她來說漸漸有某種被騷擾的態勢。

「我媽送的衣服都不錯啊，妳看這件白色羽絨外套，百分之九十的羽絨，是高級品。」小魏說。

「這件衣服我們去年冬天去歐洲蜜月旅行的時候，你媽媽就穿過了，你沒印象嗎？」

小魏搖搖頭，他怎麼會記得這些細節。

「還有這件，亮片跟珠珠毫無章法在胸前亂繡成一堆看不懂的花，什麼圖案啊？一整個土包子，民國初年的鳳仙裝都比這個時髦。」

小魏笑了。他笑的不是母親的品味，而是妻子的形容詞；這個媳婦最高明的地方就是生氣時也會惹他笑，更何況她還有別的專長。

「梵谷畫那麼多花，你媽偏偏要送夾竹桃。又不是真品，而且夾竹桃是有毒的花耶！她到底知不知道？」

「好了好了！別生氣了。妳看夾竹桃不順眼，就放我書房裡；這些衣服妳不喜歡就送給別人吧，我媽媽不會介意的。」小魏走上前去，環抱著妻子的腰。他的妻子確實迷人，豐滿的乳房與纖細的水蛇腰，每次在他身上一扭動，或是光看著她穿件小可愛從眼前走過，生理上總是不由自主竄起酥麻衝頂的快感。他在她耳邊輕聲說：「別忘了我們今天下午請假回家的理由！」

妻子嬌俏一笑，下腹部已經感覺到他勃起的陽具，在西裝褲底下內褲的包覆之中勉強凹成了U型，正等待她的解放。

「這樣就硬了？」她笑著問。

「我媽說，這裡只能給最心愛的女孩。我一直為妳保留著，好久好久了……」小魏已經輕輕喘氣，俊美的臉上滿是迷離。妻子在他懷裡春情蕩漾，還是忍不住嘟囔了一句：「哼！又是你媽媽，你去跟你媽媽做愛好了。」

「別鬧了。」小魏回應：「她是神聖的母親，妳是神聖的愛人。男人只有跟愛人才能夠神聖的結合。」

「神。經病！」妻子的唇已經貼上他的，交纏的軀體邊擁吻邊挪移到了臥室，接著就是一連串放肆的呻吟。

因為中午的陽光熾熱，讓外出買菜經過兒子家附近，忍不住進來這間新房暫時休息一下，順便想幫兒子媳婦打掃環境的魏太太，全程靜默地參與了這場春夢遊戲。

在客房裡午睡的她，還來不及走出去跟孩子們打招呼，便被媳婦高八度的咒罵聲驚醒。此刻，她坐在客房的床沿上，動也不動，面無表情。細緻的臉龐上是一雙與小魏同樣迷濛的眼睛，她如果也剪了和兒子一樣的短髮，活脫就像個S尺寸的小魏分身。

曾經是她身體一部分的兒子，她的肉，現在進入了別人的身體，並流連繾綣在那血熱皺褶的迷宮中難以自拔。她幾乎能感受到體溫交織的纏綿，體液融合的黏稠，純真美好的女體，值得這樣疼愛，她心甘情願去愛，只要愛人能得到幸福。

兒子小時候曾經非常期待某趟香港旅遊，那是他第一次出國，而且很渴望去海洋公園親眼看到鯨豚；不料出發前夕颱風來作亂，讓兒子心情懸在半空中，十分焦慮。當時，心裡也著急的魏太太，對大自然的作弄無計可施，情急之下屈跪雙膝，向老天爺祈禱，如果這趟能夠順利去到香港，滿足孩子的心願，她願意折損十年壽命，只為了成就孩子童年裡一段快樂的回憶。

後來颱風轉向，在太平洋上迅速朝北前進，絲毫不影響島嶼西南方向的飛行。這一切彷彿奇蹟，孩子開心的在香港玩了四天，還與好久不見的父親在香港會了面。

魏太太愛兒子，也愛兒子的女人，她把她當作女兒，用自己的方式愛著。想像著她們會一起手牽手逛街，分享同一件衣服，如果，她們的感情更親密，或者，女兒會願意吐露一點點心事。

直到現在她才恍然大悟，女兒的笑臉都是虛偽的身段，原來她心底這麼討厭她的一切，憎惡她穿過的衣服，嫌棄她的審美。這個女兒從來沒有愛過她，只愛兒子的肉體，那塊曾經屬於她的肉。女兒的愛是假的，就像繼父一樣的假。

三個月後，這個女兒就意外死亡了。

先是感冒症狀，連著好幾天她老說疲倦想吐，腹痛，診斷以為是腸胃性感冒，開了消炎藥回到家，沒多久昏到了，再送到醫院時，就因為呼吸衰竭過去了。

沒有人捨得在這個美麗的身軀上開膛破肚，解剖遺體探究死因。醫學院畢業的魏太太，私底下暗示著這也有可能是感冒引起併發症，例如長期過勞的心肌梗塞。

哀慟的小魏很快辦理了後事，他無法面對生命中第一個告別式；這是他深愛的女人，傾心交換戒指在神壇發誓貧無相棄病無悖離的伴侶。而今她毫無預警的離他遠去，到了另一個國度，再怎麼認真工作賺錢也買不到飛機票前往的國度。

魏太太安慰兒子，回想她十八歲那一年，也是獨自辦理了外公的後事。雖然繼父不是親生父親，但是多年來他撫育她長大，沒有感情也有恩情。這份痛，她了解，唯一的良藥是時間，日子一久，傷口自然就會痊癒。

法定的喪假期限還沒有結束，小魏就回去上班。他在國際製藥公司裡擔任高階主管，原本在紐約工作，為了拓展亞洲業務，也為了陪伴母親而志願調回台灣，現在，他打算再回到美國。他問魏太太要不要一起去？離開這個傷心地。

傷心的事不只這一樁。魏太太說：「我會好起來的，寶貝！你要好好照顧自己，我不會反對你再找一個伴侶，老了以後，還是要有個人陪著說說話，生命才圓滿。」

「那麼妳呢？妳有人可以說話嗎？」

「我喜歡獨處，但是我不孤獨。我每隔兩三天就去游泳，還參加社區讀書會，打打太極拳，也會找朋友去看電影，喝下午茶。我很享受這樣的生活，你不要擔心我，你只要照顧好自己，我們可以時常微信通訊。媽媽很愛你，知道嗎？你永遠是我心上的一塊肉。」

這塊巨大的心上肉此刻匍匐在母親的胸前，再也忍不住心中所有的悲痛，像個孩子似的哭泣了起來。魏太太輕輕撫拍著他的肩膀，心也跟著一陣一陣顫抖。她愛兒子，也愛女兒，曾經希望兒子女兒能夠完成夢想中的童話，天長地久。但即使生命平凡像水，卻也存在著沸點與冰點的質變，一旦質變了，就完全變了。所有的美，只能停留在最美的那一刻，越過沸點與冰點，就是腐爛與乾蝕，逐漸消磨人的志氣，掏空靈魂，而美，便不復在。

在最美的時候停留，留下最美的回憶，這是魏太太一生的追求，自私又神聖，顢頇揉合天真。後來她時常看著第一個女兒的照片，回憶她的笑容，她第一次將新家的鑰匙交給她時，碰觸到她柔軟無骨的掌心，那是一雙從來沒有做過家事的雙手，軟綿滑嫩，像嬰兒般純潔。她忍不住將這雙手握向胸口，說：「媽媽會照顧妳，讓這雙手，永遠都保持這樣的美！」

她的美留住了，而魏太太的呢？

二〇一一年，小魏的職位更上一層樓，負責主管亞洲區的業務，夏天他正式重返台灣履新，也帶回一個新的伴侶，是個甜美的鋼琴老師，笑起來臉上有兩個酒窩。

魏太太第一眼就喜歡上這個新的女兒，她有著一張和游泳池裡私慕女孩同樣的鵝蛋臉，均勻的身材，笑起來毫無防備，彷彿可以輕易任人帶領走入天堂，或步入地獄。

小魏的公司負責在台期間所有生活開銷，小倆口在東區租了一整層的電梯豪宅，婚禮結束之後，就住在這裡。這一次兒子沒有給魏太太備分的鑰匙，魏太太曾經提過幾次，但兒子總是推拖著工作忙碌的理由，什麼都忘記了。

新婚妻子在家附近的兒童才藝中心教鋼琴，有時魏太太會在她快下課的時候經過附近，買上兩盒知名法國麵包連鎖店的招牌點心馬卡龍，或是二十碗粉圓紅豆冰，帶去慰勞兒媳婦的同事。

每個人都說魏太太真好，誇讚著新婚妻子的幸福。「女兒」的兩個小酒窩又出現了，她會勾著「媽媽」的手臂，開心的離去，陪著魏太太在熱鬧的巷弄裡閒逛，有時候一起吃晚餐，有時候買了太多東西，就直接走回家去。

那次陪著女兒回到家，魏太太才發現，上回她送來的雞湯和咖哩牛腩，全部原封不動的放在冰箱裡，保鮮盒端端正正，整齊而規矩並列著，像乾淨的透明墓碑。

女兒嬌美而無奈的回應：「小魏要我等他在家的時候才能一起吃。我想，他這麼愛妳，一定要吃到妳親手烹飪的東西，我就動也不敢動了。」說完她俏麗的一笑，還舉手模擬發誓的動作：「真的，我連一口都不敢偷吃喔！」

小魏在二十天前就出差巡迴全亞洲業務了。

魏太太想起兒子和女兒剛從美國回來的時候，三個人曾經享受了一頓豐盛的燭光晚餐，席間除了暢談留美期間的趣事，工作甘苦，家居生活之外，兒子還提到了年初發生在紐澤西的謀殺案，一個在藥廠工作的華裔化學研究員，涉嫌從實驗室裡取得某種高單位化合物，在家裡做菜時逐日添加，毒死自己的丈夫。

「美國在一九八〇年代已經禁止使用這種毒物作為滅鼠藥和殺蟲劑，因為它的神經毒性強，而且無色、無味，中毒後幾乎沒有症狀，最常被醫生當作感冒而忽視。」兒子平靜的說。可愛的鋼琴老師在旁邊睜大眼睛，接不上專業的醫藥話題，只會微微張開香唇，點頭回應著：「喔！喔！」

魏太太嫣然一笑，眼波流轉，六十多歲的她，靈巧如妖，聲調緩慢而柔和：「我的寶貝兒子，你這個 MD／PhD 學位果然沒有白念。」

兒子凝視著她的眼睛，這麼清明，透澈。他的臉是她的複製品，只是面積稍微大了一點，眉毛濃了一點，睫毛密了一點，兒子繼承了她所有的一切，甚至比她想像的還要聰明。

曾經，夜晚來襲時，他要牽著她的手才能睡著；他學騎腳踏車時是她在後面磨破雙手撐住後座跟著他跑才慢慢學會；他第一次失戀時她教會他喝紅酒；他在大學部代表畢業生致詞時，特別感謝偉大的母親。

魏太太心裡一陣酸，她從來不覺得這世界上有什麼東西值得被稱做偉大，她只是為著一份美而活著。

兒子這趟出國前特別到家裡來探望母親，高頎的身材在客廳裡晃來晃去，一會兒翻翻書櫃裡的書，一會兒抬頭凝望牆上十多幅四號尺寸的小型油畫，那是他還沒念小學之前，跟著美術老師摹擬的畫作，模仿梵谷的〈星夜〉、〈麥田群鴉〉，皆以深藍色為基調的油彩，旋轉扭曲短筆觸或直描，是小孩子的手，可以掌握的天空。

「我從來沒看過一張外公的照片。」兒子突然轉過身，問她母親：「外公到底是怎麼死的？妳會想念外公嗎？」

「他不是你外公。」魏太太的語氣特別冷淡：「他只是我繼父。」

窗外夜色清晰，臨近河岸的高樓層住宅除了遠眺市區燈火，沒有屏障的視野更讓天空一目了然，無風，無浪，無是，無非。

靜謐中，兒子望著母親，投以一個深邃的笑容，這份微笑，彷彿將時空拉回了幾十年前，那時兒子還小，整天跟她溺在一起。是啊！沉溺在那最純潔最美麗的時光中，他總是誠摯信仰她所說的一切，專注認真，從不質疑。

那時候，他穿著一身美麗的芭蕾舞衣服，戴著公主般的長髮，洋娃娃似的，伸出嬌嫩肥美的小手臂，張開飽滿嫣紅的巧脂雙唇，使喚著尚未變嗓的清亮童音一次又一次親暱呢喃著：媽媽抱抱。

「媽媽！」兒子呼喚著，聲音低沉而感情熱烈誠懇，卻因為某種過於急迫展現真心的態度而讓人不由得懍然於語氣中的焦慮。他叫了聲媽媽之後，稍微低下頭，在這個成年男子的臉上，突然出現了遺忘很久的羞赧神情。當他再度抬起頭時，他堅定的說：「媽媽，我們家要有小 Baby 了，以後這個家會更熱鬧了，我希望妳也能更快樂。」

魏太太微笑，嘴角上揚，用她最優雅的姿態面對著自己的兒子，凝視著他誠摯熱烈的眼睛。

「媽媽！其實，美是可以延續的。美，不會到這裡為止。」兒子最後補充這一句。

那一刻，她幾乎被他感動了。美，是可以延續的？

如果她八歲那一年，繼父沒有用手指頭進入她的身體；如果她初經來潮的那天夜裡，繼父沒有用另一種更堅硬的肉物進入她的身體。也許她會相信，美會延續，不只是純潔的身體，也與心融合在一起。

那男人是老師眼中的好父親，自願擔任家長會代表，積極參與學校事務，每天接送她上下學，檢視每一封郵件，過濾（或禁止）所有的異性朋友。他保護著她的身體，禁止她再游泳，剝奪了她唯一的洗滌與自由。

十八歲的成年禮，她以科學研究的名義，央求繼父從實驗室裡帶回一些高單位化合物。在他最喜歡吃的泡菜裡面，她安靜地置入了十公克。本來沒想要放這麼多，但硝酸鹽是最好的溶劑，瞬間溶解讓她猶豫分量不夠，愈加愈多。

這是化學實驗室才拿得到的東西，她明白。

但是網路可以突破所有的管制。一個匿名帳號，一張偽裝的正妹照片，一頂假髮，一場陌生網咖裡計時的付費交易，她輕而易舉的釣到那些願意為了愛情或金錢出賣毒品的工程師或學生，管他們是什麼身分，只要拿到她想要的東西，曾經在網路世界裡互訴衷情或交換故事的友誼瞬間一筆勾銷，這世界上再也找不到那個帳號，也就從來沒有存在過「那個人」。

「那個人」，有著一張努力保持美麗的臉龐，但是丈夫還是寧願靠向另一個女人的肩膀；「那個人」，願意犧牲自己的生命讓兒子得到快樂，而最終兒子還是在另一個女人的身上得到慰藉。他們的生命都延續了，只有她，在八歲那一年就死了。

死了還能走到這裡，也可以滿足了。她調侃自己。

兒子小時候的塗鴉、日記、母親節卡片，她全部保留著，甚至被退回來的情書，寫了沒寄出去的信件，她也歸檔收藏，與他亡妻的照片放在一起。

那真是個美麗的女人，可惜出了一點瑕疵。現在這個傻傻的，目前還看不出有什麼缺點，唯一的毛病就是太聽兒子的話。這樣也好，將來生了小孩可以完全依照兒子的方式教養，那麼，也就是依照她的方式教養。

她戴上手套，將桌上的化合物磨成粉，拌入白米飯中，揉成小圓球狀，沾上絲狀的鹽燒海苔，一粒粒整齊排列在盤上。這是兒子小時候最喜歡吃的點心，他為這道料理取了個名字叫做「捏捏飯」，因為這是媽媽一顆一顆，用手，用心，捏出來的小飯糰。

自從兒子開始在外地住校之後，大概也有幾十年沒想到要吃這道點心了；尤其，他後來嚐遍世界各地的山珍海味，哪裡還會記得這個只在家裡面隨手變出來的家常味。

所有的事情都會漸漸被遺忘。

還記得魏先生第一次吻她的感覺嗎？那像是腳底長出翅膀，上下飄搖，如入塵世雲端；兒子從產道出來的那一刻，痛苦與歡喜纏繞，讓她激動地不斷流眼淚；握著兒子的手教他寫國字，當他能夠表達意見的時候，第一個請求就是希望大人教他寫：媽媽，我永遠愛妳。

想到這裡，魏太太寬了心，嚥下最後一顆「捏捏飯」。

她穿上自己最喜歡的一套衣服，淺淺的天空藍，她希望這樣的顏色可以寧靜地承載她飛翔，到另一個再也沒有愛與憎，美與醜，是與非的國度。她默默和衣躺在床上，如入殮般安詳，她希望她的面容能夠一直維持現在這樣，嘴角上揚，縱然她的眼睛再也無法觀視人間，但是那曾經閃爍過的晶瑩澄淨，是她應對這個世界唯一的方式，也是最後的方式。

敞開的窗戶輕輕拂過一陣晚風，掀起了薄紗窗簾，讓銅製風鈴微微碰撞出幾聲咚咚，之後，任何事物都沒有變動，只是吹落了桌上一張信紙，上面寫著：

「請記得我的好。請原諒我。我唯一做錯的事情，就是希望：美，到這裡為止。」

王正義

「1936 會客。」

終於來了。王正義思念的妻。

花蓮監獄會客室裡九個座位，每人面前一具老式電話，盤固在光滑的磨石子桌面上，陳舊而靜謐。此刻的安寧滲著冰涼，明明沒有冷氣，卻渾身哆嗦。高懸的氣窗飄入室內唯一的清新，摻滲揮之不去的焦慮。

鐵捲窗緩緩由下往上展開，他看見了她的衣裳，是那件熟悉的花布衫，他們一起到泰國旅遊的紀念，當時，他買給妻，還被笑俗氣。回到家鄉，濕熱的天氣常常令她皮膚搔癢，只有穿上這件衣服時特別清爽。妻穿了洗，洗了穿，夏天裡好像只有這一件衣服似的，已經褪色的花朵渲染成說不出的迷離，妻說，以前是花，現在是油畫，都是藝術品。

眼前緩緩露出妻的手臂，妻的脖子，妻的臉龐，逐漸拼湊出完整的人影，臉頰與鼻尖上熟悉的雀斑，燙焦的捲髮。完全和從前一樣，唯一不同的是，啊！她在流眼淚。

即使面對面，卻彷彿光年相遇。王正義與妻之間除卻密閉式的鐵捲窗，還有整面橫向的鐵條，一根一根切割妻的形像，也切割現實中的妄想。在鐵捲窗與鐵條的兩側，另設置透明壓克力窗，完全阻絕兩邊氣息的交換。還能要求什麼呢？此刻，能親眼見到她，已經滿足。

妻一隻手拿著電話筒，緊緊攀黏耳朵，彷彿王正義能縮小身軀從那兒鑽出來似的。另一隻手，抬抬放放，擦拭流不完的眼淚。

「美怡……。」王正義呼喚著妻的名。

她的眼淚更澎湃。

「別哭了，說話吧。」

「想吃什麼？」她唏泣地問。

「山產。想吃Lonai，猴子肉。」

美怡笑了出來：「別鬧了，這是保育類動物唉。不要再罪加一等。」

王正義也笑了。

緊繃許久的臉頰放鬆，看著心愛的人，感覺真舒服。自己多久沒笑了？在新收房裡，似乎已經度過一個月。

三人一間的新收房，完全密閉的空間，慘白的牆，映照慘白的面容。將近三米高的對外氣窗，能見卑微的陽光，僅在天亮時救贖。厚重的不鏽鋼門上方，有個十公分監視窗口，底下鑿開由外面開關的小洞，三餐從洞外送進，用洗澡的小塑膠盆裝著，二葷一素。用餐十五分鐘，時間一到，管理員即大喊：「收 phun。」「盆仔嚕出來。」這時，得趕緊將吃不完的飯菜倒進塑膠盆，由小洞推出去，萬一錯過收 phun 的時間，剩菜剩飯只能放進馬桶沖掉。

室友都是壯碩的原住民，餐餐卻總有過多的剩餘。

新收房一天分早中晚放風三次，每次三分鐘。另外規定打坐五十分鐘，一天五次。打坐時聽阿彌陀佛唱誦，反覆播放。王正義是天主教徒，這旋律讓他很不適應，跟管理員反映，想聽教會聖歌，只得到回應：「不要囉嗦，五個星期就出去了」。想想，這是管理員除了「盆仔嚕出來」之外，說過最多話的一次，似乎也堪安慰。

日日夜夜，除去制式作息，其餘時間都關在小房間裡反省。三個大男人有時聊聊天，更多的時間沉默，呼吸。

王正義，太魯閣族，師範大學教育學碩士、原住民乙等特考及格，公務員八職等年公俸頂等。五十一歲的他，從沒想過變身囚犯的這一天。當最高法院定讞四年五個月有期徒刑那一刻，王正義都不相信這是真的。

二十年前返回出生地，長壽鄉四千多人，多半老弱婦孺。王正義投身公務，假日和妻做志工，組織社團，與族人鄉親共同重建部落文化。返鄉時他和妻只有三十出頭，充滿熱情，鄉公所就是家，所有活動都帶著孩子參與，族人就是親人，無有分別。

美怡出生在高雄，家裡開冰果室，正在念陸軍專科學校的年輕原住民，到她家冰果室可以連吃四碗剉冰，吃到拉肚子。她從此跟著他半生徙轉，從南部到東部，從台語到山地話。

王正義退伍後，先自修考上法務部監所約聘管理員，分發東部小鎮的外役監獄，看守牢犯，一週只有一天假。美怡精打細算，思忖著丈夫一週才回家一次，有地方睡覺即可，不需太講究。於是她租了間老舊公寓旁加蓋的違章建築，只有六坪大，鐵皮屋頂與鐵皮牆，沒有衛浴設備，月租五百塊，含水電。同時尋了個蚵仔麵線攤車，直接放在住家門前，買個紙糊紅燈籠，上面用黑色毛筆寫個「蚵」字，開始做起小吃生意。

她說這地點好，位在十字路口，住的地方不要緊，能看見蚵仔麵線的攤車最重要；加上房東就住隔壁，體恤獨居婦女，願意提供廁所和浴室。「真幸運，都能遇到好人。」美怡說。

那年夏天強烈颱風來襲，直擊東部縱谷。沒有地基的違章建築結構粗糙，鐵皮屋頂的樑柱攀釘在鄰邊水泥牆，另一邊懸盪屋簷，不斷嘎嘎作響，彷彿要掀起毀滅萬物的第一片骨牌。是夜，王正義放假在家，擔心屋頂被風吹走，用繩子纏住夫妻倆圓潤的身軀，同一根繩子垂直繫綁在屋頂那根最主要的樑上，試圖用兩人的體重，鞏固最重要的屋樑。

就這樣相擁而眠，直到第二天清晨，颱風過境，陽光從鐵皮縫隙裡透進，敲醒王正義的眼皮。他微微俯身探視自己的妻，發現她的手還緊緊握著肚皮上那根繩子，垂目安詳。

兩年之後，經過特考分發，王正義回到長壽鄉，先由農業村幹事做起，因為績效卓越，半年後隨即升任鄉代表會祕書。

這時分配了宿舍，是個木造建築，旁邊流經一條小型灌溉溝渠，浮動著許多寶特瓶與任意拋棄的紙便當盒。兩個兒子相繼出生，從小經常看見蜈蚣或馬陸攀爬在窗沿，或親近自己的腳趾頭。

監獄裡不會出現這些節肢動物，到處都很乾淨。

這裡什麼都沒有，時間最多。「時間」像個隱形的篩子，過濾看得見和看不見的垃圾。管理員通常在早晨查房，先敲門，獄囚必須立刻回報「主管好」；接下來叫「報數」，室友們輪流喊出一、二、三。管理員從門上孔洞觀察，確定人活著。

入獄後，先在新收房禁閉五週。前一個期滿的室友離開，換來個七十九歲的阿公，只會說達悟族語。通常新收房都是老鳥搭菜鳥，照理說該來個「學弟」，阿公已經是老鳥，只剩兩週離開新收房，準備下工場。問他為何改變囚室？阿公說他是虔誠的天主教徒，吃飯前一定要禱告加上唱聖歌，老人動作慢，唱完聖歌，已經過了十分鐘，三菜一湯都被另外兩個年輕力壯的受刑人吃光了。

「吃飯沒有菜。」阿公向監獄抱怨，於是被調來同樣是天主教徒的囚室。王正義體諒阿公禱告的習慣，三餐幫他留菜。阿公吃飽了說：「很好！我在蘭嶼有房子，給你，土地給你。」

七十九歲入監，到底犯了什麼罪？阿公說他是冤枉的！他在家裡放A片，有小孩子進來，他就被告亂摸小孩，判了六年。

「每個人都是冤枉的。」王正義心想。

●

「上次妳帶來的蝸牛，我分給室友一顆，妳知道他怎麼吃嗎？」

會客時間，王正義對妻述說生活點滴。

「啊你都一次放五顆進嘴巴，是要怎麼吃？」美怡的聲音嗲嗲地。

「他小心謹慎地拿起這一顆蝸牛肉，看了半天捨不得吃，最後是一小口、一小口、抿著嘴巴慢慢咬完。一顆蝸牛，他吃了有十分鐘。」

美怡終於笑了。

真好看！王正義心想。這個女人，跟著他全台灣行旅，好不容易在自己的家鄉定居，陪著他生活，工作，打選戰。最後，陪著他坐牢。

剛開始王正義還是四級受刑人，每週只能探監一次，先到先登記。美怡擔心這一週一次的會客，給王正義的其他朋友用掉，見不著老公的面，總是清晨五點從百多公里外的長壽鄉開車到監獄，趕在八點第一批排隊報到。會客人數一次開放九人，每人半小時。進去之前先檢查會客菜，重量限制兩公斤，管理員把塑膠袋打開，用剪刀剪碎所有的菜餚，防止偷渡堅硬物品讓受刑人發生意外。食物中不能出現酒味，若是水果，荔枝、龍眼，皆違禁品。

「家裡都好嗎？」王正義問。

「還好你有留下『錦囊妙計』，我都按照裡面寫的事情去做。繳水費、電費、房貸。存摺和印章都保護得很好，只有那個水龍頭總開關，怎麼切換自來水和山泉水有點難，常常搞錯。」

「叫 Wumau 幫妳。他會。」

「他們都很幫忙了。」美怡說：「現在的鄉長讓我當代表會助理，薪水兩萬多，可以貼補家用，你不要擔心。」

王正義陷入短暫沉思。直到現在，提到「鄉長」二字，心中依然湧起心酸絞痛。

「聽說他們很多人都進來了。光輝鄉三個候選人，在選舉期間就被收押了。」

「喔！通通進來『南華大學』進修啦。」王正義為自己解嘲。

美怡：「是啊，都來進修了。光輝鄉代會選出十一個代表，早上十點就職，十一點就全部帶到調查局。那個代表裡面有六個原住民，五個漢人，結果是漢人當選主席。後來傳出來，原來是買票，一票五十萬。」

王正義冷笑。

光輝鄉是一半漢人一半原住民組成的偏鄉，小小的地方選舉，大大的金錢交易。政治這種事情，不分族群，不分階級，一旦蹚入，就像沾染毒品，權力的幻覺，掌握一秒便是一秒的帝王。每個人都以為自己可以在這個圈子裡成為毒梟，贏取暴利或地位。然而毒品就是毒品，它不會為你改變，而你卻可能為它毀了人生。

「不說這個了啦，想吃什麼？」美怡轉過頭來問王正義。剛剛她暫時沒有理會老公，因為聽到隔壁探監家屬的對話很好笑，竟然轉過去跟他們聊了一會兒。

「我想吃 Magali、菈蕎。」王正義回答：「還有山羌、果子狸。」

「山胡椒和薤菜沒問題，可是那個肉喔！保育類耶……我去找找蛤。」美怡撒嬌說：「這樣我就有機會跟你一起進來南華大學進修囉。」

王正義微笑。

三十分鐘倏忽消逝，鐵捲窗再度緩緩移動，降落，絕決生命的距離。

王正義心頭翻攪澀澀又甜甜的滋味。離別之前，美怡說：「蘇年來現在也被起訴了，貪汙罪。」

●

蘇年來。

王正義這輩子都不會忘記這個名字。

兩人都是原住民，蘇年來是官校專科班高十幾期的學長，退伍後無業，隨即返鄉。老鄉長提拔他做鄉公所祕書，屬政務官，連續八年，成為地方有力人士，他渴望鞏固更強大的舞台。蘇年來家族在長壽鄉勢力龐大，八個兄弟姊妹，有校長、老師、軍官、警官、醫生。做醫生的是他妹妹蘇春嬌，在原住民部落開診所，營業期間，鄉間農地裡突然座落起好幾間造型華麗的別墅，歐式、日式、田園式，村民好奇打探，都是她的房子。許久之後，族人才明白，蘇春嬌專門收集病患的健保卡，盜領健保費，被判停業一年。

一年之後，診所重新開張，村子裡無處可去的老弱病患依舊報到，看病拿藥，說說笑笑。

王正義年輕，熱心，具備高學歷，積極參與地方活動，有些族人開始鼓動他出來選鄉長。

「你看那個蘇年來長得就一副奸詐狡猾的樣子，而且他已經那麼老了，沒有力氣服務了啦。」

「今年聽說溪梧村有兩個人要出來選，另一個是代表會主席，這個更糟糕，他沒有選上主席之前，在加油站當站長，因為貪汙被開除。」

「同一個村子兩個候選人，選票會分出去，你的機會大好。」

還沒有決定登記參選，身邊的人已變身選舉幕僚，紛紛為他擘畫前程。

「王正義，你年輕有為，先選上鄉長，再選縣議員，跟那個陳才明一樣，為我們族人爭光。」

從地方到中央的康莊大道！王正義被挑逗起輝煌的政治光環。這輩子，努力求學、工作、進修深造，難道不是為著出人頭地這一天？

欲望，如鬼火。還不到中元普渡，有人看見公墓裡已磷光爛漫。

那年六月，國中同學汪志雄突然拜訪王正義，說他手下有十個原住民工人。

「有需要幫忙的時候，我們一定會幫忙。」汪志雄說。

王正義客氣回答：「謝謝你們幫忙。」

稍後，汪志雄欲言又止：「但是，現在這些工人困在山上工地，拿不到薪水。你知道，包工程很難做。」

王正義掏出三千塊錢，給汪志雄，囑咐為工人買些雞肉，做燒酒雞給他們吃。

十二月，選戰膠著，汪志雄出來檢舉王正義在六月份拿出三千塊賄選，買他家三張選票。

這件事，直到現在王正義都無法理解。鄉鎮市長選舉是九月登記參選。六月份，誰能預知三個月後的命運？況且，汪志雄的戶籍地根本沒有設在長壽鄉，花錢買他的票也是徒然！

「準備開工！」監獄主管的指令，把王正義拉回了現實。

還在牢房裡蹲馬桶的王正義，趕緊穿起下半身的褲子。

下工場，是監獄生活的第二階段。王正義不抽菸，選擇「戒菸工場」，這裡待遇稍好，四人一間房。早晨六點半起床，七點吃飯，八點開牢門出發上工。每天七點到八點一定要強迫自己大便，馬桶就在牢房角落，沒有隔間。八點十五分開工後，工場幾百人，想大便除了報告還要排隊。

監獄裡，看編號即清楚來歷。200 號以下是無期徒刑，1000 號以下是十五年以上。王正義編在 1936 號，四年半有期徒刑。

戒菸工場專門製作百貨公司、服裝店的購物紙袋。「同學」們每日工作八小時，分發紙模，拼整組裝。即使內容空乏，摸著摸著也像是親人的禮物，在奢美的花樣裡寄託思念。

王正義下工場才發現，監獄最缺文書。嘴巴說話很容易，需要寫字時，每個人都皺眉癱瘓。王正義擅長處理工作日誌、調查報告、還能編訂簿冊，很快受到主管重用。不到半個月，主管說，希望將王正義升做「總組」，擔任管理受刑人的受刑人。

仔細研究分工組織，發現「總組」的責任繁瑣。他已經坐牢了，不想再添麻煩，主動選擇輕鬆的「藥管」，在戒菸工場裡專門管藥。

坐牢，失去基本人權，依然要維持基本生命。許多慢性病患者的藥物，一天也不能少。做「藥管」有自己的辦公桌，幫受刑人掛號與負責早晚發藥。最重要的，必須親眼盯著受刑人把藥物確實吞進肚裡，絕不能讓他們私藏累積龐大的藥品數量，搞自殺。

這裡，每個人都喊冤枉，每個人都不想活。

監獄看管嚴格，室門三道鎖，自動鎖、扣大鎖、鏈條鎖。除了身上陽具偶爾還會硬一下，囚室裡沒有一個東西是硬的。王正義聽聞過其他受刑人試圖自殺的消息，多半用頭殼撞馬桶，死不成卻換來譏笑。據說唯一的成功者，就是吞藥，當晚即登天。

彼時，王正義也想死。新收房禁閉期間，噤語的室友，無聲的牢牆，看似平靜的空間，迴盪著千千萬萬個「為什麼是我」？疑問似腐肉之蛆，蠕噬他的腦波，啃蝕臨終的驕傲。

距離投票日剩下一週，王正義聲勢看好，許多鄉親志願來競選總部幫忙，對新鄉長充滿期待。然而耳語紛紛，吃飯喝酒閒談之間，總會傳出某某拿了二號候選人的錢，某某拿了一號候選人的錢。

「上個月給一千，現在給兩千。」

賄選的消息，浮動於有山有水的偏鄉，立冬剛過，溪河意外鼓噪，滔滔流水翻滾著謠言，鎮日嘶隆作響。妻說她親眼看見有人拿了蘇年來的錢，她不敢開口問，拜託熟識的朋友探詢，那人答：「我只是拿他的錢，票還是會投給王正義。」

十二月二日，投票前三天，敵營放出消息，王正義賄選，已經被抓去關。

當時他和妻，人在競選總部，為最後三天的造勢活動忙碌。聽到訊息，嗤之以鼻。「奧步！」他心想：「我明明就在這裡。」

隔日，查賄小組開始約談。

王正義斷然回應：「沒空。」清清白白選舉，有什麼好約談的？

「你被檢舉賄選。」
「誰檢舉我？」
「警察局已經做了筆錄。」辦案人員回答。
賄選。證據確鑿。
肅颯冬季，埋葬祖靈的聖山，抵擋不住季節的殘酷，政治暴風圈襲捲，吹亂公平與正義。怒吼的空氣撕裂呼嘯，淒厲如女巫斷語，向黎明之前的陰闇咆哮。是預言或詛咒已經不重要，三天後，王正義以五十票的差距落選。

●

「你要的電風扇、新棉被、都已經買好了。還有啊，現在都不看書了嗎？都沒聽你說要我帶書給你看。」隔著鐵條壓克力窗，美怡問。
「我每天看四份報紙。」
「這麼清閒。」
王正義牽動嘴角，神氣地說：「我現在有助理。」
「這麼好？」美怡露出妒嫉的神情。

「也是個鄉長。無期徒刑。」

「為什麼？」

「氣憤殺人，沒想到讓對方一刀斃命。是個漢人，已經六十幾歲了。他懂文書，報告都給他寫，什麼事都給他做，我只要監督就好，一個月給他六百塊錢。」

「原來你每個月都跟我要錢，都是用在這裡喔。」美怡柔軟的說話音頻，永遠不會讓人感覺發脾氣。

「我不只一個助理呢！另外還有兩個，幫我洗衣服，打掃。那個洗衣服的小子還真不錯，每次都摺得整整齊齊，像軍隊棉被一樣，送來給我。」王正義愈講愈開心。

「你唷！不要再那麼容易被人家騙。以前那個施什麼才的，也是個年輕人，剛剛出獄，回到我們鄉下，你說要幫忙照顧人家，他就來找我，說沒地方住，我就帶他去看山上的農舍，結果他嫌舊又漏水，不要住。後來在鎮上開按摩店，我還介紹客人過去給他按摩，結果，你知道嗎？他是吸毒犯。」美怡哼了一聲：「還好山上的房子沒有給他住，要不然就成了毒窟。」

「這麼誇張噢！」

美怡接著說：「還有你的室友，那個犯了槍砲彈藥管制法的黑道大哥，一直說有遊艇可以讓我們家老大舉行遊艇結婚典禮，還要投資老二開醫院。後來得了喉癌那個？記得嗎？你不是寫信給你官校同學募款，要幫大哥治病。你同學就一千、兩千寄到監獄。啊寄信人不是都會留下地址？結果那個人獄外就醫，第一個就跑去找你官校同學借錢，借一個好奇怪的數字，好像是四萬七千三百二十幾塊。哪有人借錢這樣借的？你同學覺得很奇怪，遇到我的時候才問我，我叫他不要再跟這個人聯絡了，啊那個黑道不是說他有遊艇嗎？賣一個就有四千萬，還要借四萬塊喲！」

「噢！我同學真的有寄錢喔？我都不知道。那個黑道每次收到錢，都說是他公司會計寄來給他零用的。」王正義回答。

「後來聽說，那個人喉癌四期，出來沒多久就死了。」

王正義靜默。

隔壁探監的親屬聲音突然大了起來，好像是為了零用錢的事情爭執。美怡轉過頭去看了一會兒，又轉過頭來，掩住電話筒，細聲細氣地透露線索：「隔壁為錢的事情吵了起來。」

王正義學她也掩住電話筒，低語：「我在裡面也聽到了。」

兩人視線相交，一陣笑。

「你不要擔心。高雄的老房子賣掉了，賣三百萬。你也知道，那個房子又舊又破，賣三百萬差不多，可以用來付現在這個房子的貸款。」

王正義點點頭。從前這些生活開銷，都是他在負責，妻不在金錢方面精明，也不想管，單純勤儉。年輕時推攤車，會利用煮過黑輪蘿蔔的湯頭來煮蚵仔麵線，不必添加味精，客人都說好吃，那時候，為家裡賺了第一桶金。

「下次想吃什麼？」美怡問。

「蚵仔麵線。」王正義毫不思索地回答：「還有肉。很多很多肉。」

「這麼胖，還吃那麼多肉。」美怡回應。

●

有錢就是老大，獄裡獄外、黑道白道都一樣。

黑道老大靠「會計」每月匯錢；白道老大靠家屬資助。每次會客結束，「大哥」的身分地位，清楚攤開餐桌上。只有「大哥」面前，才有滿桌豐盛佳餚、高級水果，吃得眾人滿臉油光，飽足暢快。這份光景，讓那些從來沒有家屬探視的受刑人，看得口水直流，眼淚吞進肚裡。

「利誘」，永遠是經營管理的最高原則。從前王正義在課本上學到的「藍海」只是咬文嚼字，複製這套用來檢驗人性，讓他敗掉半生基業。現在，他學聰明，法律褫奪他的公權也消滅他的熱血，從此不再廢話，罩子放亮，只挑身邊能辦事的人，給點錢，分享好吃的食物，這些人隨即忠心耿耿，為他代勞，心甘情願呼喊他「大哥」。

「我是白道大哥。」王正義笑，心頭悵惘。

三年前，若是明瞭做大哥的道理，唯利所使，情義靠邊，也許痛心的程度可以舒緩些，也許，當血脈親族不願意和自己在同一條船上，能夠釋懷背叛。大姐古明珠嫁到溪梧村五十年，連任三屆鄉民代表，造橋鋪路，深耕部落，全力扶植親弟弟王正義選鄉長，快七十歲的老人，騎著電動車，挨家挨戶親自拉票，最後拉不住自己兒女的心，孩子們一張票也沒投給親舅舅。鄉長選舉結果，溪梧村得票率只有百分之二，老大姐羞愧鬧自殺，落選當晚一個人在家喝完半打補力康。

新鄉長蘇年來和妻子出生溪梧村，家族、姻親扎根於此，勢力連綿到全鄉。當選後，酬庸所有輔選人員。古明珠的兒媳婦依娜，選前無業，選後立刻到蘇春嬌的診所上班，負責掛號接電話，月薪兩萬五。

派出所接受王正義賄選檢舉案的承辦警察黃俊財，正是蘇年來的小舅子。出面檢舉的母子，是黃俊財老婆的舅媽，也是姻親。

出面檢舉王正義賄選的母子，不認識字，不會簽名，不會說國語。母親鍾蓮妹，六十多歲，酗酒，獨居；兒子杜進來，無業，進出監獄無數次。偵訊時，兩人全程需要翻譯。記不得出生年月日，不知道身分證字號，他們一口咬定王正義是在十月二十八日草林國小運動會時，發給每人各兩千元買票。

第一次開庭時，檢察官問：「誰給你錢？」

「沒有。」

「有沒有拿到選舉的錢？」

「沒有。」

「是不是王正義給錢？」

「是。」

只要一聽到王正義的名字，只會說泰雅族語的母子，立刻回答「是」。

法官全然採信偵訊筆錄。即使王正義提出人證物證：十月二十八日草林國小運動會，王正義與競選團隊確實前往握手拜票，但時間是中午的用餐空檔，大約十二點四十分，團隊隨即趕赴其他行程。然而起訴書中，鍾蓮妹母子所指控的時間是下午四點，接近黃昏。根據草林國小的活動紀錄，當天運動會，在下午三點已全部結束。

檢調在選後立刻持搜索票到辦公室、住處、甚至山中久無人居的老家鐵皮屋，也成為大肆搜索標的，企圖找出賄選證據。調查局幹員一次來七、八人，黑衣黑褲，像是拍電影，在屋裡任意翻箱倒櫃，拉開抽屜，直接倒出內容物，衣櫃的衣服全數拋丟，踐踏，床墊掀開，割破，棉絮滿天飛，老人家一直咳嗽。

就這樣連豬圈、水塔都不放過的精密搜索，也沒能搜出一本賄選名冊或一張賄選證明。事實讓王正義相信正義尚存，正如同他相信自己的名字，相信自己。

賄選案從地方派出所，一路送進地院，高院，拖延三年。

選後生活依然庸擾，部落裡陸陸續續傳出Kablin、Kablin的閒言。鍾蓮妹只要喝醉酒，就反覆說出族語「騙人」二字。剛開始沒人認真聽，老婦人獨居萬立村海拔兩百公尺的山上，總是搖搖擺擺走到雜貨店討酒喝，沒人見過她清醒的模樣。唯一的兒子杜進來到外地打零工，只要很久沒回家，據說都是關進看守所。隨著鍾蓮妹嘮叨Kablin的次數愈來愈頻繁，終於有人忍不住問她：「妳到底被誰騙了？為什麼一天到晚說『騙人』？」

鍾蓮妹說，警察黃俊財跟她講，只要去檢舉王正義賄選，就會給她十萬元。可是到現在，她都沒有拿到錢。

Kablin！鍾蓮妹啐一口檳榔汁，用族語說：「黃俊財騙人。」

司法程序進入最後的高院審判，這兩名檢舉人決定在法庭上翻供，並說出黃俊財當初唆使檢舉賄選的過程。檢察官以「黃俊財在選舉結束後一週已辦理退休」為由，另案處理，不列在此次偵訊內容。同時強調：「偽證罪會處七年以下有期徒刑，你要具結喔。」

「七年什麼？是什麼意思？」

「在法庭上說謊就是犯了偽證罪，要坐七年牢。你以前說王正義賄選，現在又說他沒賄選，你們到底哪一次說實話？如果你現在推翻了以前的筆錄，就是犯了偽證罪，要判七年以下有期徒刑。」檢察官說。

法律兩邊刃，黑白俱傷人。

那一刻王正義終於覺悟，為什麼選舉之後，所有跟賄選案有關的警察立刻辦理退休，不惜移居他鄉。全縣十三個鄉鎮市，起訴五個候選人，其他四人首次開庭就認罪，緩刑，不用坐牢。只有王正義相信司法正義，堅持不認罪，官司纏繞三年，最高法院定讞：不認罪，關到底，四年半有期徒刑。

選鄉長那一年，縣政府發出查賄獎金三千多萬元，從基層警察到法院行政人員，紛紛記功、獎勵、封賞，人人有獎。這個縣的查賄績效，當年全國第一。

鍾蓮妹加汪志雄，兩案賄選金七千元，王正義的堅持，在政治的對價關係中，已然被龐大的利益結構拍賣掉了。

「早知道就不要亂摸。」犯下強制性交罪的小劉，發完藥之後，突然哀嘆一聲。年輕小夥子轉過頭，問身旁的白髮老翁：「鄉長，早知道你也不要亂捅一刀。」

「幹！」白髮老翁說：「千金難買早知道。」

王正義放下手邊的報紙，被這句話撩撥思緒。

他看著兩個正在整理藥品與寫報告的「助理」。監獄裡必須服藥的受刑人多半是慢性病患者，花花綠綠的藥丸膠囊，不外乎治療高血壓、糖尿病、心臟病，數來數去就那麼幾種處方箋，處理起來不難，按照說明，對症下藥。

對症下藥。但是，這世界，永遠沒有治療後悔的藥。

●

首次參加面對面懇親會，美怡心情激動到前夜輾轉難眠，這次，終於不必再相隔鐵窗。她滷了豬腳，炸山豬肉。另外偷烤兩隻飛鼠，全部去骨，剁成細絲，用大蒜刺蔥辣椒豆瓣醬爆炒到聞不出山產味。食物足足兩公斤，也許多出一點點。她知道管理員不會計較，因為她已經是資深探監家屬。

監獄在重要節日辦理懇親活動，受刑人期滿一年才能申請。家屬進入大禮堂之前，先穿越部分牢獄，美怡好奇張望，她想知道王正義晚上睡覺的地方，卻只瞄到囚房三重鎖的背後，晃動著一雙雙用力偷看外面，充滿期待的眼睛。

進入大禮堂，除了被點名的人可以在座位等候家屬，靠近氣窗的四周，仍然站滿其他受刑人。這些人事先已向獄方提出探親申請，被允許帶出囚房，等待家屬報到會客。常常，許多人在這裡站立整天，直到活動結束，親人都沒有出現。

沒有壓克力窗，沒有電話筒，活生生的王正義就在眼前，她能感受到他的體溫，聞到他的鼻息，熱呼呼地，帶點早餐醬瓜味飄過來。美怡想說什麼卻說不出口，只會直愣愣地盯著他瞧。王正義竟然笑得出來，嘴角拗拗另一邊，示意美怡轉過頭張望。

同一張長桌邊緣，一對久別重逢的伴侶正在當眾擁吻，引起眾人騷動。獄卒聞聲，立即趕來阻止，強制他們分開，面對面坐好。

美怡噗哧笑出來。此時，王正義的手，穿越桌上的糖果餅乾塑膠袋，在窸窸窣窣聲中，握住她的手。

熟悉的溫暖，融化壓抑的淚珠，她低頭，一滴淚直落衣裙，彷彿落入時光的臉頰。美怡擤擤鼻子，再抬頭，露出笑容：「他們有人叫我寡婦。」說這話時，王正義能感覺到她的手輕微抽搐。

「原來寡婦就是這樣過日子，沒人可以商量事情，都是自己一個人，跑腿，辦事，吃飯，睡覺。」說完，她用手肘衣衫揮拭淚水，恢復輕鬆：「做寡婦真不簡單，還得擔心別人亂講話。出去跟男人要保持距離，上次那個代理鄉長還說我愛上他了！幫幫忙，他已經七十八歲。我老公這麼帥，他是沒見過喔？」

王正義安慰她：「就快假釋了。我在裡面組織合唱團，得到冠軍，還承辦作文比賽，啦啦隊比賽，有很多獎狀。這些對我申請提早假釋都有幫助。」

美怡點點頭。

「蘇年來可能也快進來了，貪汙罪。那個路燈，本來是水銀的，一盞一萬五千塊，後來換成LED燈，一盞三萬，一個村的預算就批了九百多萬，鄉長拿五成回扣。廠商已經供出名單，好幾個鎮長、鄉長都被起訴。聽說是新北地檢署偵辦的，因為廠商在新北市。」

王正義無語。

「還有我們長壽之光的縣議員陳才明，也被檢舉賄選。他馬上就認罪了，自願把賄款全部繳出來，結果檢察官一查，說資料只有六百萬，你怎麼還了九百萬？金額超過這麼多。法官一審就判了六年。」美怡笑：「好啦，八卦說完了，我跟你講，你什麼不要擔心，爸爸媽媽都很好，社團的工作也還在繼續，只有網咖關門了，因為小孩子都近視眼，這樣不好。我請教練組籃球隊，訓練他們打球，以後加入美國職籃。」說完她自己都笑了，這個牛皮吹真大。

他點頭表示讚許，對妻微笑：「我在福利社又買了電暖爐，牙刷，內衣內褲，記得去付錢呀。」

「唉！你坐監牢一個月總共要花一萬多塊錢耶，省著點用啦。」

「沒辦法，身邊很多人要養。」王正義聳聳肩。

「我養其他男人喔！」美怡微嗔道。

王正義伸出雙手，緊緊握住妻的手。美怡突然間羞紅臉龐，蠟黃的皮膚裡透露出暈粉色嬌美，傻笑牽動了她的眼角皺紋，指揮顴骨上的雀斑舞動詩歌，彷彿為祖靈獻唱感恩祭。

現在他漸漸能夠理解，曾經以為文膽出豪傑，可取代獵槍與彎刀，透過選舉成就企圖心。然而，驕傲讓他忽視那些比他更強悍的狩獵者，驕傲為自己造了神，在沒有信徒的樂園孤獨。政治像美麗的獵物，誘惑虛妄的人性。偏鄉小村，選舉的戰鼓聲囂囂瀰漫祖先打獵的場域，很久很久以前，為爭奪獵物，也會殺敵人。

妻總是安慰他：「三個人出來選鄉長，一定有兩個落選，怎麼算都是落選的人比較多，你要想得開。而且，我們以後死掉都葬在長壽鄉，還是在這裡，更要想得開。」

這女人，叨叨絮絮，個性卻堅毅。將近兩年，從一週一次會客，到一週兩次，美怡從來沒缺席，不分寒暑，總是前三名報到的會客家屬。有鄉親質疑：「這樣累不累唉！」「妳是有多愛他啊？」美怡皆笑笑回應。她不會說大道理，只知道，每次探監，看到其他家屬從不放棄機會，大老遠從屏東、台南、高雄那些更遠的地方，驅車趕到後山，她就告訴自己：「別人可以，我為什麼不行。」

說完家常瑣事，她充滿自信地告訴王正義：「放心，我會得全勤獎。」

「美怡……。」王正義柔聲呼喚，再度握緊妻的雙手，緩緩說出：「謝謝妳。」

美怡又紅了臉，輕聲回應：「王正義。你神經病。」

後記

小說是我的萬古黴素

距離一九九七年出版短篇小說集《夜夜要喝長島冰茶的女人》已經二十年，彼時蒙楊照老師作序：「在用小說提列問題上，朱國珍是極具天才、充滿想像力的。」現在可以告解了，二十出頭的我其實不了解小說技藝，只有想像力是飽滿的，始終充滿趣味的。因為，現實生活裡那麼多說不出口的無奈，不往虛構的故事裡釋放，還有哪兒是最安全的出口？直到現在，私心偏愛小說的初衷未曾改變，它是我的萬古黴素，醫治人間敗血症，即便經常產生抗藥性，而我樂此不疲，重度依賴小說的救贖。

在小說的世界裡，我是人，也是神，拉扯糾纏，笑覷二十載春秋。〈慾望道場〉完成於二〇〇三年，原著十二萬字，完成後不甚滿意，刪減到六萬字，二〇一七年在時報人間副刊連載，再度改寫成四萬字定稿。這段期間，一邊看著「新聞製造業」一邊修飾小說，怵然驚覺，真實的事件報導內容更勝虛構，對照十五年前舊作，竟然沒什麼改變！這到底是媒體原地踏步還是小說作者具備預言能力？我又悲又喜。

評論家常謂：小說寫作者的啟蒙創作多寫自己開始，而我偏偏天生反骨。剛開始寫小說，都是寫外圍的、感受到的、與自身經驗完全無關的故事，如同〈夜夜要喝長島冰茶的女人〉，其實，我從來沒喝過長島冰茶。〈幸福是一種酖溺〉發表於一九九五年，幻想著自我安慰的毒藥愛情，肉毀骨蝕也無怨。〈為何我總是感覺到巨大的孤寂〉，同樣以愛情包裝邊緣感強烈的我，那些無法克服的孤僻，全部轉嫁到另一個想像出來的伴侶，說來有點自私，卻是寫小說的樂趣與任性。我常在馬路上看到動物屍體，從鳥類到貓狗，甚至被汽車壓輾成血肉模糊，每每心疼牠們死無葬身之地，胸口緊揪酸楚，常常有股衝動想為牠們收屍，但我怕血怕腥，在廚房連生肉都不敢碰，在這種矛盾的情感之中，寫成〈戀屍（狂）愛〉。

從事媒體工作時，見識許多眾生相，有些臉孔，轉化到〈位置〉裡一對搶停車位搶垃圾桶搶辦公室升遷的夫婦，機關算盡，在年底打考績時「喚醒長官失憶症的慢性病」，繼續僵滯同樣位置。有些臉孔生出勢利眼，大眼小眼，終究「人固有一死，或重於泰山，或輕於鴻毛」，受宮刑的司馬遷告訴我們，受盡屈辱只會更鍛鍊一個人的意志力，這是我在〈死有輕於鴻毛〉與〈新聞電影〉表達的企圖心。

〈視覺〉展演跨性別的誘惑，看到的聽到的摸到的，都不是真的。〈平淡生活〉裡厭倦日常儘往夢裡鑽的婦人，〈春藥〉在上流社會是權力鬥爭的工具。慾望，如水銀彌天鋪地，它華美燦麗如滾動白金，它姿態盈滿若垂墜淚滴，它，任意不羈，卻是索命的有毒化合物。

同樣發表在上個世紀九〇年代末的〈賓館之夜〉，刻意顛倒男女床事主導權，當時的綺思異想，未料如今愈演愈烈，女性經濟地位提升，不再附庸男人羽翼，二十年後，〈愛情三小〉明諭現代警示通言，歷史上的負心漢從來沒少過，但莫囂張，女人已經進化成功。到了〈女表妹〉，慾念壯大如巨人，白嫖春天，色無邊，錯過天使的微笑，甘願不甘願？〈親親小花帽〉裡的老小姐張慈，珍藏新嫁娘的藤蘿婚紗帽，而最終她還是穿著旗袍出嫁。〈失去杏仁核〉假設人類摘除主導情緒的腦部組織，是否會讓世界禮運大同？因此，〈汽車旅館〉其實是一輛社會邊緣人賴以為家的小發財車，〈夢想大郡〉是一座被無良商人毀滅夢想的基地，〈王正義〉是一個人，因為賄選坐牢的人，每個獄囚都說自己是冤枉的，王正義也不例外。

《慾望道場》原本書寫十多萬字的誠懇，私心有種上書諫議的癡漢味道，恐怕沒人有耐性閱讀，最終聚焦在須文蔚老師所言：「慾望橫流、殘酷殺戮」的四萬字，意外發現，這番「戰慄」其實可以套用在各行各業。

創作之路是孤獨的，我不斷努力的方向只有超越自己，挑戰前一個不夠好的自己，唯有打敗自己才能重新從廢墟中站起，一次又一次磨練更堅強更穩固的基底。

寫小說這條路，確實讓我學習到愈來愈殘忍，愈來愈孤獨無依，有點類似揹起十字架的苦路，是自己的，也是眾生的。我早就明白流眼淚無法改變什麼，只有含著淚堅持走到終點。

附錄

發表時間

〈慾望道場〉	《中國時報》人間副刊連載小說	二〇一七年五月十五日～
		二〇一七年八月七日
〈女表妹〉	《聯合文學》雜誌	二〇一七年六月號
〈愛情三小〉	《聯合文學》雜誌別冊《金瓶梅同人誌》	二〇一六年四月
〈新聞電影〉	《中國時報》人間副刊	一九九九年九月十八日
〈親親小花帽〉	《聯合報》副刊	
〈視覺〉	《中國時報》人間副刊	一九九八年十一月十三日
〈為何我總是感到巨大的孤寂〉	《自由時報》	一九九九年五月二十三日
〈平淡生活〉	《世界日報》	一九九六年三月二十二日
〈賓館之夜〉	《中國時報》人間副刊	
〈戀屍狂（愛）〉	《自由時報》副刊	
〈幸福是一種酖溺〉	《世界日報》	一九九五年三月二十三日

〈短暫的情書〉	《印刻文學生活誌》	二〇一四年七月號
〈汽車旅館〉	《短篇小說》雜誌	二〇一三年十二月
〈位置〉	《自由時報》	一九九九年一月五日
〈失去杏仁核〉	《自由時報》	二〇〇〇年五月七日
〈死有輕於鴻毛〉	《聯合文學》雜誌	二〇〇〇年一月號
〈春藥〉	《經濟日報》副刊	一九八八年十二月十三日
〈美，到這裡為止〉	《短篇小說》雜誌十月號	二〇一二年三月
〈王正義〉	《中國時報》人間副刊	二〇一八年一月

印刻文學 557

慾望道場

作　　者　朱國珍
總 編 輯　初安民
責任編輯　宋敏菁
美術編輯　黃昶憲
校　　對　潘貞仁　朱國珍　宋敏菁

發 行 人　張書銘
出　　版　INK 印刻文學生活雜誌出版有限公司
新北市中和區建一路 249 號 8 樓
電話：02-22281626
傳真：02-22281598
e-mail：ink.book@msa.hinet.net
網　　址　舒讀網 http：//www.sudu.cc

法律顧問　巨鼎博達法律事務所
施竣中律師
總 經 銷　成陽出版股份有限公司
電　　話　03-3589000（代表號）
傳　　真　03-3556521
郵政劃撥　19785090　印刻文學生活雜誌出版有限公司
印　　刷　海王印刷事業股份有限公司

港澳總經銷　泛華發行代理有限公司
地　　址　香港新界將軍澳工業邨駿昌街 7 號 2 樓
電　　話　852-27982220
傳　　真　852-27965471
網　　址　www.gccd.com.hk

出版日期　2018 年 1 月　初版
ISBN　978-986-387-226-9

定　價　380 元

國家圖書館出版品預行編目資料

慾望道場／朱國珍 著
--初版, --新北市中和區： INK印刻文學,
2018.1　面；　公分.（印刻文學；557）
ISBN 978-986-387-226-9　（平裝）

857.63　106024425